思想钝刀 SIXIANG DUN DAO ·······

时代出版传媒股份有限公司
安徽文艺出版社

作者简介：

莫幼群，笔名老末、莫契。作家，安徽诗歌学会副会长兼秘书长。先后在多家报刊开设专栏，出版有杂文集《书生意气》、时尚随笔集《人在时尚里容易发呆》、植物学随笔集《草木皆喜》、音乐随笔集《偏听偏信》、中国文化随笔集《最美的思想》《最美的草木》《最美的鸟兽》《最美的食馔》、英国文化随笔集《温柔的怜悯》、科幻小说《漫游2050年》、诗集《你比所有的花都活得长久》《千叶集》《节日是一首温情的歌》等专著20余种，主编有《最美中国丛书》（共30卷）、《品读·安徽文化丛书》（共20卷）。

散文家文丛

赵焰 主编

思想钝刀

SIXIANG DUN DAO

莫幼群 / 著

时代出版传媒股份有限公司
安徽文艺出版社

图书在版编目（ＣＩＰ）数据

思想钝刀/莫幼群著. —合肥：安徽文艺出版社，2019.10
（散文家文丛 / 赵焰主编）
ISBN 978-7-5396-6536-8

Ⅰ．①思… Ⅱ．①莫… Ⅲ．①散文集－中国－当代②杂文集－中国－当代 Ⅳ．①I267

中国版本图书馆CIP数据核字(2019)第000657号

出 版 人：段晓静	统 筹：张妍妍 姚 衍
责任编辑：姚 衍	装帧设计：徐 睿

出版发行：时代出版传媒股份有限公司　www.press-mart.com
　　　　　安徽文艺出版社　　www.awpub.com
地　　址：合肥市翡翠路1118号　邮政编码：230071
营 销 部：(0551)63533889
印　　制：安徽联众印刷有限公司　(0551)65661327

开本：880×1230　1/32　印张：14.875　字数：330千字
版次：2019年10月第1版　2019年10月第1次印刷
定价：39.80元

（如发现印装质量问题，影响阅读，请与出版社联系调换）
版权所有，侵权必究

总序

散文的魅力

说散文,是老话重提,也是旧事重提。有些话,避不开,躲不掉,说千道万,也必须说。

仓颉最初造字,惊天地,泣鬼神。文字,那时候是用来通神的,文章自然也是。甲骨文不是文章,最早的散文集,应该是《尚书》,都是上古的文字,正大庄严,有万物有灵的意义。之后,青铜器出现,文字,也带有青铜般神圣的意味。先秦人作文,刀砍斧劈,铿锵有力,凡事都要说一个理来,列举寓言,也是说理。理直气壮,哪怕是歪理,也显得振振有词。那时凡文字成篇,皆是文章,由心而生,不玩辞藻,不是"诗言志",就是"思无邪"。《道德经》高蹈玄妙,神出鬼没,把世界的至理都讲透了;《论语》诚恳实在,雍容和顺,平易中可见性情;《庄子》恣意汪洋,风轻云淡,最可贵是难得的自由;《孟子》灵活善譬,多辞好辩,有凛然之威慑力;《韩非子》辞锋峻峭,雄奇猛烈,有强词夺理之急切。

先秦文章,如文字附诸甲骨、青铜之上,电光石火,意在不朽。有金石之音、风云之气的,是《左传》和《国语》。据说左丘明眼睛出问题了,孜孜于《左传》;双目失明了,仍不放弃

《国语》。左氏有力杀贼，无力回天，笔下的每一个方块字，都是刀剑淬火。不仅仅是左丘明，那时候的知识人，晋之董狐、齐之太史兄弟等，都是以文字为金石，视文字为重器。他们落下文字，是以天地为鉴，想着石破天惊的千古之事。

重剑无锋，大巧不工。文章，以此风格慢慢延续。后来，凡刻在竹简上，写在纸上的，都被视为灵魂的祭奠，是用来封印的。文章，更被视为跟生命同质，甚至比生命更加永恒。

那时候的文章，最可贵的品质，在于真与朴，在于是非的坚守，以气节和热血激扬文字。字词落下，熠熠生辉，感天动地的是作者的诚意。以真心作文章，文章不一定见真理；可是一定比假话作文要好，假话写出来的，一定不见真理。那个时代的文章，足以惊天地泣鬼神。

先秦人写作，也遇到烦恼。烦恼是什么？如老子云：道可道，非常道；名可名，非常名。表达不好把握，写着写着，偏离本来，或者言犹未尽，不敢多说。文章的游离和不确定，让人们更惧怕和敬畏，文字因此更生神性。人们不敢多说，也不敢多写；不敢乱说，也不敢乱写。

秦汉时期，文字如长城的砖石一样，沉重古朴。司马迁的《史记》，是其中的典范。《史记》就是无形的长城，黏合字词文章的，是无数的血和泪。若知司马迁对散文的态度，看看他那一篇千古雄文《报任安书》就知道了：

……草创未就，会遭此祸，惜其不成，是以就极刑而无愠色。仆诚以著此书,藏之名山,传之其人,通邑大都,则仆偿前辱之责,虽万被戮,岂有悔哉!

司马迁视自己惨遭宫刑为奇耻大辱,悲恸欲绝,欲哭无泪。《史记》寄托了司马迁的生命,也延长了他的生命。司马迁唯个人良知为天理,宁死而不肯妥协。以"成者为王,败者为寇"的惯例,只有帝皇才能入列《本纪》,可是修史的司马迁不买账,因崇敬项羽的英雄气概,将项羽列入了《本纪》系列,文字中不吝溢美,相反,对胜利者沛公,常有贬损。司马迁如此做,冒生死之大不韪,将一切置之度外。汉武帝想必十分恼火,却也无法,不好干涉太多,因为那时候的史志,尚不是官史,个人评藻中,尚有自由。

与《报任安书》一样铁血侠气的,还有李陵的《答苏武书》、杨恽的《报孙会宗书》,这些文章的好,在于真意畅达,以热血为文字书写。箭镝破空,真意畅达,行文自然旷远;万千沟壑,聚云成雨,落笔自成文章。那时的社会,尚没有文人这种狭隘的职业。只有士,上马杀贼,下马作文;仗剑夜行,又能变身为行侠仗义的豪杰。

顾随说中国历史上最好的文章,都不是文人所写。好的文章,一定是情思哲思喷薄而出;也是"飞蛾投火",不是烧没了,而是烧出生命的气息。好的文章之中,一定有一种大于文学的精气神做支撑,不是就事论事,或者单纯地叙述,而是以全部的生命能量,去拥抱作品,成就华美的篇章。

《离骚》伟大，是屈原以"长太息以掩涕兮，哀民生之多艰"的叹咏；《史记》伟大，是司马迁"究天人之际，通古今之变，成一家之言"的悲怆；后来杜诗的伟大，是有着"致君尧舜上，再使风俗淳"的情怀。

汉朝出现汉赋这种东西，华丽铺陈，可以视为文字的卖弄和游戏，也可以视作语言文字的技术拓展。贾谊、枚乘、司马相如、扬雄的文辞，各有各的华美。可是华美过了，华而不实，就成问题了。曹氏父子，是另类：曹操不是文人，他的风流高旷之气，让一般人难以望其项背。曹操的好，在于有大性灵、大胸襟、大气魄、大悲悯、大境界，有强烈的个体自主意识。魏晋文章，曹操排第二，谁也不敢称第一。"三曹"当中，曹操排第一，曹丕排第二，曹植排第三。曹植才气第一，为什么作文第三？因为胸襟太小，文人气太盛。曹操的文章、曹丕的论文，兼有文采和性情，有大认知，都不是胸无韬略的文人可写就的。

魏晋南北朝时代，可视为"第二次百家争鸣"。外部文化传入，自我意识增强，产生了诸多有趣的灵魂。灵魂有趣，文章自然有趣。从王羲之的《兰亭序》就可以看出，魏晋之时知识人生命意识的觉醒。文章开头，是雅集呼朋唤友的轻松，可是写着写着，文字变得伤痛，沉郁而浩渺的悲伤出现了。这种悲情，不是传统的家国情怀，而是对人之为人本质感到的凄凉。王羲之的心境，比《观沧海》时的曹操更为孤独，也更为柔软。它其实是把自己的心灵一层层地剥开，深入最脆弱的内核了。

魏晋开始，本土的儒家和道家受佛家影响，生命意识觉醒，思维打开，聪明转为智慧，智慧连接虚空，转成艺术哲学。地理学著作，有张华的《博物志》、郦道元的《水经注》；医药方面，有张仲景的《伤寒杂病论》、葛洪的《抱朴子》；文论方面，有曹丕的《典论·论文》、陆机的《文赋》、刘勰的《文心雕龙》、钟嵘的《诗品》、谢赫的《古画品录》等。至于好文章，就更多了，除了左思的《三都赋》、陶渊明的《桃花源记》外，还有北魏杨衒之的《洛阳伽蓝记》、刘义庆的《世说新语》、沈约的《宋书》、庾信的《枯树赋》等——这些文章，天朗地阔，荡气回肠，如秋雨后的蓝天白云。

一些志怪类文章也好，比如干宝的《搜神记》等，鲜活灵动，充满着生命的活力、想象力，体现了自由意志，是"天人合一"理念的延伸。

魏晋文章，真可以堪称高妙。这高妙，跟东西方文化的撞击有关，跟佛学的渗入有关。外来思想，激活中土，释放的能量有点超出人力范畴，随处都是鬼斧神工，随处都是余音三匝。

宗白华语："晋人向外发现了自然，向内发现了自己的深情。"这一句话，异常体贴到位，是今人对晋人的懂得。诸多魏晋名士的无情，有时候是深情，是对世界的深情，也是对人性的深情。

魏晋文章，还有音乐性——文字语言之间，有节奏变化的神韵，有内在的纹理，有数理的神妙。这些，都可以视为文字本身具有的神性，被发掘出来了。魏晋文章，在这方面有很好的探索，它是以字词为手指，触摸神秘的领域。

魏晋南北朝之后是唐朝，唐朝有胡风，就文化上来说，走的是"天苍苍，野茫茫，风吹草低见牛羊"这一路，有元气饱满、云开日出的浩荡，也有化繁为简的力量。唐初，诗歌是主流。唐诗，以废名的说法，是散文化的。唐诗，其实是韵文，不倾向于说理，而是情感的滥觞：一往情深，触景生情，情真意切，因情生韵，万物皆性，普天同情。到了中唐之后，韩愈实在看不过去了，这才站了出来，强调文章内容的重要性，提倡文章要言之有理，言之有物。韩愈的古文运动，是将高飞的纸鸢，用线拴在手指上。文章因而变得更安全，也更踏实了。

与韩愈的格局严整、层次分明的特点相比，另一个同时代大家柳宗元，走的是幽峭峻郁一路。他的文章，多是情深意远、疏淡峻洁的山水闲适之作，结构精巧，语言轻灵，是唐宋文章中的另类。

"唐宋八大家"是明初的总结和提倡，带有强烈的专制文化气息，是对旧时的"封神"。将天上飞翔的、地上奔跑的、悠闲旁观的文章，全都变成了正方步的标准。"唐宋八大家"指的是唐代的韩愈、柳宗元，以及宋代的欧阳修、苏轼、苏洵、苏辙、王安石和曾巩。八人所作，当然是好文章，可也不能代表唐宋的全部，此提倡还是意在说理，意在策论，带有强烈的先秦风，此后基本被固定为中国文章的圭臬。可是此一时彼一时，明清之风哪是先秦之风——先秦是"百家争鸣"的自由和探索；明清呢，是高压之下的雷同和桎梏。如此作为，早已南辕北辙，不是一回事了。

明清，制度以"明儒暗法"为标准，文章，也是以"明儒暗法"为标准。这一点不似书画——一直以来,书画相对超脱,评价标准,不是儒法,依旧是佛老。

八大家中,唯一带有佛老气质的,是苏东坡。苏东坡堪称儒释道俗四位一体。他的《赤壁赋》,如拈花微笑、羚羊挂角。文章好就好在天地彻悟,有清风明月境界,以有限连接无限:

> 清风徐来,水波不兴。举酒属客,诵明月之诗,歌窈窕之章。少焉,月出于东山之上,徘徊于斗牛之间。白露横江,水光接天。纵一苇之所如,凌万顷之茫然。浩浩乎如冯虚御风,而不知其所止;飘飘乎如遗世独立,羽化而登仙。

魏晋之后,中国文章大都端正肃穆,笔法精练,大多时候,难得真谛,难得幽默,难入众妙之门。《赤壁赋》悟出了天地之道,也悟彻了人生之道,寥寥数百字,是大文章。《赤壁赋》的好,还给文章一个情感和哲思结合的示范,如洞开了一个大窗口,让人目睹了最大的可能。文章本身,有通透的彻亮,由于承载了大内容,文字也被激活,有了弦外之音;如玉石包浆,有了光泽,成为美玉。

宋文化,跟唐不一样,风格上清正风流、沉静安稳,接的是南朝的风格,相对雅致明理。唐宋文章,是拼命增加厚度,可是文章光有厚度不行,还得有高度和宽度,有灵性,有通孔。文章,当然可以格物致知,可是若隐去头顶上的月明星稀,也摒除身边的滔滔江水,缺少生命意识和自由意志的注入,肯定会变得呆滞沉闷，如死面团一样无法拿捏。

文学和艺术低劣的时代，很难说是好时代。元朝是这样，明朝前期也是这样。明代中期之后，社会相对稳定，经济快速发展，人有觉醒的愿望，有自由的意识，春意萌动之下，文学如春花沐雨，尽情开放。这一段历史，有文艺复兴般的意义，资本主义也好，人文精神也好，初具萌芽。相对自由的状态下，知识人个性十足，唐寅、李贽、董其昌、徐文长、金圣叹、李渔等都是"奇谲"之才。人有了自我意识，性灵回归，自然活过来了，成为独一无二的存在；文章有了性灵，也活过来了，融乐趣、情趣、风趣、志趣为一体，也是如花朵一样自在绽放。

文章跟人一样，需内外兼修。外在，是语言；内在，是情怀、学问、趣味和思想。晚明众多文人，寄情于山水和风物，文字中注入了生命意识，活力无限，生机勃发。晚明文章的好，最主要得益于人的解放——人性得到释放，有自由的心灵，文章自然而然就好了。好的文章，永远有着人体温度，甚至至情至性，是天地自然熏陶的结果，也是性灵悠游的一团雾气。

清军南下，国破家亡，大好的文艺局面也被毁。明末清初，傅山、王夫之、顾炎武、黄宗羲、方以智、冒襄、张岱等人，既有国破山河在的孤愤，也有杜鹃啼血的伤痛。他们后来写出来的文章，冷风热血，洗涤乾坤，是千年的哀愁，也是千年的惆怅。

清代统治，钳制刚硬，在"文字狱"的背景下，文章分为两派：一派为文选派，一派为桐城派。文选派以《昭明文选》为圭臬，讲究文采；桐城派呢，以承接传统为己任，讲究义理和文气,可是"义理"也好,"文气"也好,桎梏过多,拓展跟不上,气韵也接不上。义理追求,若难破禁区,下行为循规蹈矩;文气倡导,若没有自由,扭曲为装腔作势。

民国文章,重点在破,不在建。民国这个时代,承前接后,知识人有大使命,文章也好,文学也好,都是如此。以文章来破道统僵死的"神",也破社会僵死的局,责任重大。

民国文章,是中西融会,试图打通东西方文化。短短的民国,为什么出现了很多大师?是"旧学邃密"和"新学充沛"交融的结果——民国之初,全方位开放,东西方文化交流,几乎无障碍。优秀知识分子相对独立,做的又是不破不立的事,大气象自然形成,大格局自然养成,大师也纷然呈现。严复、胡适、林语堂等等,都是以这样的方式被激活的,是时势造大师,也是大师造时势。

陈独秀、胡适、鲁迅一干人,以文字揭竿而起,引导民众探索前方道路。路在何方,很多人不知道,若论清醒者,胡适绝对算一个。民国腔调的好,在于自由度,敢讲敢说,切中时弊,妄自菲薄。民国之初,各方面是很宽松的,言论相对自由,没有文字狱,没有精神桎梏,人们的创造力得到了激发,相比之前二百多年的严酷统治,最大程度上激活了社会的创造精神和自由精神。

民国文章,最精彩处,是真挚、高贵、尊严和趣味。最突出的,莫过于真挚。真挚,最基本的,是讲真话。文章,最可贵的,还是"真"吧,一"真"遮百丑,一"假"毁百优。以真为基础,讲真话,说人话,是做人做文最重要的东西。真话,不一定是真理,可是假话一定不是真理。真话,有美的光泽。假话,没有美的光泽,只有铜锈的青绿,泛着难看的死色。

文章之背后,实是人心,是思想的突破,以及意志的艰难前行。人心软弱,难成黄钟大吕。

真挚、高贵、尊严和趣味,这四个词后来为什么屡屡让人缅怀,是因为中国历史上,能体现这四点的时代,是少而又少。

民国历史太短,万象伊始,尚未深入,就已结束。民国文章也是这样,若论深厚,暂且不足;若论广博,也嫌不够。民国以文字承前启后,继往开来,无论对现代汉语的确立,还是时代精神的探索,都立下了汗马功劳。可是文学单骑突进,文化没有系统改造,国民性整体没有跟进。到了最后,不免雷声大雨点小,声嘶力竭中,性命孱弱,最终还是坍塌下来。

民国破了文化的"神",也破了文章的"神"。文章破"神"之后怎么办?有的堕落下行,沦为工具;有的依旧坚守,寻找新的神灵。民国白话文,尚未从古典文字中走出来,思想尚未成熟,精神尚未深入。不过那一段时间的文章认识格外纯真,表达极有诚意,好似当时女大学生所穿的白衣蓝裙,清纯是清纯,积极归积极,却有些呆板,难得有老到圆熟的认知和智慧。

试着总结一下:先秦文章,有思想,有力量,有风骨;魏晋文章,有真谛,有才华,有趣味,有风云气象。唐宋文章,成为历史上的一个高峰。之后,文章写着写着,格局越来越小,横里也变小,竖里也变小;横的是文采,竖的是思想……从总体上来说，中国文章，强在形式，强在音韵，强在风华……弱在思想，弱在哲思，弱在幽默……文字与思想，一直是血肉和筋骨的关系，概念上是可以分割的，事实上却是无法分割的。好的文章，一定内在带动外在，以性灵和思想带动语言文字，绽放出迷人的自由光华，蕴藏着对众生的安抚和拯救，并以与社会的连接，点亮精神的闪光点。

文字，若能够找到与天地、自然、社会与人心的连接，不断地发掘它们之间的关系，绝对是好文字；若以文字的功效，不断地探索世界的本质，也是足够光彩的好文字。

以我的认知，散文，或是思想的光华，或是文字的魅力，或是意志的前行，或是情趣的表达，或是禅意的隐约……好的散文，一定是生气勃勃的：它是清风明月，是葳蕤生长的植物，是田野氤氲的岚烟，是柔情摇曳的花朵，是夏夜小河边的萤火闪烁，更是头顶上璀璨无比的星辰河汉……文章，还是清妙的福音，如"奇异恩典"般的歌唱，有自上而下的恩泽和光亮。以我的观点，《圣经》也好，佛经也好，都是最美的文章。那种文字中蕴藏的般若性，那种腔调中的善意，那种虔诚的态度，那种圆融芳香的气息，那种清静恍惚的圣洁，都是叙述和表达的绝美体现。如此文字，字里行间，静谧空灵，仙乐飘飘，有内在的韵味，有永恒的诗意。相反，那种故弄玄虚、故作姿态、装腔作势、无病呻吟的东西，都不能称为好文章。

强调一下，稳固常识——散文如花，花朵呈现的光泽中，一定要是真的，唯"真"才是生命。"真"是通灵的，是"善"与

"美"的基础。没有"真",不是"善"也不是"美",只是如塑料花一样漂亮,也如塑料花一样虚假。

闲语不赘,言归正传。这一套安徽文艺出版社的《散文家文丛》系列,旨在以丛书的形式,努力推出一些能够进行内外探索的好文章好作者。文章以美为表,以真为骨,以趣为气,以好读和耐读为基本要求。我们一直以这个标准看待文章,也是以这个标准来选择作者的。对于散文的定义,我们延续化繁为简的说法:诸多文体中,小说,占了一个山头,绿树成荫;诗歌与戏剧,又分别占了一个山头,枝繁叶茂;山头与山头之余,是大片郁郁葱葱的草地,它们叫作散文。散文很大,它是文字最原始最茁壮,也是人心最辽阔自由的地带。

孔子说:"质胜文则野,文胜质则史。文质彬彬,然后君子。""文",是文采,是外在的;"质",是内里,是内在的。此语可以形容君子,也可以说文章——好文章,也是"文质彬彬",其美如玉。顾随说:"中国文学、艺术、道德、哲学——最高境界是玉润珠圆。"这一个标准,是通感,也是天道,是客观存在的。好的散文,浑然天成,如同美玉,那一抹无比迷人的润泽,是天地之灵光,也是迷人的人情之美。

赵焰

2019年7月

目录

总序　散文的魅力　赵焰 / 001

第一辑　每一代人，都有十年好时光

　　身体美学之横行 / 003

　　思想的离场 / 006

　　俗文化的差距 / 009

　　收藏热的背后 / 012

　　星光与心慌 / 014

　　敬意的缺席 / 018

　　"正说"与"歪向" / 021

　　从星坛看文坛 / 024

　　另一种辞典 / 027

　　拯救标点 / 030

　　再短的诗，也要占据大大的纸张 / 033

　　一次只能奖励一个心灵 / 036

为什么王朔成不了塞林格 / 039

为什么小说家写不好散文 / 042

古代英雄的石像 / 046

仅有胡子是不够的 / 049

都市是人类的化石 / 052

我们是怎么谋杀一栋大楼的 / 057

全球化时代的游吟诗人 / 061

金牌榜的背后 / 064

一天一点惦念 / 067

徽商比犹太人差在哪里 / 071

让一部分人先有创意起来 / 074

90后：这世界他们说了算 / 077

女人创造上帝 / 080

把定语变成主语 / 084

给你的孩子四个"X" / 087

攒词人在天涯 / 091

"姐"穿的不是衣服，而是期待 / 094

如何网购一头大象 / 098

物流的意义 / 101

第二辑　如果你真的花痴

水知道江南 / 107

假如我有三天余暇 / 114

色，城 ／ 118

访博物馆不遇 ／ 121

一塔一灵魂 ／ 125

莲满雾城 ／ 129

优雅的"废都" ／ 133

漫步大洋路 ／ 138

凭树识故乡 ／ 142

在以色列"跑警报" ／ 148

所有的城市都是一座城市 ／ 153

如果你真的花痴 ／ 157

不期而至的鸟巢 ／ 160

睡眠如球 ／ 163

病牙者说 ／ 167

纳兰式抑郁 ／ 171

新生活运动 ／ 175

鱼何以堪 ／ 179

斗富 ／ 182

偿还 ／ 185

浮出海面 ／ 188

地图达人 ／ 191

半生为物 ／ 195

大器无名 ／ 199

踏遍雅俗 ／ 202

桥的死法／205

一个无车男的城市生活／208

我家的"世博馆"／212

点在幸福穴上的甜／216

北京之"遗食"／220

关于冷饮的闷热记忆／223

冰箱里的前世／227

罐头记／231

友朋如光／235

第三辑　冬季去看毕加索

千年三叹／241

李鸿章：夹缝中的悲情英雄／246

在扬州八怪纪念馆里／252

异人冯玉祥／256

未必他生胜此生／259

马季：第一位荒诞派相声大师／262

我是书生我怕谁／264

我们只有一个海子／267

喜欢王小波的十大理由——不成样子的"十年祭"／275

一生拒过主流生活／278

好看的男人／282

学习罗伯特好榜样／286

质朴的愤怒 / 290

怀念尼克松 / 293

他不是一个人在演讲 / 298

说不尽的契诃夫 / 302

找死 / 306

真的汉子 / 309

羔羊与狮子 / 313

错失《吹笛少年》/ 316

冬季去看毕加索 / 320

时尚圣人 / 323

绅士之死 / 326

我们该怎样纪念乔布斯 / 329

第四辑　书架上的自我

书香六味 / 335

书之复调 / 340

藏书成癖 / 343

书架上的自我 / 346

老三传 / 349

张爱默生 / 352

如果青春是一部小说 / 356

麻辣涮与哈根达斯 / 359

都市里的虞美人 / 362

聪明就该外露 / 365

波澜·朔风·峰巅 / 368

关于"那些事儿" / 371

人·痴·鬼 / 374

致亲爱的妈妈 / 377

情到"精"处情转薄 / 381

永恒的创伤 / 384

不"腼腆"的真相 / 388

人与鸟的悲喜剧 / 392

盐是一首歌 / 395

恰似语词的温柔 / 398

对"三贴近"游戏时代的回忆 / 402

甜蜜的老课本 / 405

舌尖体的前世今生 / 408

四个书名和一个世界杯 / 412

丙戌年读图记 / 415

有闲岁月乱翻书 / 420

总有妙书慰人眼 / 432

推理的夏天 / 438

带画儿的书 / 445

一周书橱 / 449

七龙书 / 453

第一辑

每一代人，都有十年好时光

身体美学之横行

在大众文化所塑造的那一套人物评价系统之中,"帅"成了一个最要紧的词语,对于男人而言。

如果你天生长得不帅,那么你的人生就注定失败了。即使你后天付出再大的努力,取得再大的成就,也只是避免你的人生"惨败"或曰"完败"而已。

是的,哪怕你富可敌国或者才高八斗,也必须接受"帅,还是不帅"这样一种终极审判。在《鲁豫有约》采访周星驰那一期,就听到鲁豫小姐反复地问星爷觉得自己帅不帅,当时一同接受访谈的还有周星驰的干女儿——童星徐娇,而这位小朋友也反复地被提问:"你觉得自己的干爹帅不帅?"天啊,混到星爷这个份上,还需要在乎自己帅不帅吗?但看上去,主持人在乎,观众们在乎，于是他本人也只好跟着在乎起来。

当然，对女性的评判，也陷入了这种身体美学的泥淖。但程度上要比对男性的压迫感略微轻一点，或者说，对女性的评判标准一直比较恒定，不像对男性的评判标准这些年变化那么大——从前主要考量的是智慧和能力，现在则让位于容貌和性感。如果说其中有唯一的一点进步因子的话，那就是男女似乎更加平等了一些，因为他们都要接受身体美学的终极审判。

对声音的迷恋是身体美学的应有之义，其直观的标准是"会唱歌，或是不会唱歌"。在现如今，如果你不会唱歌，简直不好意思出席任何公开场合。《超女》《快男》之类的歌唱选秀节目，则大大强化了这种声音崇拜。

对模仿的迷恋，同样体现了身体美学的霸权。某些综艺节目无论请来什么嘉宾，不分男女老少，也不论强弱巧拙，都会让其做各种高难度动作，或者模仿体操运动员、武术运动员，或者模仿杂技师、魔术师。那么，嘉宾或者出彩，或者出丑，好像后者的可能性还更大一点。

《舞林大会》之类的节目，极尽华美之能事，给身体披上了一层更有诱惑力的，也更为霸道的外衣。它刻意模糊了嘉宾的职业身份、专业技能和个性才情，并传达出这样一种信息：只有跟随节奏扭动着的身体，才是优美的，才是性感的。

可以说，以上这类节目把人的万千种才艺，简化为"唱、念、做、打"才艺；把人的万千种智慧，简化为身体运动智商这一种智慧。所以，台上那无比光鲜而靓丽的男女，并非"大写的人",而是被流行文化所矮化了的人。

纵观历史,从"存天理,灭人欲"的反身体时代,演变到正视身体之美、开掘身体之无限可能的身体苏醒时代,自然有其正面的、积极的意义。但弄到现在这样,身体美学压倒一切、窒息一切,就有些"五迷三道"了。人们对身体的关怀已经到了匪夷所思的地步,远远超越了对心灵的关切。这当然是信仰崩溃带来的后果。

的确,肉体化、反智化、物质化和去心灵化,正好构成了身体美学横行的文化土壤。

2009 年 12 月

思想的离场

20 年前,人们听单田芳、刘兰芳,听得如痴如醉,以为这就是艺术的最高境界了。

20 年后,人们听易中天、于丹,同样听得如痴如醉,以为这就是学问的最高境界了。

其实,不还是评书和大鼓书吗?只不过是加了点历史学或哲学的包装,而于丹们穿的"马甲",也不过是教授或副教授的职称而已。

同理,一个初中教师,拉到《百家讲坛》上讲个几宿,也能够名满天下。

首先申明,这里没有任何鄙薄初中教师之意。之所以如此形容,完全是因为《百家讲坛》目前在思想和学问上的格局与境界,已经与一个初中课堂别无二致了。往往一堂"课"听下来,所有的东西都讲到了,就是无关乎思想。话语留下了,故事留下来,噱头留下了,而思想却逃走了。或者应该说,思想原本就没有"在场",甚至应该说,压根儿就没打算给思想留出空间。

从收视率的角度来看,央视的做法倒也不难理解。有位玩电视的老油子曾经这样告诫自己的弟子:作为电视人,一定不要把自己想得多大多粗,要把自己放到初中生的角度去看问题,弄出来的电视节目让初中生蹦一蹦就够得到即可。这一定位对电视适用,对畅销书自然也适用——这两者基本上是一样嘛。毫不夸张地说,有70%以上的畅销书都是奔着初中生去的。

但从思想传播的角度来看,则未免有点名不副实,甚至还有点不负责任。既然有"百"而无"家",就不必也不应该再叫"百家"了,省得辱没了"百家"这个形容先秦诸子的大词语。所谓"百家",指的是思想的充分表露和尽情争鸣,而现在,吐沫横飞出的都是些死知识、死学问,稍加了些趣味性在里面,也是为了向评书看齐。连"思想"都谈不上,更别说"争鸣"了。

当然,也不能说于丹、易中天们毫无作为,他们也对传统评书进行了一番改造和创新,于丹使"电视评书"更接近于心灵鸡汤,易中天则使其更接近《三国演义》《康熙大帝》这样的新编历史长剧。但无论怎么说,都还是在流行文化和通俗文艺中寻找借鉴的资源。正是从这个意义上考量,我以为这几位还不能称为"电视知识分子",而应该称为"电视知道分子",或者干脆称为"历史故事类播音员",只不过他们是具有相当舞台表演天赋的播音员而已。

  电视是现代社会极强势的传播平台之一，究竟应该是"通过上电视让人红"，还是"人红了后再上电视"呢？至少在思想家和学问家这一层面上，我还是倾向于后一种方式的。

2008 年 11 月

俗文化的差距

现代人的问题是不能让眼睛闲着,所以"心灵的窗口"成为负荷最重的器官,而真正的心灵反倒休眠起来。每天不是书本就是电脑或是闪闪发亮的荧光屏,真的是"两眼一睁,看到熄灯"。

我的眼睛基本上被书刊和网络所霸占,至于看电视,则是一阵一阵的,这一阵子拼命看,下一阵子又根本不碰。眼下又进入看电视的高峰期,于是在一个星期天的下午,拿着遥控器转转转,就看到了久违的《超级变变变》。

《超级变变变》是来自日本的王牌节目,引入我国的历史也相当悠久了。我上大学时就经常看,那时候主持人萩本钦一还是一个中年,如今已经垂垂老矣,但那范儿还在,而且随着年龄的增长,对参赛选手反而多了一种体恤,让人看了特别舒服。

就这样连续看了两期。印象最深的节目有两个。一是几个家庭主妇表演的《蜘蛛的环球旅行》。这几个主妇皆着玄衣，与黑色背景融为一体，所以观众只看到台上白色的绳索在梦幻般地舞动，变出了埃菲尔铁塔、东京五重塔、纳斯卡巨鸟（难为家庭主妇们还知道这个位于南美的世界之谜）、金门大桥、埃及金字塔，演出效果特别好，甚至有一种让人动容的诗意。还有一个节目和它有异曲同工之妙，名曰《仰望星空》，通过一个个白色的圆形亮片相连缀，变出了大熊座、猎户座、北斗七星等星象，最后变出男孩阿九的形象，此时一颗彗星划过阿九的面庞，也是十分有巧思十分有诗意，使我们不由自主地坠回到自己的童年，坠回到那些有星光的日子，难怪有一位评审都感动得哭了。这两个节目构思极为奇巧，但要真正使这一巧思实现，台下还得经过一番苦练。由此也能看出"小日本"所具有的精细思维、创造意识和劳作精神。

还有一位小伙子则相当执着，这两期节目都参赛了。一次用脚趾进行表演，模拟出人脸等造型，但未获通过；第二次改用肚脐部分进行表演，模拟出卓别林、尖嘴鼹鼠等造型，还真的很惟妙惟肖，这下终于通过了。而此人却很淡定，和他上次未通过时一样淡定。

值得一提的是，冠军可以获得200万日元的奖金，应该说相当可观了，这似乎也反映出赞助企业的远见卓识。

几十年前刚引进时，《超级变变变》这节目在我们国家很火，如今好像只有山东教育电视台还在播出。《超级变变变》也是一种"选秀"，但它选的是一种"创意之秀"、一种"发明之秀"，参赛选手都很平民、很家常，不漂亮，也不性感，不做搞怪状，也不打悲情牌，但作品一亮出来，你就知道他们是有脑子的，是有想法的，而且对于世间万物有着一种好奇心和慈爱心。因此他们是有尊严地参赛，有格调地参赛，那一份从容、自信甚至骄傲，又岂是参加《中国达人秀》《超级女声》的某些选手所能比拟的呢？说白了，国内有的选秀节目已经陷入了一种低级的"身体美学"的狂欢，在这类节目中，智慧是不值一提的，思想更是多余的，就连个性也显得千篇一律，最后，在搞怪、露丑乃至出售悲情的过程中，尊严也消失殆尽了。

无独有偶，还有两个关于旧屋改造的节目可做对比，一个是日本的《超级全能住宅改造王》，另一个则是国内的《交换空间》。看了几期《超级全能住宅改造王》，才知道人家是真正的设计。什么是真正的设计？其中包含了对业主的无比体贴、对户型的深入了解、对功能的细致划分、对风格的个性化追求，从而树立了以人为本的范例。

在电视等媒体推波助澜之下，"秀"的概念已经在中国深入人心，但秀完了，往往只剩下一地鸡毛。而在人家那里，也是秀，秀完了，尚有火花无数——这些火花会在长久的时间里，点亮人们的心灵。

一个国家的思想格局和文化吨量，也体现在一些看似比较通俗的东西上面。而我们宝贵的眼球应该奉献给什么，倒真是应该审慎地加以选择了。

2011 年 10 月

收藏热的背后

现在打开电视，会发现收藏类节目越来越多，也越来越娱乐化。有那么几位鉴定专家，更是到处露脸、指点江山，谈笑之间就决定了宝贝和持宝人的命运，而我们可怜的持宝人大多唯唯诺诺，是不敢辩一词的。

收藏何以大热？一是托了"盛世收藏"这句话的福。从这个意义上说，各类收藏节目的火爆说明了主创者的心里面未尝没有向时代示好的意思。

二是个体生命意识的觉醒。人在解决温饱之后，总会去追逐名利，而在收获一定的名利之后，又总是要寻求比个体生命更长久的东西，来进一步确证自己的生命，彰显自己的价值。那就去搞收藏吧，收藏房子，收藏古董。它们比我们的生命都长久得多。就拿石头来说，中国人对于它有着近乎偏执的钟爱（玉即石头的一种）。"石痴"米芾见到珍奇的石头，总是低头便拜，实际上是向一种比自己柔软易朽的肉身更为刚性、更为坚毅的"神品"致敬，其虔诚程度就像远古时代的英国人建造巨石阵一样。而米芾用自己柔软易朽的手写下的字，也成为后世藏家眼中的神品，要比书家本人要多活许多个世纪。

每一个宝贝身上都附着一部小小的人性史，其关键词就是"欲望"。欲望的放大、缩小，再放大、再缩小，欲望和宝贝本身的价值一样，都在做着蹦极，收藏的刺激就在这里，收藏故事的好看也就在这里——甚至大过了宝贝本身的"好看"。我们都看过或听过大把的收藏奇事，感受了"捡漏者"的狂喜，也感受了"被捡漏者"的悲愤。我印象最深的还是那一则有荒诞派色彩的小故事，那位乡村老太太在最后酷酷地说："我已经靠这只碟子卖掉几十只猫了。"

但当相关人士俱往矣，宝贝仍然在那里，甚至它竦身一摇，就能将其上面附着的纠结的欲望通通抖落，而在骨子里，它还会对那些终于放手的人以及即将接手的人，发出嘲讽的笑声。

也有看似甩不开的，比如那些个康熙、乾隆的收藏钤印，如今还死乞白赖地留在那些传世书画上，但恰恰是这些钤印，更深一层地暴露了短期拥有者的狂妄和虚弱。

2011 年 10 月

星光与心慌

    人也是有着趋光性的动物，黑夜一到，就得去看闪光的电视屏幕、电脑屏幕或是被灯光照亮的书页、麻将桌，而这些对于古人来说都是不存在的事物，他们那时候最大也最经济的发光体，就是星光闪闪的夜空。

    温克尔曼说古希腊艺术体现了"单纯的高贵，静穆的伟大"。把这话稍微修改一下来形容古人的精神生活，似乎应该是"单纯的孤独，寂寞的伟大"。所以当黑夜降临，当那种最本真、最彻底、最纯净的孤独和寂寞来临之时，他们只好抬头去看星空，就这样使劲地看啊看，终于把满天星星看成了88个星座。

    这不仅是一种伟大的科学思维，更是一种伟大的童话思维。而紧跟在科学和童话后面的，可就是八卦学了。这不，有好事者出来，从全天的88个星座中挑出12个来，分派在一年12个时间段出生的人头上，于是星座学就产生了。为什么要挑这12个呢？在我看来，这12个都有着八卦的潜质，有着那种亦正亦邪的魅惑。而像三角座、圆规座、矩尺座这样一些有些淡乎寡味的星座，就留给张衡们吧。

这几年，星座学在国内异常火爆，乃至成为与健康学、成功学并列的三大显学之一。而且，这三大显学还各有分工，健康学照拂的是人的身体，成功学照拂的是人的物欲，星座学照拂的是人的情感。我虽然不是深度迷恋星座学的人士，但有一个阅读习惯：读文摘类刊物总会先看笑话，读新闻文化类周刊总会去看类似《数字》《声音》《微语录》这样的小栏目，读时尚类报刊则总会去看《一周星座》或《每月星座》。而且我相信，和我有着同样爱好的人应该不在少数。

在30多年前的奥斯卡获奖影片《月色撩人》中，到了满月时分，狗们狂吠，人们心绪不宁，通俗点说，都有发情的趋势。《月色撩人》的潜台词是：月亮既然能引起地球上海洋的潮汐，难道就不能在人的心海上掀起浪潮？至于星座，看起来很小，其实全是比月亮大得多了去的家伙，它们的作用力更是一种蛮力，难免会在冥冥之中拨弄人的命运。

按照著名科普作家土摩托的问法，这有什么科学依据吗？老实说，的确没有多少科学依据。星座与性格的关系也多像无稽之谈。比如，"白羊座的性格，可用坚强来代表。不论面对任何事情，都会全力以赴。白羊的羊角正可用来说明这种个性""金牛座的性格就像牛一般,态度稳定,处世相当慎重,但在另一方面也很顽固,只要一发起脾气来,往往没有人能够阻止",这就完全是把人"阿猫阿狗化"的老套路,比我们的从属相看性格的那一套高明不到哪里去。

没有科学意义,有点文学意义也成。所以罗兰·巴特一针见血地指出,占星术是小资产阶级的文学,是现实生活的"延伸",是对"机运""成功""艳遇"的徒劳的虚构。罗兰·巴特的话中带有太多的讥诮之意,我倒愿意为小姐和少奶奶们说句公道话:毕竟有所期待是件美好的事,而"邂逅"恐怕又是所有期待中最炫的一种。"在手术台上邂逅一把雨伞和一台缝纫机就是美",这是法国诗人劳特蒙特关于美的名言,它说明美就在于不按牌理出牌。谁都盼着上天能给点突变和奇缘,谁都盼着自个儿的那一池春水被小风吹皱,哪怕是死水微澜也好。从这个意义上说,并不是星座专栏的那些文字让你产生了代入感,而是你一开始就急着想把自己代入,不是语词寻找着你,而是你寻找着语词,而且把它当成一件保暖的小棉袄,抑或是一件可以去借此干点什么的隐形衣。

米兰·昆德拉还待在捷克的时候,因为政治问题丢了饭碗,有一阵子只好靠匿名写星座专栏文章来糊口。这委实是一种我们的生命中所乐于承受之轻,轻柔的星光抚摸着我们、撩拨着我们,让我们浮想联翩,而一切重大的事情并不会发生,正如沉重的星星并不会坠跌。

但说回来,人所需要的不过就是那一阵子小鹿乱撞似的心慌,在星光之下,连心慌都变得那么令人神往,如遭轻微的电击,麻麻的,爽爽的。

2011 年 11 月

敬意的缺席

法国雕塑家罗丹说:"对于生在你们之前的大师,你们要爱他们!"

法国人是这么说的,也是这么做的。当年浪漫主义巨匠德拉克洛瓦去世,以印象派画家为主的法国艺术家聚集在一起,创作出一幅题为《向德拉克洛瓦致敬》的大画;后来他们中的"大哥"马奈去世,艺术家们再度聚集在一起,又创作出一幅题为《向马奈致敬》的大画……这是让我特别感动的两幅画,因为我从中读出了"敬意",读出了"爱",更理解了"薪尽火传"这四个字的真义。

后来看美国影片《美丽心灵》,这是一部反映数学天才纳什的电影:纳什 20 多岁就成为闻名世界的学者,正当他的事业如日中天之际,却得了严重的精神分裂症。在疯了很久之后,纳什重新出现在普林斯顿大学校园的咖啡厅里,这时教授们纷纷围拢上来,掏出各自的钢笔,带着虔诚的表情,敬献在纳什的桌上。献钢笔,是他们表示最高敬意的一种方式。

而我们这儿,"敬意"似乎在一些场合、一些人身上缺席了。首先,在现今的文化体制和文化背景下,似乎并不鼓励对某一文化名人采取如此隆重、如此张扬个性的致敬方式。其次,我们的文化人自身也存在毛病,有的患上了"敬意缺乏症"。

当代人之间如此,倒也罢了。糟糕的是,当面对先贤和前辈时,我们的"敬意"同样出现流失。以鲁迅为例:每隔一段时间,总会有人出来,对鲁迅进行一番攻击,这已经成为周期性的时髦现象了。在我看来,这是一种典型的"败家子"行为,我们本来宝贝就少得可怜,好不容易得着一件,还要想方设法地"败掉",真不知道说什么才好。

除此之外,还有两种关乎鲁迅的现象颇值得注意。一是中小学课本中的"围剿"。课本年年都在变,好像鲁迅的文章是一年比一年少了,金庸小说已经取代了《阿Q正传》。如此一来,势必给中小学生造成一种鲁迅是灰溜溜退出课本的"溃败者"的印象,这对原本就缺乏人文鉴别力和文学鉴赏力的青少年来说,其影响无疑是极其负面的。

二是近现代思想文化巨人群中的"拉平"。近些年来,一些学者采用抬高其他文化名人的做法,来达到使鲁迅无法突出的效果,这也是一种变相的矮化。比如胡适、蔡元培、梁漱溟、陈寅恪、丁文江诸公,我承认,他们都很有学问,很有情操,有的还堪称"德艺双馨"，他们的思想也确实很深邃，甚至更为系统、更为全面、更为公允，但我想问一句：他们的文章你现在还读吗？他们的文章你还读得进去吗？如果随着时光的推移，他们的文字已经失去了当时的爆破力和感召力，他们的思想和学问又附丽在何处呢？难道会出现"他的思想还活着，但文字已经死了"的怪现状？至少是会大打折扣吧。仅就我而言，以上诸公的文章现在就不怎么看得进去，因为其中缺乏神采，缺乏汁液，缺乏意象，而这恰恰是鲁迅作品"富余"的地方。在近现代思想文化大家中，文字仍然能够带给人们强烈的震撼和持久的美感，鲁迅即便不是硕果仅存的，也是首屈一指的。正如叶公超所言，读鲁迅的杂感，"我们一面能看出他的心境的苦闷与空虚，一面却不能不感觉他的正面的热情。他的思想里时而闪烁着伟大的希望，时而凝固着韧性的反抗狂，在梦与怒之间是他文字最美满的境界"。的确，这些凝结着"梦与怒"的短小篇什，往往比那些"言而无文，行之不远"的长篇大论更有价值、更动人心魄。

如果我有一支画笔，我会画一幅《向鲁迅致敬》；如果我有一支钢笔，我会将它敬献在鲁迅先生面前。然而此刻我什么都没有，枯坐在电脑前，只能写此小文，聊以自慰。

2007 年 10 月

"正说"与"歪问"

似乎从清史专家阎崇年开始,通俗历史的创作领域出现了一股"正说"的潮流。先是他的《正说清朝十二帝》,紧接着就有《正说明朝十六帝》《正说明朝三百年》《正说清朝十二后妃》之类的书跟风而上,并波及央视的《百家讲坛》,大有不绝于缕之势。

按我的理解,"正说"的核心,是正面地写出古代帝王们的事功业绩。对这一点,我是有一些不以为然的。一个皇帝,尤其是在位时间比较长的皇帝,哪怕他品质相当低劣、胸怀相当狭隘,但在漫长的统治生涯中,总会干一两件正事或好事吧。比如,在宫廷政变、挑起战端、苛捐杂税、大兴土木、鱼肉百姓等等之后,在玩腻了这一切之后,哪怕是为了调剂生活、打发时间，也会想到去发展一下生产、改善一下老百姓生活吧。著名学者黄仁宇对于历史曾有个说法，叫"长程的合理性"；我觉得对于古代帝王来说，基本上都有着一种"长程的仁慈性"。而这些仁慈不管占其统治生涯的多大比例，有的只是偶发一下慈悲，一旦被我们的历史学者记录下来，可就成了"光焰万丈"的无上功绩。

而更大的问号则是，既然每个帝王都这么正，都做了好事，许多个"正"加在一起，应该导向一个更大的"正"啊，但我们所看到的却是歪向一边的结局，不仅歪了，而且大歪特歪，毋庸置疑的歪，无可挽回的歪。正如你所见，大明王朝被区区几万满族士兵打得找不着北，而在下一个轮回里，大清王朝又被从遥远的万里之外袭来的数千名英法联军打得一败涂地。可见，这样的天朝大国不仅方向上歪了，而且骨子里已经烂了。又岂能不烂呢？我有时翻看明清历史，都会唏嘘不已，因为每每看到我大好中华河山，竟曾被几个混账透顶的皇帝（尤以20多年不上朝的明世宗朱厚熜和痴迷木匠活的明熹宗朱由校为甚）统治着，而且一统治就是那么久！王公都在胡闹，群臣都在应付，民众都在苟活，甚至这胡闹、应付和苟活之中，还有歌舞升平、醉生梦死、风花雪月，至少还有好死不如赖活着。但是，迟早会遭报应，报应一来，通通狼奔豕突、生不如死。

前些年，《戏说乾隆》《还珠格格》等剧的播出，掀起了一股戏说历史的文化风潮。"正说"看起来是对"戏说"的反驳，仿佛两条完全不同的河流，泾渭分明，但它们恰恰在河床的深处成了合流，可谓殊途同归。因为，"戏说"表面上打打闹闹、荒诞不经，但你细看其中的帝王主人公，哪一个不是武艺高强、行侠仗义、作风亲民？再加上长相俊美、风流倜傥、儿女情长，活脱脱一个大众偶像。可以说，"戏说"是将封建帝王偶像化，而"正说"则是将封建帝王巨人化，叠加在一起，就"生动形象"地营造出封建帝王的不老神话。如此亮丽的神话，自然会使我们的青少年受众如痴如醉，在不知不觉中被"洗脑"。一言以蔽之，"戏说"和"正说"两者完全是"合谋"关系。

对于明清的事，我们已说得太多；对于明清的帝王，我们已经美化得太多；对于我们自己的孩子，我们已经误导得太多。这一切，应该有个收场的时候了。

2008年2月

从星坛看文坛

　　法国人说："发明一道美食的价值，不亚于发现一颗星星。"我觉得，法国人太好吃了，显得境界不高。在我看来，在人类文明史上，每发现一颗像太阳系行星这样的星星，都是科学领域和精神领域的盛宴，举世皆欢。那么，驱逐一颗星星又会造成什么影响呢？我想，不亚于从公众口中夺走一场美妙的盛宴。

　　在太阳系行星中，没有比冥王星更有传奇色彩的了。它在远离太阳59亿千米的寒冷阴暗的太空中姗姗而行，这情形和罗马神话中住在阴森森的地下宫殿里的冥王普鲁托非常相似，因此，人们称冥王星为普鲁托（Pluto）。

　　也没有比冥王星更有孩子气的了。首先，"普鲁托"这个名字是一个叫维尼夏·伯尼的11岁英国女孩给起的；其次，冥王星小得可怜，它的个子比月球还小，质量只是地球质量的0.0024倍，就像童话中的小矮人。

如今，冥王星带着几分不舍，告别了太阳系的行星家族。冥王星的离去，也标志着人类一个时代的结束。从此，在对宇宙的观测和研究上，人类从一个比较粗糙的时代，进入一个比较精微的时代。可以想象，随着这种观测和研究越来越深入，将会出现更多的变化和惊喜。

背影总是忧伤的。当冥王星离去之际，多少人唱出"浪漫主义的挽歌"，多少人发出了感伤主义的哀叹，又有多少人引用徐志摩的诗句："轻轻的我走了，正如我轻轻的来；我轻轻地招手，作别西天的云彩。"

但是，根据科学原则，既然已经确立了标准，就应该不折不扣地遵守。否则就不能保证整个科学尺度的统一，也不能保证整个科学系统的和谐。

同样，根据民主原则，所有的星星一律平等，套用奥威尔的经典句式，不应该出现"有的星星比其他星星更平等"的情况。谁都不应当搞终身制，在人类社会中如此，在星星社会中也是如此。

可见，科学并不浪漫，民主也不温柔。但西哲们向来是把"天上的星星""人间的法律"和"心中的道德"这三者相提并论，来说明原则之不可违背。

冥王星"下课"事件，究竟给了我们的文坛什么样的启示呢？我们的文坛也聚集着一些自我感觉良好的星星，看上去星光熠熠，听起来响声阵阵，在热闹程度和吸引公众眼球程度上，此星坛似乎犹胜彼星坛。在即将过去的一年中，发生了许多大事件，从韩白之战到作家乞讨，从梨花体到诗人裸诵，真是此起彼伏，你方唱罢我登场，给人的一个感觉就是，许多当事人身上缺少了一点科学与民主的精神，甚至存心将自己小丑化。本来应当承担一定启蒙任务的作家们，却有着这样的严重硬伤，这一点是很让人感慨的。

于是，公众看到的不是璀璨的星光，而是文坛星星们的缺点，和从天文望远镜中看到的一样清楚。

于是，只会速朽，以天体速度速朽。

2006年12月

另一种辞典

巴金生前对字词要求很严,不仅自己有翻阅辞典的习惯,还喜欢自掏腰包买来《新华字典》等辞典,送给家里的晚辈或后学。再联想到钱锺书平常没事时就爱读辞典背辞典,足见辞典在老一辈文化人心目中的神圣地位。然而,眼下一个不争的事实是辞典头上的光环已经不再了,原因自然是伪劣辞典的出现,极大地败坏了辞典的美誉度。

在某种意义上,辞典是一个国家学术水平和学术操守的象征。以前好像都是学问最大的人在编辞典,现在反倒是学问最小的人混进编辞典的队伍中。像把"不破不立"解释为"不破案就不立案"的所谓辞典,不仅仅暴露了编撰者的无知和无厘头,其实也是令整个学术界蒙羞。

辞典要严肃、客观、准确,这是起码的要求;除此之外,如果再能追求一点个性和文采,就更不同凡响。狄德罗的《百科全书》和阿西莫夫的《古今科技名人辞典》就是这样不同凡响的辞典,同时也向我们展示了辞典的另一种编法。

狄德罗说编辑《百科全书》的宗旨,是向人们提供一套可资查阅各种技艺和科学知识的辞典,目的在于"改变大家的思想方法",掀起一场"人类精神上的革命"。因此《百科全书》的许多地方洋溢着革新精神,洋溢着汪洋恣肆的才情。例如其中关于"国王"一条,狄德罗索性用诗体写道:"你躺在火山上打盹,/你的臣民只是不得已沉默,/任何森严的警卫,/任何豪华的接待,/任何高位的诱惑,/都不能拯救你;/你用什么都不能扑灭暴动的爆发。"

如果说《百科全书》还不能算是标准的辞典,有一点"借辞典之形式,浇自己之块垒"的成分,那么阿西莫夫的《古今科技名人辞典》从里到外就都是货真价实的辞典了。该辞典收入了有史以来1510个著名科学家的传略,堪称一部以人物为坐标的科学通史。《古今科技名人辞典》的鲜明特点主要表现在两个方面:

一是恰到好处的"闲笔"。比如在介绍发明显微镜的列文虎克时,就插入了英国作家斯威夫特的一首小诗:"博物学家告诉我们,/跳蚤身上有小跳蚤;/这些小跳蚤又被更小的跳蚤叮咬,/如此这般,咬个没完。"把微观世界可无限细分的原理解说得如此生动形象,实在让人叹为观止。

二是不把科学家当作符号和公式,而是当作有血有肉的人来写，从而改变了词条中的人物只能是扁平型人物的传统。在"卢瑟福"的词条下，写到这位新西兰物理学大师年轻时获得剑桥大学的奖学金时，便有这样一段描写："这个消息传到他耳中的时候，他正在父亲的农场挖马铃薯。他马上甩掉手中的铁锹说：'这是我要挖的最后一个马铃薯了。'"寥寥几笔，就将人物的自信和洒脱表现得淋漓尽致。对于许多科学家，阿西莫夫在客观地介绍学术成就的同时，还分析了其性格上的特点甚至缺陷。例如对牛顿的懦弱、胡克的好斗、拉瓦锡的贪图名誉等等，都有所披露，使读者有了更为全面的认识。

更让人敬佩的是，《古今科技名人辞典》是阿西莫夫完全凭一己之力完成的，当时许多人对这一点很不相信，认为辞典是他"带领了一队数目可观的人马进行了研究和编写而成"，以至于阿西莫夫不得不在修订本的前言中加以辩白，并重申连繁重的打字工作都是他亲自搞定的，因为"我写这本书是出于一种无比的爱好。所以，我非常珍爱它，甚至点点滴滴我也不愿与人分享"。

当然，如此无比热爱的境界一般人难以企及，我们只能要求现在的一些辞典编撰者得有起码的敬业精神。同时，我们也不敢奢望今天的辞典能有个性化的风采，只要实现了精准化就好——现状是那么不尽如人意，不降格以求还能怎样？

2005 年 11 月

拯救标点

在文化领域,法国人总有点事儿的。前一阵子,他们就掀起了一场拯救"分号"的行动。因为一向以高雅自居的法国人发现,英语表达严重滥用标点符号,无论作家还是媒体都想方设法地简化语言表达,不规范使用标点,而诸如"分号"这样本来就不常使用的标点,在当前的语言表达中已近乎绝迹。《标点的艺术》一书的作者赛威像敲警钟似的说:"分号像珍稀动物一样濒临灭绝,作家恐惧用它,报纸也尽可能地避免用它,这是一种悲哀。现代作家中很少再有人会使用分号。"

先引一段别人的事,是为了说明我们自己的情况也好不到哪里去,需要拯救的标点同样不少。就以顿号为例,说来滑稽,在现在的文章中竟然很难找到它了。其实顿号的语法作用很单纯,掌握起来也并不复杂,可大家就是不爱用它,本来应该轮到它上场的地方,十有八九是给逗号取代了。虽然在大多数情况下,用逗号代替顿号也说得过去,但我总想,多一种标点难道不是更好吗?难道不是多了一种优美、多了一道风景吗?尤其是几个名词并列在一起的时候,用上顿号是多么富有节奏感——不,简直可以说是快感,整个句子的感觉完全不一样,短促而精神。试想一下,如果用的是逗号,所有的名词似乎就给淹没在句子的汪洋大海之中,透不过气来了。所以,为文者应该多念及顿号的好,时刻牢记标点大家庭里还有这么一个可爱的小家伙,千万别让它流离失所、无家可归。

至于分号,也是我们的一块心病。分号用得好,真的赏心悦目,还无形中给文章作者的智商加了分——是的,我通常都是根据标点符号来判断一位作者的逻辑思维能力的。像我所推崇的王小波,就特别善于用别人很少用的破折号,用得是少见地妥帖、少见地好,充分显示出他高超的智力水平。闲话少说,还是回到分号。目前我们的情况是分号不仅用得少,偶然有人用了,还用得不够好看。我本人不太喜欢两种分号使用法。第一种情况是前面没有逗号,就突兀地出现了分号。也不能说不对,但就是看着别扭。优美的画面应该是这样的:先是一两个逗号把句子破一破,接着就是一个挺拔的分号;然后又来一两个逗号缓冲一下,再跟上一个挺拔的分号……这才是一支排列有序、步伐整齐的队伍嘛。第二种情况是前面已经出现了句号,还照样用上一个分号殿后。相比之下,这种情况更不能让人满意。因为在我的感觉中，句号应该是管辖着分号的，如此长幼次序颠倒，成何体统？

我在编青少年杂志时，会收到不少80后和90后的来稿。应该说，他们有着很好的叙事能力，想象很瑰丽，辞藻也很华丽。但他们中的一些人似乎只用逗号和句号，间或用一点省略号，而其他种类的标点符号也就给"省略"了。人物对话时，也没有什么冒号、引号之类的标识，就是直接放在一段文字里，前前后后地裹在一起，看得我那叫一个郁闷。刚开始我还准备按老法子一一改过来，该加上引号的加，该换成冒号的换。后来发现简直改不胜改，而且连某些著名的新潮作家也这样子用着标点，我如果继续古板地改下去，只能说明自己跟不上时代，甚至只能说明自己存在着阅读障碍。只好索性由他们去了。

照这样发展下去，纸质媒体也会"进化"得跟电视媒体一样，干脆将标点通通取消，完全实行空格化，就像屏幕下方滚动的字幕那样，在该断句的地方就留出一个空格，岂不最省事！

想起了王尔德的一个典故。一次他去参加宴会，姗姗来迟。人们问他为何迟到，他说先在文章中加了一个逗号，考虑良久觉得不妥，又删去了这个逗号，就此耽误了时间。如果王尔德活在当下，肯定会成为迂腐的典型，不妨篡改温庭筠的一句诗送给他："如今行文非昨日，莫抛心力弄标点。"

2008年7月

再短的诗，也要占据大大的纸张

今年的诺贝尔文学奖给了赫塔·穆勒，而她主要是一个诗人。这真是太好了！从历史上看，诺贝尔奖一贯重视诗人，在所有的获奖者当中，诗人的比例要接近三分之一，这是一个相当大的比例。

再短再朴素的诗，也要占据大大的纸张；再巨大再光鲜的文字垃圾，也注定很快地化成粉末。

只有在以文字垃圾为美的地方，才会觉得诗是可有可无的东西，才会认为诗人完全是社会上多余的人。于是乎，有那么多人对穆勒获奖感到不理解，包括专业人士和非专业人士，都会在鼻子里发出三声不屑的哼哼：她是个女的？哼！她还是个写诗的？哼！她竟然还是从一个东欧小国跑出来的？哼！

须知，中国曾经是一个诗歌的国度，中国语言曾经是一种高度诗化的语言。但我们当代，又出了多少像样的诗人呢？我们又将当代汉语的诗性和国际性开掘了多少呢？两相比较，就会觉得无比讽刺。

据说穆勒的作品中国大陆还没有译本——或许马上就要有了，但估计销路也不会太好——所以，她的诗我一首也没有读到。只好先重温波兰女诗人维·希姆博尔斯卡的诗，后者是1996年诺贝尔文学奖的得主。凑巧的是，她也来自东欧，而且获奖时已经63岁，比穆勒还略大，是世俗眼光中的老太婆了。

> 我们客客气气地相处
> 我们说多年后相见太美妙
>
> 我们的虎喝牛奶
> 我们的鹰走在地上
> 我们的鲨鱼淹在水里
> 我们的狼在打开的笼子前哈欠连连
>
> 我们的蛇摆脱了闪电
> 我们的猩猩失去了灵感
> 我们的孔雀放弃了羽毛
> 很久以前蝙蝠已从我们的发间飞走

我们的话说到一半突然陷入沉默

连笑都无可奈何

我们的人

不知道如何交谈

  希姆博尔斯卡这首名为《意外相逢》的小诗，写于20世纪60年代，译者是李以亮先生。都说"诗歌是翻译时丢失的东西"，但依我看，这首诗并没有失去什么啊！它还是那么简洁有力，能够让人猛然定住，能够让人陷入沉思，然后在各自的沉思里磨砺着共同的问题。当年希姆博尔斯卡之所以获奖，理由即是她的诗"精确的嘲讽将生物法则和历史活动展示在人类现实的片段中"。

  所以，我们的作品获不了诺贝尔奖，就怪翻译得不好，这实在是一件很无厘头的事情。作为中国人，当然要用自己的母语——汉语来写诗，但要用国际眼光来写，即要从灵魂底部和血液深处，把自己当作一个"国际人"，写出地球村居民共同的爱和怕，共同的希望和绝望，共同的疑虑和彷徨。这恐怕才是中国诗人的出路。哪怕这样的作品被翻译得不够到位，但其中所蕴藏的基本的思维线索和情感线索，仍然能撼动世界上大多数人的心。

2009年10月

一次只能奖励一个心灵

今年的诺贝尔奖全部揭晓了，果不出所料，大部分奖项都是"双黄蛋"乃至"三黄蛋"。那架势，弄得简直有点像我们的华表奖和飞天奖了。我甚至有点担心，照这样发展下去，会不会也出现奖项一宣布、大幕一揭开，七八个获奖者已经提前在台上站好的滑稽场景。

唯有文学奖和和平奖是独得。其实，严格说起来，只有文学奖较好地保持了独得的传统，从1901年开始，跨越了一个世纪，其间只有5次由两人分享，而且自1974年之后，就再也没有出过分享的状况。相比之下，和平奖则有相当多的分享的例子，尤其是那些以前是对手，后来化敌为友的政治家，往往会带着"同一个梦想"，站到同一个领奖台上。比如阿拉法特和佩雷斯、拉宾，曼德拉和德克勒克。而今年的和平奖获奖者是奥巴马，众所周知，他现在还是整个世界的宠儿，和世界上的大多数媒体还处在蜜月期，或许是考虑到这一因素，和平奖才没有让别人和他一起分享，免得折了他的面子。

如果爱因斯坦、玻尔和居里夫人活到现在，看到诺贝尔物理奖的颁奖场面，他们肯定会说："我们那时候多孤单啊！"真的是"孤独站在这舞台，听到掌声响起来。"然而，那个孤独的年代、那个大师的年代，一去不复返了。从20世纪七八十年代起，物理学奖总是分享、分享，再分享。化学奖、生理学或医学奖的情况也如出一辙。但不分享，又能怎么办呢？似乎已经不再有人能踏出那种孤绝而深邃的道路，一个人在凭一己之力开辟的蹊径上艰难而愉悦地行走，现在都是好几个人从不同的实验室或科研团队出发，走着大致相似的路径，最后又在一个终点会合。同样，似乎已经不再有古典意义上的大师了，一个人就是一个体系，一个人就是一个王国。现在大家都是匠人，只不过是有着段位区分的匠人，而高段位的匠人总有那么三五位，他们之间还多半存在着相互启发、相互合作、相互补台的关系。所以，您说这奖金该给谁不该给谁呢？

好在，文学给了那些古典思维和古典情怀最后的希望。文学仍然是固执的单干户，它拒绝合作，也拒绝分享，它仍然在和永恒较劲，也仍然在和孤独调情。更值得庆幸的是，诺贝尔文学奖评审委员们的脑子还没有坏掉，没有像历史上"发神经"的5次那样，把文学奖给掰成两瓣或是三瓣，从而别让那些望"奖"欲穿的文坛大佬等得太久——

  还是让他们多等等吧。因为，我们一次只能奖励一个心灵。而那些伟大的心灵，也值得我们单独致敬。

2009 年 10 月

为什么王朔成不了塞林格

许多人都说塞林格是美国的王朔。看上去是有几分相似：两人都是衣食无忧的小康型作家，王朔出生于大院，塞林格家更有钱一些；两人都有漫长得让人羡慕的青春期，这成为他们写作的最大资源；两人文风都显得痞里痞气，这使得他们分外性感，让少男少女读者无法抵挡。

现在重温《麦田里的守望者》，你会发现塞林格的"他妈的"用得真多，比王朔的"他妈的"还多。如果塞林格像王朔那样，一路这样"他妈的"写下去，那么他充其量是一个靠着比别人更海量的俚语词库写作的作家，充其量是一个影响局限于本国的"局域网型作家"。而就在这个时候，那个伟大的"麦田里的守望者"的意象呈现了出来，在关键时刻挽救了塞林格，使他成为一个靠诗意和哲思写作的作家,成为一个在世界范围引起共鸣的"互联网型作家"。

"有那么一群小孩子在一大块麦田里做游戏。几千几万个小孩子,附近没有一个人——没有一个大人,我是说——除了我。我呢,就在那混账的悬崖边。我的职务是在那儿守望,要是有哪个孩子往悬崖边奔来,我就把他捉住——我是说孩子们都在狂奔,也不知道自己是在往哪儿跑。我得从什么地方出来,把他们捉住。我整天就干这样的事。我只想当个麦田里的守望者。"整部小说最核心的地方,就"他妈的"在这里。

王朔和塞林格,差也就差在这样一个伟大意象上。仅有"阳光灿烂的日子""动物凶猛""一半是海水,一半是火焰"之类的小意象,还是不够的。当然,表面上是意象的差距,实质上是哲学素养和世界观的差距。

"麦田里的守望者"道尽了人类的困境。它和约翰·多恩的"孤岛"意象,帕斯卡的"芦苇"意象,海德格尔的"被抛"意象,卡夫卡的"甲虫"意象,加缪的"鼠疫"意象一起,成为揭示人类生存状态的最经典意象,因深刻而显得冰冷,又因悲悯而显得炽热。

而"塞林格制造"尤其令人难忘。每当我听到中学生自杀、农民工跳楼、明星吸毒,甚至听到看似挺正派的官员突然被"双规"的时候,我的眼前就会浮现出"麦田"和"悬崖"的意象,或者是熟稔已久的朋友,平时总抱成一团地玩儿,突然有某人因某种原因"离队"或"沉沦"的时候,我的眼前也会浮现出这样的意象。

  事关一小撮人。但它描述的绝不是一小撮人的命运，而是所有人的命运。那一小撮人身在深渊，而我们的心正一点点地往下掉，甚至可以说，我们已然心在深渊。

2010 年 2 月

为什么小说家写不好散文

当然也有例外，比如鲁迅和沈从文，比如张爱玲和王小波，还有史铁生和迟子建。

原本这只是我自己一个模糊的感觉，后来看到美国散文家 E. B. 怀特的一段话，才发现自己的感觉似乎找到了答案。

这段话是这么说的："散文家是自我解放的人，靠着孩子般的信念支撑着，即他所考虑的每一件事情，发生在他身上的每一件事情，都具有普遍性的意义。他是个完全享受其工作的家伙，就像带着鸟出门遛弯的人们一样自得其乐。散文家的每一次新的旅程，每一个新的尝试，都不同于上一次，将他领入新的国度。这给他带来了欢乐。只有先天以自我为中心的人才会大胆鲁莽，并持之以恒地写散文。"

有的科学家甚至是散文家，比如帕斯卡和爱因斯坦，还有那位可爱的奥地利动物行为学家洛伦兹，如果他们没有"孩子般的信念"，他们就不会把自己那烦琐的饲养日记絮絮叨叨地写下来，他们从来没有想到要往里面放一点情语或景语，但到了最后，所有的"实验报告"都成了最真最美的情语和景语。

有的小说家实际上是散文家，比如卡尔维诺和米兰·昆德拉，还有英伦才子阿兰·德波顿。不单是说他们的语言哲学含量高，而是他们对于"凭借一己之力获得普遍性意义"的自信，他们悠然地写着自己经历过的或是想象出的旅程，那么淡定和从容，不讲究什么叙事技巧，不刻意设置叙事高潮，而是享受着私人的经历和私人的想象，持之以恒。

这恰恰是将世界作为一个整体来加以思考，当然是通过寻常的一角凸显出来。只不过这一角经过了自己心中澎湃的诗意的烛照，最大限度地直面世界，不让任何人事或任何想法成为自己与世界之间的"第三者"。

不要妄图成为集体意志的代言人，甚至不要想去讨好集体意志（无论是大众的或者是小众的，连小众的也不成）。让大众或小众看到了开头，就猜到了结尾。这样的散文从头至尾都是"我"，但你可以轻易地把所有的"我"都换成"我们"。这也使我想到，我自己在写所有的时评文字时为什么会底气不足，要自作多情地以复数"我们"来发声，尤其是以"我们"来批判或辩驳，因为我不敢"以自我为中心"，我不够自信地认为"中心"在别处，在某个群情汹涌的地方，或在某个闪烁着真理之光的经典之中，于是，我就在"我们"背后失去了自我，并离中心和真理越来越远……是啊，当我写着这样的时评时，我想着去解放大众，但到了文章结尾，我才知道连自己都不是一个"自我解放的人"。

也不要妄图去说一个讨巧的故事。把故事说好，那是一流小说家的任务，与散文家无关。你的故事就是你过去经历的事，你的心事就是你现在经历的事，写出它们就好。别去圆滑地、造作地写它们，更别妄图让它们成为刺激所有人、愉悦所有人的通杀故事，也别想着从民族记忆、历史记忆中取出一些素材加以生硬地改造，或想着使自己的通杀故事成为日后的民族记忆、历史记忆的一部分。其实，这些都是媚俗，都是矫情。你只需要忠实地写出自己的"每一个新的旅程，每一个新的尝试"就好，这些旅程和尝试或即刻蒸发在字里行间，或顽强地留下自己的印记，那已经是它们自己的宿命了。你只要相信：每一次真诚的个人写作，其实都在冥冥之中叩响了民族记忆和历史记忆的大门，正如每一条诚实而辛勤的小溪，最终都会汇入大海。

为什么李娟天生有信念和诗意，因为她是一个天生的少女哲学家。

而当李娟被市场招安之后，信念和诗意就消失了，因为她变成了为一种风格写作，为一块沃土（新疆）写作，为"我们"写作。而她原本是为自己写作。那曾经在写作中逐渐清晰的自我，又逐渐模糊了。

所以，散文家活该受穷，他或她就应该是一位衣着寒酸的遛鸟的大爷，就应该是在昏暗的灯下剪着窗花的大娘——他们是否已经得着了快乐，已不屑再向人提起。

2010 年 4 月

古代英雄的石像

每当听到有人在谈论《平凡的世界》时,我都会想起入选小学课本的叶圣陶童话——《古代英雄的石像》。在我看来,《平凡的世界》及其所塑造的人物,甚至包括作者路遥本人,都是一尊古代英雄的石像。

事实上,这部小说所着力反映的 20 世纪七八十年代,距今不过 30 多年,为什么已经成为"古代"?

因为那个年代所凝结的古典情怀,如今几乎已经成为绝响了。

这种古典情怀,主要包括三个方面的内容。

一是古典的自我奋斗。如果说五六十年代是一个"激情燃烧的岁月",那么紧随其后的七八十年代也是。前者是集体几乎彻底压倒了个体的年代,而后者则是个体之"芽"倔强地从集体之"瓶"中突破出来。经历过那个年代的人,总会回忆并且迷恋那种青春勃发、性灵高蹈的感觉。那是一种什么感觉?就是每个人都觉得,只要不懈地自我奋斗,总有一天会攀上世界之巅。路遥难能可贵的是,他不仅写出了理想的光芒,更通过孙少平这样一个"劳动英雄",写出了劳动(尤其是体力劳动)的神采。在路遥心中的圣殿里,供奉着两个头顶光环的神祇,一是理想,二是劳动:前一个使他和流云高昂地飘飞在一起,后一个又使他与大地紧密地联系在一起。

然而,到了21世纪,劳动,似乎已成了打工仔、菲佣的同义词;"成功"这个字眼,似乎只在成功学书籍这类心灵鸡汤里闪光。社会的层级,不断地固化;上升的通道,不断地淤塞……眼下一个像孙少平那样的农村青年,他的成功之路在哪里呢?即便是城市中产阶级家庭里的孩子,如果他没有一个名爹,没有考上一所名校,没有娶一个名媛,那么,对这么一个"三不名"青年来说,他的成功之路大概也将"蜀道化"起来。

二是古典的爱情。《平凡的世界》写了数段爱情,其中最为动人的还是出身高干家庭的田晓霞对农家子弟孙少平的爱,以及金秀对毁容后的孙少平的爱,前者让人宽泛地联想起许多中外古典小说,后者则让人具体地联想起《简·爱》。这样一种击碎"傲慢与偏见"的奋不顾身的情怀,正是爱情最玄妙的地方,也是最能穿透人心的地方。

如今的爱情,正如你所见,算计化和功利化,成了爱情的主色调；同时也碎片化和肥皂泡化了，成了生活中漫不经心的点缀。于是，以《爱情公寓》《失恋33天》为代表的低劣影视剧替我们诠释着爱情，居然还能使我们或哭或笑起来。

三是古典的写法。路遥就是一个石匠，却有着古希腊雕塑家般的追求，一心奔着"高贵的单纯，静穆的伟大"而去。他不现代派，不魔幻现实主义，不身体写作，不大红灯笼，不一地鸡毛……

石雕的粗糙，造就了其不同于20世纪八九十年代主流文学的力度，那种试图在形式和题材上标新立异的主流文学，现在看来，多少显得有些矫情和投机取巧。而《平凡的世界》与新世纪文学相比，更是石雕与水晶的对比，石雕的朴厚，反衬出水晶的苍白。

随着同名电视剧的播出，《平凡的世界》又大热起来。其实，这部小说未必就达到了伟大的标准，但路遥只要全心全意地经营好自己的"平凡"，就足以让今人汗颜了。那个世界的平凡，衬出当今世界的畸形；那种精神的平凡，衬出当今精神的全面下沉。

平凡都能让今人如此感动，该反思的应该是今人本身了。

2015年3月

仅有胡子是不够的

在传世之作《蒙娜丽莎》面前,绝大多数人是毕恭毕敬的,有的甚至屏住了自己的呼吸。就这样凝神静气地看了几百年,终于在1919年,有一个"不恭不敬"的家伙突发奇想,给画中的她添上了一撇小胡子。从此,蒙娜丽莎就持续性地遭殃,有人让她手握钞票,有人让她换上宇航服,有人让她叼起了烟卷,有人甚至让她变成了猩猩……往少里说,也有二三十个版本吧。

添胡子的那位叫马塞尔·杜尚,他的举动可能是现代文艺史上最早的"恶搞"的例子。但真正使杜尚名声大噪的倒不是那撇"胡子",而是他创立了一个著名的艺术流派——达达主义,并且创作了大量富于震撼性的作品。看过《泉》《下楼梯的裸女》这些原创作品,你就会发现,这个杜尚是有两把刷子的。也就是说，恶搞只是他创作中的小插曲，而不是主旋律。假使他就在恶搞那儿停下来，那充其量也只是一个高级混混罢了。

《白头神探》是我钟爱的美国系列喜剧片，也是恶搞方面的教科书。我记得，它恶搞过老布什总统、伊丽莎白女王、歌王帕瓦罗蒂等上流社会人士，还恶搞过《007》《人鬼情未了》等经典电影，反正几乎所有"神圣"和"优雅"的东西，它都准备来冒犯一下。主演莱斯利·尼尔森一头银发，假痴不癫，特别讨喜，与影片的整体风格相得益彰。但如果要我做个客观的判断，我还是觉得金·凯瑞比老尼尔森更出色，伍迪·艾伦的喜剧比《白头神探》更深刻。因为，恶搞在"看轻"被恶搞对象的同时，也使自己轻飘化了，缺乏必要的"重量感"。而这种重量感，却能在金·凯瑞和伍迪·艾伦身上看到。听说金·凯瑞现在已经得了抑郁症，这大概正是那些不断逼迫自己创新的人的宿命。还听说伍迪·艾伦现在也开始恶搞了，真让人感慨系之，也让人越发怀念他那些充满哲思和悲悯情怀的早期电影。

"恶搞"能多快好省地赢得笑声和掌声，但它的地位却是尴尬的，总像是跟在别人身后的一个"附件"，是藏在经典背后的一个"病毒"，没办法取得独立的身份。因此，恶搞是一种半吊子的变形，是一种还没有跨过创新门槛的变形。那么，究竟要"变形"到什么程度才够呢？恐怕你得变形到毕加索那样的程度。毕加索在创作时，脑海中肯定会出现无数个"蒙娜丽莎""西斯廷圣母""戴珍珠耳环的少女"的画面，这时他仿佛怀着一股巨大的仇恨，想把她们通通"撕碎"，"撕碎"后再进行重组……于是，立体主义在他"邪恶"的手中诞生了，于是你看到许多怪异的女人脸庞。这样的变形，才能被称之为创新。所以，你要恶搞干脆就"恶向胆边生"，搞他个翻天覆地，所谓宁可革命，不要改良。

该说胡戈的那只馒头了，似乎目前国内高涨的恶搞风气都因它而起。其实，《一个馒头引发的血案》所恶搞的对象《无极》本身就算不上经典，这也就决定了馒头的价值是相当有限的。不可否认，胡戈是一个相当机灵的小伙，但机灵的人做做广告、搞搞娱乐还行，离真正的艺术恐怕还有一点差距。

近几年来，在国内文艺界看到了无数的机灵人，见识了无数的小聪明，能否给我们一点大智慧呢？

仅有"胡子"是不够的。如果大家都一哄而上去恶搞，那么就不会再产生新的《蒙娜丽莎》，到时候想添胡子都找不到地方了。

2006 年 7 月

都市是人类的化石

以工具形态为标准划分,人类社会可分为"旧石器时代""新石器时代"和"青铜器时代";以生产形态为标准,则可分为"前工业社会""工业社会"和"后工业社会";那么,从居住形态上划分,人类又经历了"乡野时代""城镇时代"和"都市时代"。大城市尤其是大都市,是人类进化的一个重要阶段,是位于人类文明之树顶端的硕果。如果说恐龙留下了骨骼、脚印、蛋这三件化石,作为自己来过地球的证据;那么,人类所留下的三件东西,则是:城市、工具和书籍。

我是喜欢都市的,越大越喜欢。一个渺小的个体,看似会被巨无霸的都市吞没,但只有在浩瀚无边的海洋里"匿名"潜水,才能充分体验到自由自在的快感。与乡野中的自由相比,这是一种更加鲜活、更加私人化、蕴含着更多变化的自由。所以，当我所在的城市大踏步地向都市迈进时，我是十分欣喜的。在这座规模不断扩大的城市漫游时，我常常会萌发这样的念头：即使我们这一拨人类毁灭了，也没什么关系，因为我们已经留下了伟大的城市遗迹，供地球上后起的智慧生命发掘，好让他们羡慕我们。

我是举双手赞成"隔离发展"的。也就是说：有些地方既然打算建成大都市，就要向纵深发展，城市建得越大越好；而对于一些偏远的乡村，则建设得越少越好，尽量保持其原始状态，或者干脆让其"荒"着，而把那里的人口都迁移到大都市去。这样"隔离"起来的好处是，我们只改变了地球表面一部分的环境（当然是极大的改变），而保留了另外一部分地方（所占比例更大）的原生态。最为可怕的结果，莫过于每个乡村都变成了千篇一律的小镇，每个小镇又变成了千篇一律的小城市，这就把整个地球的面貌弄得面目全非了，其中必然隐含着灾难性的生态危机。

由此看来，大都市对于人类的可持续发展是十分重要的，说句煽情的话，它是以自己的"忍辱负重"，承载着整个人类的命运。

套用卡尔·波普的理论，人类建设大城市的过程，也是一个不断"试错"的过程，其中有着许多成功的经验和失败的教训。大体上说来，必须解决好两大矛盾：

一是"可展示性"和"可享受性"之间的矛盾。城市不是好大喜功的载体，也不是展示给谁看的面子工程——谁要以城市作为个人的面子，那他最后准会失去面子。城市应该是供在其间呼吸、劳作、休憩、繁衍的居民享受的。那么，居民可以从城市中享受什么呢？一是自由，二是便捷，三是闲适。如何才能自由？显然，进行户籍改革，加大居民迁徙的自由度；降低准入门槛，善待外来人口，都是其中的应有之义。如何才能便捷？显然，首先，除了不断扩大城市规模外，还要大力发展公共交通，抑制私家车和公务车；其次，大力推行网上办公和网上购物，让居民足不出户就能办成事情、买到东西。以上这两项还相对比较好解决，最难的是"闲适"。所谓"闲适"，说白了就是当人们住进大城市之后，他们仍然对过去那种乡野或城镇生活有着浓浓的留恋，还想把过去那种比较自然舒适的生活体验，复制一部分到当下来。正如叶芝在《茵纳斯弗利岛》中所吟唱的："我就要动身走了，因为我听到／那水声日日夜夜轻拍着湖滨；／不管我站在车行道或灰暗的人行道，／都在我心灵的深处听见这声音。"没办法，纵使身边再怎么繁华，他们总会听到这个山那个湖召唤的声音。对于这样一种普遍的怀旧心理，我们要加以尊重。比如，在做绿化时，是多搞华贵齐整的进口草坪，还是多栽一些杂树好呢？再比如，是将所有道路都拓宽，只保留大商场，还是保留一部分街巷、胡同、小商店好呢？建筑学家张永和提到一个城市的"可漫游性"，就属于"可享受性"的一个分支。他说，以前的城市居民吃过晚饭，溜达着就上了街，每隔不远就有一个小店，碰巧也买点东西，更重要的是出了门，不一定是有目的，而是享受城市。如今欧美和日本的大城市还具有可漫游性，但国内的一些大都市，高楼大厦拔地而起，立交桥纵横交错，在获得现代化的同时，却不知不觉地丧失了可漫游性。

二是"可构造性"和"可生长性"之间的矛盾。这方面一个典型的失败例子是巴西利亚。巴西利亚是1965年在巴西中部平地上规划新建的首都，其平面形状像一架有后掠翼的喷气式飞机，曾被称为城市规划史上的里程碑。但这座从头到脚都崭新的城市在建成之后，却暴露出许多问题，始终像一架生硬冰冷的大机器，叫人难以亲近。巴西利亚的空间尺度只与汽车的速度相匹配，在建筑与建筑之间的巨大空隙中，行人根本找不到自己的位置，"注定要成为巴西利亚的孤魂野鬼"。澳大利亚建筑批评家罗伯特·休斯，就毫不留情地将巴西利亚评价为"一个乌托邦式的噩梦"。相比之下，乱糟糟、脏兮兮、大大咧咧的里约热内卢，反而给人一种非常亲切的感觉。可见，城市和人一样，和树一样，是能够自我生长的。在某些时候和某些场合，我们要尊重城市的自然生长性，尊重社区的自主性。有的地方，现在看起来脏乱差，但未必要彻底推倒重来，只要适当加以引导和修整，这些地方会越长越好看的，让人居住起来既随意又舒服无比。在地球上，最好看的东西还是那些自然生长的东西——你看到过任何一棵长得不好看的树吗？

享受城市，在某种意义上，就是享受自由、活泼、多样化的人性。城市是人类建造出来的，应该成为人类最自然、最美丽的分泌物，而万万不能走到人性的对立面，以至于成为人类的敌人。

目前,我所在的城市正带着人们"享受都市"的梦想,飞速向前跨越,这是我们的希望;更关键的是,历史上有那么多经验教训供我们借鉴或吸取,这更是我们的福分。

2007 年 11 月

我们是怎么谋杀一栋大楼的

在经过漫长的等待之后,我父母的回迁房终于拿到钥匙了。因为是坐落于闹市区的 34 层高楼,老两口兴趣不大,他们骨子里还是最钟爱三四十年前的平房生活,至少是 20 多年的多层生活。于是就让我找个空闲时间简单装修一下,以后这房子就由我住了。

就这样,我和少部分回迁户以及大部分新购房者一起,住上了一栋外观可以用"堂皇"二字来形容的大楼,成了喜气洋洋的业主。但是且慢,业主业主,"造业"之事似乎才刚刚开始。

先是安装防盗窗,在十几层、二十几层乃至三十几层住的人,也欣欣然地装上,你是有多缺乏安全感啊?是不是美国电影《碟中谍》《偷天陷阱》《偷天换日》之类的看多了?而且有一小撮业主，非不认同大多数邻居装不锈钢防盗窗的神圣共识，硬要装个白色的或绿色的上去，你是多想别出心裁啊！

再就是装空调，原来好好的起美化功能的栅栏十有八九被拆掉，让空调室外机来了一个裸奔，几百米之外都能看见。至此我才明白，把业主叫作野猪主要还不是因为声似，而是刻骨铭心的神似。

事实证明物业是节节退让的。原本断然不容许任何业主外装防盗窗，这一条在交房时白纸黑字，所有业主也都庄严地签了字，此情此景曾经使我倍感振奋。后来不仅可以外装，而且可以凸出于外墙。我见剧情如此大逆转，赶紧向物业投诉，物业大姐则向我诉苦，说他们是竭力阻拦来着，不料该业主四世同堂，遇到此事则四世同上，就在物业办公室酿成了武斗，竟然惊动了派出所。在物业和业主双双付出血的代价之后，最后还是后者可耻地得逞了。于是这第一个吃螃蟹的成功装上了外凸型防盗窗。紧接着，就有了好几个效仿者。并且，有人在效仿中搞出了创新，装上了外凸型晾衣架，晒起了大棉被——张扬的花色棉被，不知道在向谁示威。而我确知的是，至此，我们的大楼已经品位全无。

一言以蔽之，我之"诉"完全被物业大姐之"诉"消解，自然而然地走上了中国特色之路——"大家都不容易"。这六个字啊六个字，多少不文明假汝而行之！

事实又进一步证明，大家对大楼下的毒手，没有最毒，只有更毒。这不，大楼史上最气人的事件不以人的意志为转移地发生了——楼下的小快餐店,神不知鬼不觉地就开了张,又神不知鬼不觉地把一只硕大无比的烟囱架到了外立面上。须知,这豪华大理石砌就的外立面可是全体业主买的单啊,这位倒好,想怎么处理就怎么处理,甚是有一点"大独裁者"的味道。

这样的独裁,我称之为日常生活中的"微独裁"。一些中国人有那么一点人格分裂,在政治生活中一提起"大独裁者",都恨得咬牙切齿,恨不得食其肉寝其皮而后快。但这厢刚刚把"大独裁"骂得个狗血喷头,那厢就不由分说在自己的日常生活中实施起"微独裁"来了,并且在实施过程中感到无比的快意。看来,部分国人能当一分钟的皇帝或是当君临十来平方米的皇帝,都乐此不疲。那么,对我们那新鲜出炉的大楼来说,正是因为有这样根深蒂固的唯独裁情结,所以一切毒手迟早会来,一场又一场风波迟早会来。

我不仅没有参与"谋杀",而且在几次事件中,还是"大义凛然"的抗议者。但是,事后我无情地自我解剖了一下,这主要是因为我还没有正式装修和入住,并不是我的思想境界高过了大楼的高度。其实,我也是有过"前科"的,对其他的大楼犯过"罪"。比如,装过太阳能热水器,不啻给大楼打上了吊针;没有按规定把空调装在预先留好的机位里,只是因为装空调的小青年说线不够长,再加线就得加钱……

想起了《东方快车谋杀案》,阿加莎大妈的这部经典不仅是血色惊悚,更是在思想意识上相当超前的黑色幽默。书中的大侦探波洛经过一番抽丝剥茧,最终发现,每个人都是凶手,每个人都在黑洞洞的车厢里向那位大富翁捅了一刀，动机是为了复仇，因为这位道貌岸然的富翁多年前曾经犯下了一桩令人发指的绑架幼童案……

而谋杀大楼的诸君，动机又是什么呢？难道是因为购房款过高，自己成了苦大仇深的房奴，就以此来向开发商复仇？

只是，这复仇的刀就像澳洲土人手中的飞去来器，最终精准地扎向了自己。

2014 年 1 月

全球化时代的游吟诗人

当一位著名建筑师设计出了有圆形房间的楼房时,人们问他,是什么激起他这种设计念头的。"小时候我常常被罚站墙角,而圆形房子就不会有墙角了。"著名建筑师坦白地说。

这是一则很老的笑话,我10多年前就读过。笑话原本是含有对建筑师的讥讽之意的,却使我对这一职业产生了深深的敬意。在我看来,建筑师是伟大而单纯的,伟大是因为他们能改变这个世界的面貌,单纯是因为他们的动机往往又是那么纯朴。

甚至他们的灵感来源也是那么纯朴。就拿北京奥运会的两大经典建筑——鸟巢和水立方来说,前者的模仿对象一点也不出奇,鸟巢谁都见过,或许不少建筑师心中都曾萌发过营造一座鸟巢式建筑的想法;后者看起来也就是一只透明的方盒子,方方正正的，没有一点曲线，恰好与完全曲线化的鸟巢构成造型上的两极。真的都是最纯朴的设计母题，当然，要把它们从设计图纸变成现实，则是难上加难，需要艺术、科技、材料、施工等太多太多的因素紧密配合才行。这使我想到，建筑是艺术之一种，但或许又是最为刚性、最具有力量的一种艺术。写点诗歌或散文，属于参与这个世界；创作点绘画或音乐，属于装扮这个世界；而建筑作品一经诞生，就直接改变了整个环境，改变了人们的视线。

越是造型简单的建筑，越能引发多元化的联想。我2007年1月初去了一趟北京，那时鸟巢还在紧张施工之中，但大体轮廓已经出来了，远远看去，被繁复的钢网结构包裹的鸟巢就像是一块方便面。而我现在看着水立方，觉得它像魔力十足的太空魔盒，但更觉得它像一块淡蓝色的冰激凌蛋糕，让人忍不住想上去咬上一口。可能越是构思奇巧的建筑，越能引起生活化的联想吧。亲切得好像你生活中的一件物品，你可以随时去触摸，甚至可以随时去享用。

想当初，鸟巢和水立方的设计方案一出来，许多人都担心它们与古都北京的风貌不协调。现在看来，真是一天比一天亲切，一天比一天协调。我觉得，它们是北京奥运会留给这座古都、留给全中国的最宝贵的财富之一。还有被人们戏称为"蛋"的国家大剧院，也同样如此，对于周围的环境来说，它并不是一个突兀的冒犯者，而是一个和谐的协作者。一言以蔽之，鸟巢、水立方再加上这只蛋，使得北京成为世界建筑艺术的领跑城市，拥有了其他著名城市所难以企及的独特魅力。

众所周知，这三大建筑是中外建筑界通力合作的产物，国家大剧院的主设计师安德鲁是法国人，而鸟巢和水立方的外方设计师则分别来自瑞士和澳大利亚。这是世界文化交流和融合的一个重要见证。在我们这样一个全球化的大工业时代，像荷马那样的古典游吟诗人恐怕很难寻觅了，世界公民化了的建筑师取代了他们的位置。这些杰出的建筑师就是我们时代的游吟诗人，他们操着世界通行的建筑语言，在全球各地不停地奔波，不停地吟唱，留下一件件让人难以忘怀的作品，有的如绝句般轻灵，有的如史诗般壮丽。

2008年8月

金牌榜的背后

北京奥运会即将结束，中国体育代表团勇夺金牌榜第一，这是一个了不起的进步，一个永久载入史册的里程碑。

再细看金牌榜，就会发现美国、英国、澳大利亚分别排在第二、第四和第六位，同属第一方阵。众所周知，这三个国家之间有着千丝万缕的联系，美国和澳大利亚都曾是英国的殖民地，从人种上说，都是盎格鲁－撒克逊人的后裔。按照著名学者薛涌的说法，整个世界近现代史，就是一部盎格鲁－撒克逊人崛起的历史，并且在20世纪完成了由大英帝国向超级大国——美国的交棒。

从人种角度来考量历史、考量体育，总是有相当的片面性和局限性，更何况现在美国甚至英国的体育界，早已不是盎格鲁－

撒克逊人在一统天下，而是各种族裔百花齐放。那么我们就抛开人种的因素，从文化角度来分析一下这三个国家在体育上成功的关键。

先看英国。18世纪肇始于英国的工业革命，为人所熟知。而在工业革命的同时，英国人也在静悄悄地进行着一场体育革命。一方面人们逐渐依赖于甚至臣服于工业机械的巨大力量，另一方面又在渴望着身体和心灵的进一步解放，而体育就成为承载身心飞翔的重要翅膀。于是，包括足球在内的许多现代竞技项目都发源于英国，也就不足为奇了。在体育运动的许多方面，英国人都是规则的制定者，自然有着厚重的积淀，一言以蔽之，"瘦死的骆驼比马大"。

而美国人在体育上的成功，可以用网球选手威廉姆斯姐妹的话来作为注脚。姐妹俩在谈到自己的成长体会时，一再说要感谢两样东西，一是高热量的大众化食品汉堡包，二是随时都可以去的公共免费球场。汉堡包和免费球场，造就了美国社会广泛而扎实的民众体育基础，尤其给生活比较贫困的阶层提供了出头的机会。此外，无论在演艺界还是体育界，美国都是推行明星制最为彻底、最为成功的国家，这对于各路明星的不断涌现也有着巨大的激励作用。

至于澳大利亚，则是一个休闲者的国度，一个运动者的天堂。一方面，生活在仅次于北欧的高福利国家，他们很悠闲，甚至有些懒散；另一方面，澳大利亚人又拥有袋鼠一样强健的运动神经，将相当多的精力投入各种体育运动中，游泳、赛艇、帆船、网球、自行车，历来是他们的强项。

　　相比之下，我们国家的体育战略和体制，自有其他国家难以比拟的优越性。如果在此基础上，再有针对性地借鉴和吸收别国好的做法，将在荣誉的道路上走得更远，将荣光保持得更为持久。

2008 年 8 月

一天一点惦念

奥运会和世界杯、欧洲杯一样,都是每四年敲响一次的"警钟",警醒你时光实在过得太快!这还是指单个赛会而言,三项赛会组合在一起,就变成了每两年敲响一次,警醒的频度又快了一番。

时光确实过得太快,瞧,伦敦奥运会结束快一个月了。回想那段紧张的岁月,我因为要给报纸写专栏,所以除了本身对体育的兴趣外,还要"职业性"地关注和搜集各类奥运信息,也着实忙碌了一阵子。

那段时间每天6点钟准时上网,但首先点开的不是推出奥运特别报道的各大门户网站,而是谷歌,也不是为了搜索什么消息,只是为了看一下谷歌的题图。

奥运会总共半个来月，谷歌的题图每天都在换，当然都是关于奥运会的，大致是每天描绘一个焦点项目。大多数题图是那种类似宫崎骏的卡通风格——活泼中带着诗意，也有的是类似孩童涂鸦的现代派风格——稚拙中带着烂漫。从8月8日开始，题图由静止的变成了FLASH小游戏，8日这天是篮球，9日是皮划艇，10日是足球……你只要按键盘上的上下左右方向键，画面就会随之而动，你就可以尽情地投篮、划桨和射门了。对于我这样的"沙发土豆"来说，这些轻快的小游戏带来了一种运动的快感，甚至成了一种小确幸。

至少在题图这一项，谷歌完胜这"度"那"讯"，还有一"宝"。毫无疑问，谷歌获得了一枚金牌。

谷歌题图又称谷歌卷首涂鸦，此名由来已久。我最早对谷歌题图发生兴趣，是有一天偶然看到一张纸飞机的题图，四五只颜色各异的纸飞机盘旋在"GOOGLE"这几个字母上，即使是从最时尚的广告设计角度来审视，也属于上乘之作。这纸飞机是缘何名目出现的，我已经记不太清楚了，总之也是一个纪念日吧。在某些节日或纪念日，以涂鸦的形式张扬心情，看来是谷歌的一个传统，也成为它的一个带着点吸引人的魅惑的表情。

后来在7月24日（这一天是我哥哥的生日，所以记得特别清楚），又看到一张英姿飒爽的女飞行员题图，因为当天是世界上第一位独立飞越太平洋的女飞行员阿梅利亚·埃尔哈特诞辰115周年的纪念日——在多数人眼里这似乎并非什么大事，但谷歌觉得有必要专门纪念，这就是特别的价值观吧。还有，前些天据报道，谷歌去世员工配偶可领 10 年工资额的一半，这更是匪夷所思的价值观了吧。

但我知道，无论谷歌在题图上再怎么出彩，也未必能对它的点击量有什么帮助（所以我丝毫不担心此文有做广告之嫌）。特别是中国网友，似乎对于谷歌越来越疏远了。好像只有方舟子这样的迂夫子，才是谷歌的死忠，而且他被某"度"邀去举办讲座，居然在讲座现场说自己从来用的都是谷歌，也太不通人情世故了。

尽管如此，我还是欣赏那种真正做事的态度，就像街头的流浪艺术家，只想把每一位顾客的头像画好。"金牌至上"和"点击量至上"，都是同一种思维模式；与之相对的，是那种"悦享至上"和"创新度至上"的思维模式——对，一点不错，这个世界上到处充满着"两条路线的斗争"。

某"果"与某星的官司似乎也可以做这样的解读。在官司获胜后，某"果"在声明中这样说道："（我们和他们）之间的诉讼并非为了专利或是金钱，而是价值观。（我们）注重产品的原创性和创新，这才能为人们的生活带来地球上最好的产品。我们制造这些产品是用来满足我们的客户，而不是满足竞争对手明目张胆地复制。总而言之，法院的判决为（他们的）行为发送了一个响亮而明确的信息：偷窃就是不对的。"

你不能不承认，这样的声明是如此地政治正确，也是如此地铿锵有力，足以引发许多置身此次事件之外的人们的反思。

再说下去，就会涉及"输出价值观"之类的沉重话题了。所以得回到那些单纯而快乐的题图。一天一张图片真好，一天一点惦念真好，这都是拜奥运会所赐。

转眼之间，伦敦奥运会早已离我们远去，微小的惦念将化作巨大的相思——4年后，巴西里约热内卢再见！但愿那个时候还有谷歌和它的"一日一图"。

当然，在此之前来的将是巴西世界杯。勇敢地迎接这两年一度的"警钟"吧，然后想一想自己的一生该如何度过。

2012年8月

徽商比犹太人差在哪里

一提起徽商，我首先会想到徽骆驼，徽商吃苦耐劳的精神永远值得学习；其次会想到以"信"求财的经商方式，徽商的诚信委实让今天的奸商汗颜；再次会想到"红顶商人"胡雪岩，他那种集儒、官、商于一体的人生境界，至今仍然是许多人的世俗理想；最后会想到《杜十娘怒沉百宝箱》里的徽商孙富，当然他不是什么好人——传统文学作品对商人向来轻视，"商人重利轻别离"即为显例。

在重农轻商的中国封建社会里，商人想要在封建框架内生存和发展，就必须向既有的统治秩序和文化秩序百般示好。不是我灭自家威风，刻意贬低徽商，而是他们身上的确带有那个特定社会的烙印。说白了，多数徽商打的就是"文化"和"曲线做官"

这两张牌。

没文化做不成大生意,这一点徽商早就懂了。以获利极巨的盐业为例,历代朝廷对它的生产、运销、课税等都有严格的政策规定。大字不识几个的粗人哪能懂得其中的窍门?而徽州人的聪明和学识此时就派上了用场,不仅对本朝和前代盐法弄了个门儿清,还时不时钻一点政策的空子。清朝盐政官员级别较高,大多精通文墨,满嘴市井俗语的浑小子岂能"高攀"得上?于是文化知识便又成了徽商巴结盐政大吏的敲门砖。那时候就是这种风气,另一支经商群落——晋商也特爱走上层路线。所谓的"红顶商人",其实就是官商结合、权钱结合的典型,难道值得效仿吗?

徽商虽然积累了连皇帝老儿乾隆也羡慕的财富,但"以商为羞"的情结依然难以打开,没做成官心里总不踏实。与一门心思做生意的晋商相比,徽商做生意总有些三心二意。从乾隆到嘉庆十年的70年间,同样在两淮经营盐业,徽商子弟有265人通过科举入仕,而晋商仅有22人。被称为"肯园先生"的徽商鲍志道,以穷伙计出身而成为盐业巨富。可他的子孙大多不屑经商,但求读书做官。这与现在某些"老子做官儿子经商"的腐败现象看似正好相反,其实"官本位"的思想是一以贯之的。

犹太人号称世界上最会做生意的民族,在我看来,他们身上的确有两大优点是包括徽商在内的中国传统商人所不及的。

一是强烈的契约意识。这种契约意识不是单单"诚信"二字所能概括的,而是包涵了更为广泛的内容和更为彻底的法治精神。受犹太教的影响,犹太人视契约为人与上帝的约定。《威尼斯商人》中的夏洛克执意要割别人身上一磅肉，因为契约就是这么定的，虽然有点不够仁义道德，但我总觉得要比用仁义道德来"杀人"好。据《阅微草堂笔记》记载，晋商崔崇因为做生意亏本，觉得对不起自己的大老板，竟然"以刃自剖其腹"来表白心迹——壮烈倒是壮烈，但这样的愚忠还有救吗？

  二是反权威的精神，一直没有自己的祖国和长期受迫害，造就了犹太人的独立精神和反叛精神。"两个犹太人就会出现三种意见。"正是这种不重视权威的性格，才造就了马克思、弗洛伊德这样横空出世的思想家；正是由于不重视权威，成功后自己也不会成为权威。总理是最大的官吧，可爱因斯坦就是不愿当以色列总理，估计犹太人就这脾气！

  当然，瑕不掩瑜，徽商身上仍然有着许多优良的品质，也留下了许多宝贵的精神财富。我们不能苛求徽商，因为我们不能苛求历史，但我们可以苛求今天的自己。创造一个守契约、讲诚信的法治环境，创造一个注重独立性、提倡创新的人文环境，才是我们今天的当务之急。这样的环境才真正有利于现代商业的发展，也有利于一切正当事业的发展。

2007 年 7 月

让一部分人先有创意起来

现代著名学者林语堂曾说过:"世界大同的理想生活,就是住在英国的乡下,屋里装着美国的水电煤气管子,请个中国厨师,娶个日本太太,再找个法国情人。"这样,写意人生便宣告完满了,因为所有舒适的要件都已具备。林语堂的这段话实际上蕴含着"拿来主义"的雄心壮志,也反映了世界上各种文化的精华汇聚到一起,将是多么令人神往。

而今的经济全球化时代,文化也随之全球化了,使得"拿来主义"的手能够越伸越长。就拿比较通俗的文化生活享受来说,看美国人拍的电影,听英国人写的歌曲,读法国人编的时尚杂志,欣赏西班牙人创造的现代美术,穿意大利人设计的服装,开德国人生产的汽车,用北欧人制作的家具,使用日本人制造的电器——把这么多顶级的文化生活享受集中起来，提供给讲究品质的现代人，他们也同样会发出林语堂似的感叹吧。

改革开放以来，中国人也终于加入全球化文化生活享受的行列之中。电视机、电脑、手机等各种现代生活用品快速地进入了千家万户，物质生活、信息生活、娱乐生活和精神生活都得到了全面刷新。有人说，中国人的家电和手机更新率在世界上数一数二；我则以为，中国白领对别国文化和品牌的熟知度与享受度在世界上也同样数一数二。难道不是这样吗？除了极为发达的少数几个国家，还很少有哪国人像我们中国人享受得这么充分、这么齐全，更不用说性价比最高了。因为看不起正版我们可以看盗版，穿不起正品我们可以穿仿品——我就不信有哪个美国中产比我邻居张先生看的美国大片多，我也不信哪个法国白领有我的同学王女士穿过的"名牌"服装多。当然，现在看来，这样做是对知识产权的一种冒犯，老外也经常拿这一点来说事。我们如今也正在逐步地加以纠正、逐步地规范行为、逐步地完善立法。但以前看过的和用过的，难免会在心底留下烙印，潜移默化地发挥着影响——至少，它们使许多中国人的品位变得高了起来。

当然，品位这个东西还比较虚，在空中骄傲地飘着，它必须再经过两次"落地"，才能兑现实用价值。第一次落地是变成创意，创意再次落地变成实体——两次落地也就是两次升华。其中，创意起到了最为重要的桥梁作用。让一部分人先富起来，不如让一部分人先有创意起来，暴富和傻富都有其负面因素，不够"可持续发展"，不如有创意地富、有智慧地富、有涵养地富。你看那些盛产创意的国家，过得多舒服多省劲啊，钱还一点不少赚：好莱坞电影赚了全世界男女老少的钱，日本游戏产业赚了全世界青少年的钱，英国摇滚乐赚的钱早就超过了其钢铁工业，而在意大利、西班牙、法国这些拉丁语系国家，艺术氛围也是那么浓郁。我以为，这样的创意生活才更悠闲也更有挑战性，更轻松也更有成就感，更有趣也更有含金量。

这一个30年，已经使中国成了"世界工厂"，证明我们完全能够制造出高品质的东西；下一个30年甚至更短的时间，中国将努力成为"世界智库"和"世界脑仓"，将向世人证明我们也完全能创造出大批高品质的东西。到那时，每一个中国人的劳动都将升值。

2008年12月

90后：这世界他们说了算

作为一个老同志，我现在一听到"80后""90后"等带"后"的词，就头皮发麻，有一种被抄了后路的感觉。这些生猛的后生们从背后冲了上来，不仅占据了前台的位置，而且让我等无路可退。

80后抢去了我们的著作权。我也算是一个老字匠了，而且一贯写着自认为有深度的文章，但出书太难。

90后则抢去了我们的话语权。有个叫威尔·尼古拉斯的14岁美国小孩这样说道："你必须明白，是14岁到16岁之间的孩子在发号施令，规定什么是酷，什么不是酷。是我们规定了流行的服装、流行的音乐和流行的一切。我们在征服这个世界。"没错，你还真的得信这个邪，因为无情的事实就是如此。就是这一帮看似没有多少消费力和影响力的毛孩子，霸占着"酷"这个大众文化中最狠的词。他们说周杰伦酷，说李宇春酷，说郭敬明酷，这些被提名的家伙还就真的酷！他们说某 pose（姿势）酷，说某 game（游戏）酷，说某 style（风格）酷，这些被提名的东西还就真的酷！永远不要和 90 后谈什么"品位"，也不要与他们谈什么"格调"——这两个词，都是为像我这样已经酷不起来，而且说了也不算的人预备的。

有许多人不太看得惯 90 后那种五迷三道的追星热情。90 后自己虽然没有工资拿，但他们为自己的偶像花起钱来，却真的进入了一种无我之境，他们会短信投票，会买正版 CD，会去机场接机，会跑到千里之外去听演唱会……其实仔细分析，倒不是他们所追的星本身有天大的魅力，而是 90 后原本就打算制造一起青春期的疯狂事件，正好给这些星赶上了，换谁也一样疯，谁也都是借口，反正是要疯一回，为谁疯不是疯啊！况且，"发疯"要趁早，年轻人最值得羡慕的地方正是他们有着发疯的权利，少而发疯谓之青春，老而发疯谓之贼。

老实说，在写这类文章时我是诚惶诚恐的，因为在描述一个不同于你的群体时，比如妇女群体、比你富的群体、比你穷的群体、比你年老的群体、比你年轻的群体，千万要做到的一条就是"政治正确"，不得带有任何歧视、嘲笑、讥讽、贬损的成分。所以我咬着牙，也要做到尽量客观，多发掘出别人闪光的一面。至于 90 后，我以为他们是大有希望的一代人。说他们有希望真的不是给他们戴高帽，而是一种客观的描述。首先，他们生活在一个安定的时代,享受着经济高速发展、信息高速发达带来的种种好处,而且打小受的就是素质教育,眼界也开阔,接触的东西也多,该与国际接轨的差不多都接轨了;其次,他们的父母多半受过良好而完整的教育,不少还是"文革"后上大学的那一拨人,应该说家教较好,对子女的期望值也很高,更舍得在教育上大把投资……总之一句话,90后成长的条件是前所未有地好,应该说前途是不可限量的,假如一点出息都没有,不仅自己的父母不答应,而且全国人民也不答应。

如果要说有什么希望,那么我也就倚老卖老,胡乱说上两点:一是十五六岁正是读书的时候,请好好多读点书,别看有些80后著名作家现在写得猛,书却读得不多,所以我们这些老同志还是不怕的,你真的读了很多书,我们也就真的怕了,会乖乖地把话语权拱手相让,会乖乖地被你们扫进历史的垃圾堆;二是尽量把自己塑造成绅士和淑女,因为中国虽然人口最多,但这两种人却太少了,我希望自90后这一代开始,能够逐渐多起来。

真能做到这两点,你们说了算就说了算吧,我早就想当一个观众了,下辈子多看些年轻的面孔、多听些年轻的声音、多读点年轻的思想,这样的日子也蛮写意。

2006年3月

女人创造上帝

曾经有一部法国影片,叫《上帝创造女人》,是著名艳星碧姬·巴铎主演的。其寓意无非是说,女人是上帝所创造的一件完美的艺术品。而碧姬·巴铎的脸蛋和身材,也恰好佐证了这一点。这部影片看似是对女性的极大恭维,可骨子里却包含着对女性的极大歧视。因为,它承袭并放大了以往的偏见,这种偏见从来都是把女性当作被创造的客体,而不是视为创造的主体。

生活中有一些男同志,是所谓的妇女爱好者,说得更严重点,是妇女崇拜者。但他们的热爱,仍然只是落实在身体层面,他们喜欢的是作为性别符号的女性。换一种方式热爱一下,怎么样?也就是说,进入精神层面,像喜欢她们的容貌和身体一样,喜欢她们的智力和精神,喜欢作为创造主体的女性。

这里得老实供认，作为一位男士，我也曾常常将"女人不适合从事创造性活动"之类的话挂在嘴边。幸运的是，在我对于女性的认识过程中，每当快要误入歧途时，总会出现一些极杰出的女性，将我"挽救"过来。

　　先看思想领域。以前我不相信有女思想家，直到出现了苏珊·桑塔格。这位美国现代女思想大师，思考的疆域之广、开掘之深，让人吃惊。更难得的是，她始终坚守独立知识分子的立场，敢于向主流舆论叫板。伊拉克战争爆发期间，她率先站出来质疑布什政府的一系列政策，大有"虽千万人，吾往矣"的气概。国内我佩服的是李银河。她的思想解放程度超过大多数男学者，而且许多复杂的问题，她自有两三句话就点透的本事。

　　接着看文学领域。我曾经以为，在诗歌这一最纯粹的文学活动中，女性所做出的贡献十分有限。毫无疑问，诗是人类高等的智力活动之一。首先，诗歌是一整套独立于日常语言的自足的话语系统，这一点接近于数学；其次，诗歌是对于世界万物之间关系的重新发现和重新命名，这一点又接近于物理。正是因为特别看重诗歌的"数学血缘"和"物理血缘"，我也形成了两个偏见：一是偏好以艾略特、奥登为代表的重理、重智的英美现代诗歌，正如在西方现代哲学中偏好以罗素、维特根斯坦为代表的分析哲学一样；二是狭隘地认为，诗歌这一人类高等智力活动的最高等殿堂，是男性的天下，对于女性则是"高处不胜寒"的地方。

　　狄金森率先打破了我的偏见，她的诗同样是重智的英美一派，但其中的智慧在女性的敏感、纤细、绝望等包裹下，放射出别样的光彩；而彻底打破我偏见的，是俄罗斯诗人茨维塔耶娃，她让我无奈地感到，诗歌中的智是另外一种智，而且可能是一种更接近女性的"智"。茨维塔耶娃自己说"诗歌以星子和玫瑰的方式生长"，她就像一位女巫，与万物起舞，她掌握了诗歌领域最高的"智"，星子的规则，她明了；花朵的公式，她也知晓。这与其说是一般意义上的女性直觉，不如说是她找到了一种在比俄罗斯魔方更复杂的时空结构中行走的秘诀。惠特曼、艾略特、奥登这些男性诗人，他们在大自然、历史、书本中跋涉很长时间才能到达的地点，茨维塔耶娃（也包括狄金森）凭自己的"轻功"很容易就能到达。诺贝尔奖得主布罗茨基曾说茨维塔耶娃是最伟大的诗人，有人问是俄罗斯最伟大的吗，布罗茨基有点恼火地说是全世界最伟大的。恐怕真的如他所言吧。

再来看幽默领域。幽默，仿佛一直都是男性的专利，女性只有被逗笑的份儿。但现在我们不仅有宋丹丹这样的女笑星，还有像洪晃这样的幽默作家。这半个月来，我每天上班做的第一件事，就是到洪晃的博客上去看一看，并预先做好到地上找牙的准备。此外，《BJ 单身日记》《爱是妥协》等一批英美经典浪漫喜剧，其编剧都是女性。将浪漫和幽默结合得如此之好，倒真是女作家的专长。

最后再来看科学领域。进入这个领域说话千万要小心一些，因为哈佛校长萨默斯刚刚踩了地雷。这位仁兄说妇女在数理方面与男人相比，存在着先天的差距，结果导致舆论大哗，不得不含羞辞职。从表面上看，女物理学家中叫得响的就是居里夫人，女数学家中叫得响的就是海帕希亚，后者还被反动势力用火刑烧死了。但这不应该归结于"先天的差距"，而应该归结于"机会不均等"。如今，知识经济时代已经成为女性的狂欢节，女性在阅读量、动手能力、注意力集中程度、耐心等方面都在赶超男性。可以预见，她们的身影将更多地出现在一切尖端创造领域，当然也包括看起来最困难的科学领域。

遗憾的是，还有不少女性，没有认识到从创造中获得乐趣是人生中最重要的事情之一。她们只等着上帝来创造自己，想都不去想自己也能创造包括上帝在内的所有事物。她们的精力耗费在闲聊、家务、相夫教子等琐碎的事情上，正如阿根廷漫画家季诺笔下的玛法达所言，"在人类历史上，大多数的女人应该扮演的角色，她们都用一块抹布代替了"。这种生活方式，是我所不能赞成的。

是甩开那块抹布的时候了。

2006 年 3 月

把定语变成主语

文艺女青年古已有之。在古代，文艺女青年的队伍中除了蔡文姬、李清照、朱淑真这样的大家闺秀，更多的是声色场所的艺伎。因为那时候，良家妇女基本上没机会抛头露面，女社会活动家通常是从事特种职业的人。以色事他人，能得几时好？为了保持更长久的吸引力，必须具备一定的气质和才情，在诗词歌赋、琴棋书画上和文人雅士有共同语言才行。李师师、柳如是、顾横波，还有那个写下"不是爱风尘，似被前缘误"的严蕊，都是其中的代表。很显然，古代的文艺女青年是男权社会的花瓶，也是文学艺术史上的花边。

整个20世纪，30年代和80年代特别重要，简称"三八"，这两个时代也恰恰是文艺女青年的黄金时代。在30年代，文艺女青年几乎可以等同于"新女性",那时候的主旋律是摆脱封建羁绊、追求个性独立,而文艺作品中往往又包含大量自由和个性的因子,所以文艺女青年也就适时地扮演起女性解放先行者的角色。林徽因、张爱玲、孙多慈,都是从文艺女青年开始成长起来的,如今已经成为当代文艺女青年的教母。

80年代,文学、美学、人文科学是显学,文化思潮一波接着一波。虽然那是一个物质相对匮乏的时代,但对于精神生活和文艺作品的热爱却使人们感到格外富足。在这种"郁郁乎文哉"的氛围熏染下,绝大多数女青年都显得很文艺,那时候被称为女文学青年。

"三八"时期的文艺女青年虽然崇尚人格独立,但在情感生活上,还是处于男性的阴影之下。像张爱玲就把自己弄得"低到了尘埃里",而80年代女文青甚至成了"受骗上当"的代名词。

斗转星移,我们来到了物质极大丰富的新世纪,文学和文学青年都被边缘化。物质女和拜金女成为常态,这时候的"文艺女青年"简直成了一句骂人的话,连文艺腔一词也等同于"做作、矫情",具有了讽刺意义。但正如杂文家李海鹏所言:"装×也是一种人权。"做作和矫情同样是一种人权。既然是多元化的社会,那么任何一种非主流的生活方式都不应该被矮化和妖魔化。更何况在这样一个精神生活苍白失重的时代,文艺女青年或许正是一抹难能可贵的亮色、一种值得嘉许的生活方式。

文艺女青年和剩女的关系是颇为有趣的。众所周知,著名的刘若英是恨嫁的典型,而邵夷贝也在唱《大龄文艺女青年之歌》,

可见，情感和婚姻仍然是文艺女青年最纠结的问题。实际上，知识经济已经使女性彻底摆脱体力和智力上的劣势，获得了越来越高的经济地位和社会话语权，从而催生出若干让人眼前一亮的新生事物，比如"剩女"就具有重大的积极意义，表明当代有识之女士，已经不再屈从于传统婚姻，不再苟合于素质日益低下的当代男性，其中正暗藏着女性向着更深维度解放的契机。所以，剩女和文艺女青年一样，完全可以更加自信和从容地看待自己的人生。

从词汇学的角度看，"文艺"是定语，"女青年"是主语。而我以为，志存高远的文艺女青年要有一种将定语上升为主语的决心，看淡自己的"女青年"身份，专注于文艺创作，像苏珊·桑塔格、弗朗索瓦丝·萨冈那样在人类创造史上留下一席之地。换句话说，就是努力经营更加永恒的，同时能够给自己带来回报的事，而对难以捉摸的情感生活抱着顺其自然的态度，至少不要成为其俘虏。即便未能实现职业理想，"被迫"从事着一份与文学艺术毫不沾边的工作，也要终身保持对文学艺术的爱好。王尔德说："生活的目的是成为一件艺术品。"虽不能至，心向往之。

2010 年 8 月

给你的孩子四个「X」

培根说:"孩子的降生,加重了父母对于生活的忧虑,却避免了他们对于死亡的恐惧。"在这个生活水平日益提高的时代,这种忧虑基本上已经从物质层面转移到精神层面,转移到整个家庭的未来计划和每个成员的自我实现上面来。很显然,孩子的自我实现始终是中国式家庭的首要任务,那么对于他或她的教育也随之成为父母生活中最重大的忧虑之一。

我充分理解中国式家长,他们是世界上最具有奉献精神和牺牲精神的人群。他们会在不惑之年向自己渐衰的记忆力和理解力挑战,去钻研小学课程和初中课程,像自己 20 多年前那样念叨着 sin 和 cos;他们会在放学的校门口长久地伫立,一面忍受着风吹日晒,一面又在担心自己的自行车、助动车、奇瑞 QQ 跌了孩子的份儿；他们愿意在"当打之年"辞去还不错的工作，在孩子学校附近租上一间小屋，长期留守，只为让孩子有个午睡和吃口热饭的地方……

对此我保持深深的敬意，只是想做一点善意的提醒：在教育中，手把手地教很重要，但更重要的恐怕是气质的熏染和心灵的感应；在教育中，人盯人地防很重要，但更重要的恐怕是实现"助飞—放手—遥控—彻底放手"的风筝效应；在教育中，可能存在着捷径，但不能一味受所谓捷径的诱惑；在教育中，细节很重要，但不能完全拘泥于细节；在教育中，自我牺牲很重要，但未必能换来理想的效果和孩子真心的尊重。一个大气的家长，应该是充满自信的，严中有慈的，自己能够享受工作和生活的；更重要的是，他或她是能够从大处着眼，忽略教育中种种的琐碎（这些琐碎自有各级教师等该承担的人承担），他或她所给予孩子的，不是一地鸡毛，而是真正具有托举力的四根飞羽——

这四根飞羽是兴趣、习惯、协作和欣赏，恰巧它们的汉语拼音首字母都是 X，故称为四个 X。下面分而述之：

兴趣。爱一个人，首先就要去观察他、了解他，好像是在探究生命中最重要的秘密。对你的孩子也应该这样。你深爱着你的孩子，不是吗？经过你长期的观察和了解，再在以人为本的基础上适当加以引导，顺着柔软的土坯轻轻地把它搓揉成形，而绝不是把自己的兴趣强加给他。最坏的情形是把自己未曾实现的理想强加给他。孩子，你固然给了他开始，但他不是你的终端——以孩子为终端，是对双方都不负责的行为。俗话说"父母是孩子的第一任老师",俗话又说"兴趣是最好的老师",那么,完成从"第一任"到"最好的"的禅让,便是父母能做的最有价值、最功德无量的事情。及早发现孩子的兴趣并加以培养,有可能使他将来把兴趣和工作融为一体,而这是人生中最幸运的事情之一。

习惯。一个人无法在所有的事情上都拥有良好的习惯,但至少应该在大多数事情上拥有良好的习惯,尤其是那些紧要的事情。从小培养和终身受益,正是好习惯的两大特征。习惯,是效率,是效益,是对社会规范的认同(或曰"妥协")。既然是妥协,就必然要牺牲一部分天性(懒等负面天性);对孩子来说,指望他们主动牺牲的可能性不大,所以多半是被动牺牲。如果说爱心靠的是感化,那么好习惯靠的是训练。这样一来,我们就难免遭遇到了"体罚"这个教育中的重大瓶颈。适当的体罚是必要的,因为生活中总要有一些刚性的东西。家长的主要角色是孩子生活中的施爱者,但有时候还需要扮演孩子生活中的首任法官的角色,让他们最早领略到"刚性"是什么样一种滋味。实际上,成人世界的法律和法规,不正是对"迷途的羔羊"的一种体罚和提醒吗?

协作。协作是贯穿人的一生的。你小时候想玩个青梅竹马,还得对方配合不是?你长大后想玩个飞船登月,也得靠一大批幕后工作者使劲啊!为他人着想,在协作中获得各自所需的东西,是一种技巧,也是一种智慧。人都是有棱角的,但带刺的刺猬仍然能够拥在一起,分享群体的体温。人都是自私的,但我们提倡那种有限度的自私、有人文关怀的自私、有角色互换意识的自私。培养孩子的协作精神，一是督促他参加体育活动、童子军活动、夏令营活动等群体活动，在玩乐中自然而然地接受明规则，养成团队精神；二是当孩子的私利受到来自外界的"损害"之时，帮助委屈的他认清：这种"损害"是他应得的还是强加给他的冤屈，对于这种"损害"，是应该加以反击，还是应该做出"让步"。

欣赏。欣赏发源于敬畏。有壮美而无私的大自然，人类应该敬畏；人类当中又有真正的伟人，值得后人敬畏；伟人创造了伟大的经典，值得我们敬畏；我们身边也有着从不人云亦云的创新者，同样值得敬畏……这些敬畏和柴米油盐无关，和五子登科无关，甚至会拖累我们赚钱的步伐，但仍然是值得的。因为，不自省的人生不值得一过，而不停下欣赏的人生永远只是赶路。教会孩子敬畏这些并欣赏这些，会大大拓宽孩子的视野，提升他们的境界——多一种敬畏，多一种欣赏，也就多活了一种人生。

总而言之，不必做虎妈，也不必做兔妈，而是要做鹰妈，自己有长远的眼光，同时授子以羽翼。

2012 年 7 月

攒词人在天涯

我的网上生活是这样的：每天早上的第一眼是献给"天涯"的，每天晚上的最后一眼也是献给"天涯"的。

何以痴迷若是？因为，"天涯"是一个让人感觉年轻的地方，"天涯"是一个让人第一时间获悉各种可爱、可叹、可怖的八卦消息的地方，"天涯"是一个让人在文化垃圾的海洋里觅得罕有的深度和锐度的地方。尤为可贵的是，"天涯"是一个让人不断扩充词汇量的地方。你只要长期在此蹲守，肯定会攒出一本新词汇大典的。

"天涯"聚集着大量的高手，这些高手没有机会（或根本不屑于）在传统媒体上吐露才华，所以就把"天涯"当作一个新信息、新观点、新情结的发布中心，再加上高手之间的相互碰撞，于是各种新意汩汩而出。我等网友潜水在其中,唯有大喊一个字:"好";惊呼两个字:"佩服";感叹三个字:"有福了"!

新词究竟是什么?难道不正是新生事物最初的绽放,或者是新锐思想最后的结晶吗?它们像一颗颗流星划过天际,有的短暂地愉悦了人们的眼睛,有的则把星光永远地留在了厚重的词典里。

一个新词迭出的时代,是一个有创造活力的时代;一个宽容新词的时代,则是一个有人文情怀的社会。而"天涯"作为新词发布中心,功莫大焉!特别在那些大伙儿都揣着明白装糊涂、恬不知耻地说着套话和废话的时候,"天涯"就是最好的避难所,是最后的希望。

说说我在"天涯"上斩获的新词吧。有的实在好,比如"衬衫控""眼镜控"的"控",来源于日语,最好不过地印证了我们这样一个"被时代"。我们能控制什么呢?我们多半被那些本该由我们控制的"东东"控制了,控而快乐着,大抵如此。

比如"萌",极其有诗意和画面感的一个词,是那些萌发着的淡淡好感,和被你萌着的对象一起成长。

再比如"有爱",举两个最近的例子:"字幕组很有爱""刘谦和董卿在春晚上的互动很有爱"。前一个"有爱"大约是很有情趣的意思,指的是字幕组善于在翻译中化用新鲜词汇;后一个"有爱"应该是指一种化学反应,超越了合作关系的物理性,从而到达一个接近暧昧的境界——这种暧昧被大伙看在眼里,随即成为一种公众意淫,带来了意想不到的享受。毕竟在这样一个

"爱无能"像瘟疫传播的社会,"有爱"是多么稀缺的资源啊!

最后说说"逆生长",现成的例子是说香港幽默大师黄子华越活越年轻,长期装嫩,臻入化境。再想一想,这"逆生长"不应该是我们中年人共同追求的方向吗?好的新词就是这样,它总能呈现一种新的生活方式。

维特根斯坦爱谈"与语言的搏斗","杯具"意味过浓;其实我眼前出现的是另外一幅画面,我称之为"迎向语言的沐浴":那些漂亮的泡沫般的新词向我们涌来,或清爽着我们的毛孔,或刺激着我们的肌肤……最后我们竦身一摇,大多数泡沫滑落了,那些牢牢贴身的,成为我们血液的一部分,成为我们舌尖最亲密的伙伴,这时我们继续上路——

从一个天涯走向另一个天涯。

2010年3月

"姐"穿的不是衣服，而是期待

你的衣服不是在自家的衣橱上，就是在快递的路上。

而你，不是在卧室的穿衣镜前，就是在书房的电脑前。后者也是一块玻璃镜面，小小的，却仿佛童话里的魔镜，每天告诉你，这个世界上谁最美，而你也能变得更美。

淘宝的卖家发啦，尤其是那些卖原单货的卖家。只要你具有一点像那么回事的审美观，再有一点郭小四那样的文采，用"一半明媚，一半忧伤"的辞藻，把手中的货色吹得天花乱坠，就有买家不停地点击、不停地下订单、不停地砸钱过来，让你赚个盆满钵满，外加无数好评以及感激的点评文字。为什么感激？因为伟大的淘宝卖家拯救了买家凡俗庸常的生活，把他们从暴利实体店的欺诈和压榨中解放出来，让他们过上了山寨版品牌生活，让他们用上了与欧美潮人同样的物品（至少外形同样，品质是否同样，可搁置争议）。得了这么大的精神上的好处，买家们就差含泪奉劝暴利实体店关门，不要影响网络经济来之不易的大好局面了。

若问淘宝皇冠卖家一年下来收成几何，几万？几十万？No，至少百万起！

为什么有皇冠一说，因为他或她得到了来自买家的一万个以上的好评，说实话，这是一个了不起的数字。那么，为什么买家鬼使神差似的，纷纷给出好评呢？稍加分析，恐怕都是期待心理在作祟。

当你在电脑屏幕上看见那衣裳时，就已经在想象中将它穿了无数遍了。这是一个虚拟社会，所有的实体性感觉都慢慢地在虚拟化。所以，你在想象和期待中"穿"的快感，虽然相当虚拟，但已经大过其他一切快感。

把钱打入支付宝，交易完成，衣服就上路了，你的期待也随之上路了。这时，你开始担心交通运输中的安全和损耗，你付出了和购买时同样的心力，在充满希望地苦苦等待着。等衣服终于到了，就像一个失散多年的孩子又重新回到你的怀抱。只要这"孩子"不是丑得太不靠谱，你是不会选择退货的——是啊，你已经在情感上投了那么大的资，你不想让它们轻易地就打了水漂。

然后，你更衣，在镜子前左扭右摆，甚至还会拿出相机自拍一番，咔嚓咔嚓。好像有那么一点不合身，色差也有那么一点大，材质也有那么一点不靠谱。但这通通无关紧要，因为这件衣服是"有型"的！有型万事足，这型可是阿玛尼、凯文·克莱恩、汤姆·福特、保罗·史密斯这几个全球最有品位也最花哨的家伙决定的，更是被乔治·克鲁尼、布拉德·皮特、安吉丽娜·朱莉、妮可·基德曼这几个全球最会穿衣的明星认可的，瞧人家的街拍多出彩、多有范儿。所以，这型绝对没错，如果有错，错的肯定是你的身型或脸型。但在这么伟大的型面前，咱们削足适履还不行吗？什么是型？说白了，就是型穿你，而不是你穿型。

最后，你给出好评，注意，你是独立地给出了自己个性化的评价，有时，你对卖家的某一个货色有着生杀予夺的权力，但你慎重地行使了这一权力，本着"以人为本，与人为善"的原则。于是，你获得了满足感、自豪感和成就感，还有一个卖家的火辣辣、甜蜜蜜的回报性好评。要知道，在生活中，由你自主进行评判的机会可真的不多。同时也要知道的是，一旦你给出差评或中平，遇上剽悍的卖家，会骂得你仿佛"死一户口本"。

更为重要的是，以上这些过程都相当正式。虽然你无须出示身份证或暂住证，甚至用的还是假名，但这一切看起来都那么正式，"白字黑字"地通通记录在电脑里，作为以后的"存堂证供"，浪漫一点地说，成了你抹不去的人生印迹，成了日后的回忆资源。

所以，整个淘宝过程就是你被无数看不见的手推着，拍下衣裳，付出款项，收下宝贝，给出好评……究其实质，就是货色来了一个天南地北的大尺度"位移"，从卖家火热的仓库里来到了你炽烈的衣柜里。在此过程中，贵我双方都得到了自己想要的东西。以后穿出门，或者不穿出门——其实，这个问题已经不那么重要了。

因为，"姐"穿的不是衣服，而是期待。

2010 年 1 月

如何网购一头大象

突如其来的除了自然灾害,还有你的消费欲望——当然,对于你的钱包来说,消费就是一个灾难。

这一天你突然想要去网购一头大象,并且深深地陶醉在自己这个惊世骇俗的想法之中。

于是,你开始查找各种资料,在一个充满野性的世界里穿梭,了解这个地球上庞大的陆生动物,以便敲定你到底想买非洲象还是亚洲象、公象还是母象、成年象还是幼象。

然后,你开始搜索那些出售大象的网店,有的在国内,有的在海外,好在店主都是华人。那些海外直销的似乎更靠谱,透过屏幕,你似乎都闻到了东南亚密林里的花香,或是晒到了东非草原上的阳光。

经过长达一周的斟酌，你选定了即将属于你的那一头。为了运费你和店主讨价还价了很久，因为作为一个黄钻级别的买家，你无论买多大只的东西，都希望是免邮的。终于，在你的软磨硬泡之下，店主同意了。

付款之后就是漫长的等待过程，这种等待其实是网购所有的环节中最甜蜜的，因为充满了绮丽的想象。而你，充分享受着这种甜蜜，乐此不疲。

到货了，好在是送货上门。大象被吊上来以后，占据了你整整一个房间，甚至即将取代你成为整个宅子的主人。你已经被震惊了，谈不上满意不满意。如果有什么是你买了就再也不会退货的东西，那么大象无疑是其中之一。

……

这是一个虚拟的故事，因为没有人买过大象；但这又不是一个荒诞的故事，因为你网购的东西的体积和重量，加在一起，早就超过了好几头大象。就说家电，据说有许多人开始网购家电了，那么，一个对开门冰箱再加一个滚筒洗衣机，差不多就是一头幼象的重量。

我在网上也时常买点东西，以小货为主，最大最重的要算是一座佛像。货主说是老东西，但后来经专家掌眼，说是当代高仿，也就是"上周的上周的"。因为嫌麻烦，我也就没有再和店主理论了。

如果小加湿器和小剪毛球器不算的话，那么我就从未网购过电器。一是对质量和售后服务不放心，特别是怕买到假货；二是我有个不好的消费习惯：买小东西时精挑细选，东西越大越贵越是走冲动型消费的路线，常常逛了一圈实体电器店就买个大件下来——在我看来，买电器如同买彩票，越随意越可能中大奖。

当然，网购肯定是大势所趋，引起实体店的反思也属必然。实体店觉得网店占尽便宜，不交税，在售后服务上也不咋的；网店觉得实体店已经全然落伍，在租金那么高的地段傻傻地开店，你不赔钱谁赔钱；老百姓则永远信奉"便宜就是硬道理"，多半把实体店当作免费体验中心，甚至想以更多的网购行为倒逼实体店把价格实实在在降下来……

如果我们想说点法律问题，那么当务之急就是细化我们的反不正当竞争法，在税收、售后服务等方面统一标准；同时完善消费者权益保护法，杜绝针对消费者的各种暴利和各种忽悠。

如果我们还想说点人性问题，那么就会有点悲哀地看到：大家都只看到了有利于自己的那一部分，大家都是在盲人摸象。

2014 年 3 月

物流的意义

如果一年有十三个月，我敢说，商家会发明一个"13·13"出来，和"11·11""12·12"三位一体，构成倾销无敌大联盟。您还别说这"13"不好听，其实恰恰是名副其实，乱购物的人就是标准的"十三点"。

以前常说要"戒网"，现在看来，别一下子把话说大了，不如改为"专项治理"比较靠谱，如：戒网谣，戒网友，戒网游，戒网购。戒网谣保障的是阁下的政治安全，戒网友保障的是阁下的情感安全，戒网游保障的是阁下的身体安全，戒网购保障的是阁下的财产安全——每一项的意义都如此重大，还不得集中精力地慎重以对？

从六七年前起，我迷上了网购，七七八八地买了一大堆无用的东西，现在每天都看了添堵。再想到我做房奴含辛茹苦才换来的"平方米"，居然有相当一部分成为这些"废物"的居所，又怎么不悲从中来？去年下半年痛下决心戒除网购，经过一番挣扎，购物习惯已经基本上改为"确有迫不得已的生活需要，才去实体店买些许回来"。

夏天的时候去某大型仓储式超市买了几瓶天山融雪制成的矿泉水，水早就喝光了，只留下空瓶子。眼下冬天到了，外面雾霾肆虐，我守在家中面对着一个小加湿器枯坐。说起来，这小加湿器设计得还挺巧妙，不需要专门的水箱，可"接驳"任何牌子的空矿泉水瓶，于是，天山融雪的瓶子成了加湿器的小水箱，此刻正笃笃悠悠地喷着水汽。

窗外是扯天扯地的大雾，别说万里之遥的雪山，就连数十米远的高楼也看不真切。但身旁小小的水汽，却牵连着雪山，使我仿佛在雾气中看见凛冽的美景，从而思绪如雪花般飞起——想一想这瓶矿泉水，是怎样从天山采集原料，又怎样从工厂来到麦德龙，再怎样经过理货员和收银员的手，传送到我的手里，最后来到我的唇边……

这，就是物流的意义。

旅游，让人看见；物流，则更让人实质性地占有。环顾书架上我收集的木雕小件，有来自云南的，有来自越南的，有来自泰国的，有来自新西兰的，有来自贝宁的，它们不会说话，但用沉默的眼神告诉你，它们都走过了一条迂回曲折的路，才到达了阁下的书架，然后才能稍作安歇。

以前说信息高速公路使地球变成了小村庄，现在看来还得加上"物流"，这两手都要硬，终于从虚拟生活和实物生活两方面，把地球整成了小村庄。顺便说一句，现代社会有四流：信息流、现金流、物流还有人流（此人流非彼人流），充溢着我们的生活，可谓"等闲平地起波澜"。我们就这样深刻地改变了地球。

大概只有兽类（其实主要是兽类中的偶蹄目）每年才做那么长距离的迁徙，大概只有鸟类每年才做那么长距离的飞行，大概只有人类才每天都策划和操作着那么长距离的物流。前两项活动经由人类眼光的透视，已然变成一种声势浩大的"审美"，每年都有各大电视台搞直播，据说咱们的央视都把摄像机扛到非洲去了；其实，如果对"11·11""12·12"期间的物流做一做直播，或许画面不仅生动鲜活，而且大有存在主义的旨趣。

这场电视直播的主角应该是谁？或者说，全中国最辛苦的人是谁？答案显然是快递师傅，必须的。于是仿照"农夫"这个词，我给他们取名为"流夫"。在地球这个小村庄里，尤其是在中国这个小街巷里，他们已经成为一道引人注目的风景，时而是最辛苦的苦力，时而又是最骄傲的王子。

已经有恨嫁的女网友把快递师傅列为可爱的人之一，我赞许她们的眼光，因为我把快递师傅称为"21世纪的游吟诗人"，他们多半骑着破旧而温馨的电动车，承载着淑女们的希望上路，在完成一段其辛苦程度可想而知的漫长路程之后，气喘吁吁地用淑女听来最为悦耳的门铃声，让那样一个沉闷的上午或下午，变得明媚无比。

在此只是想提醒一下诸位淑女：真要怜惜你的王子，就请少点一下鼠标吧。但总是没人点鼠标也不成，王子们该有衣食之忧了。

纠结，无比地纠结。又怕王子累，又怕王子穷。世间的法则，就是拒绝两全。借用东坡先生的老话，叫"此事古难全"。

2013 年 12 月

第二辑

如果你真的花痴

水知道江南

"洛阳才子他乡老",韦庄的这一句词,实在是自恋加自哀的最经典话语之一。除此之外,还道出了一个事实,那就是文化人在南北之间的流窜。在古代,这种流窜很大程度上是单向的:一部几千年的历史,似乎就是一部一次次地把文人从北方赶到南方的历史。众所周知,魏晋南北朝赶了一次,北宋和南宋之交赶了一次,明末清初又赶了一次,是谓三次"大赶"。至于"小赶",更是不计其数。所以,待在江南这块土地上的,基本上是异乡客及其后代,一股挥之不去的异乡感,弥漫在他们的诗词创作和文化创造中。

到了近现代,由于交通手段的日益发达,文人的流窜变得越来越频繁。如果说古之战乱时代,这种流窜是情非得已,那么近现代的流窜则多是心甘情愿的，甚至成为一种自我设计和自我实现。而在看似无序的海量流窜之中，又有一条线路显得分外清晰惹眼，即南方文人向北京的进发。周氏兄弟如此，陈独秀、沈雁冰如此，郑振铎、钱锺书、卞之琳也是如此。

至于北京对文化人的杀伤力，涉及政治中心、文化中心这两类文明形态的内容我们不再赘述。不妨来看看居住文明。而取暖手段，实在是居住文明的重要一环，只可惜长期被人忽视。在我看来，正是由于取暖手段上的巨大优势，才使北京的冬天变得可以忍受，进而变得魅力无穷，把整个江南都甩出了好几条街。不止北京，连纽约、伦敦、巴黎这几座全世界文化人最愿意"客死"的城市，也都沾了取暖手段的光。一翻地图册就可以看到，这几座城市虽然分布在不同的国度，但几乎在同一纬度上。在地理学上，有一个北纬 30 度的说法，这条纬度线上各种奇异的超自然现象频发；而在北纬 40 度这一带，则矗立着一座座温暖辉煌的城市，倒是一点不超自然，而是善于搞"资源和能源集中制"的人类所制造的奢华。

不待在江南，不知道冬天的可怕。我非常同意孙昌建先生关于江南"要么冷死，要么热死"的表述，但想指出：我们江南人主要怕的是冷，对于热，倒是不怎么在乎的，顶多学刘伶来点赤条条的行为艺术，更显名士风度。从地理上看，所谓的"江南"，并不是铁板一块，而是从东到西，大致可分为"海江南""江江南"和"山江南"三个部分：最东边的上海和浙江靠近大海，骨子里浸透了海腥气，人的作风比较海派，比较洋泾浜，善于经商,乐于"买办";往西一点,则是江苏和安徽东部,逶迤的长江滋润着这里,就像一条明媚的项链,串起了一座座城市,该是最正宗的江南了吧,人的作风也比较中庸,比较平和,做事精细而稳重,最得传统的江南文化的神韵;而再往西,就进入了安徽的中西部,进入了著名的九华山和黄山的怀抱,丘陵的地貌越来越明显,山气越来越浓郁了,人的作风也相对比较保守,比较"官本位",至于大名鼎鼎的徽商,经商只是敲门砖,其生存策略完全是"曲线做官"。不消说,江南的这三大块,在气温上自然是越向西越冷。而我,就生长在安徽贵池(对岸就是安庆),古称池州,在九华山脚下,属于"山江南"的范畴。冬天贼冷,而唯一的取暖器具就是木制的火桶,将近半人高,圆筒状,底部放着一盆炭火,以收"热从脚底起"之效。把整个下半身埋进火桶里去,仿佛残疾人坐上了轮椅,在行动力和创造力上面被彻底去了势,整个冬天就这么废了,我称之为"废冬"。

但贵池也有好处,它是一座典型的江南小城。大诗人艾略特说"所有的女人都是一个女人",这是最懂女人的人才说得出的话,一个也不放过,一个也不得罪,看似滑头,其实是对女人这个种群最高的礼赞,包含了无穷的善意和敬意。那么,所有的江南小城都是小城,而又各有各的妙处,各有各的"小城故事"。说到底,江南的经典城市格局就是小城镇,真的不好再大的,再大感觉就不对了。大都市仿佛雷峰塔,会把江南的清丽和婉约彻底压制住,江南的气场撑不起大都市,也不屑于撑起;而江南的文气和秀气又不是小村庄所能承载的,要看村落或农庄,还是得去边远的东北、西藏、新疆和云南，才能真正看到野趣之中的人气，看到蛮荒之中的坚忍。小城镇和江南才是绝配，才是"相看两不厌"。我曾去过山西，看过有"世界文化遗产"头衔的平遥古城，真是"城池依旧在，气候不饶人"，几乎已经被尘土淹没了，已经不多的树木还都像是塑料的，让看客的心上也落满了土，模糊之中又生出无限的痛感。顺便说一句，由于近代以来气候的急剧劣质化，江南变得越发江南了，越发唯一了，所谓的"塞上江南""西北江南"之类，只能令人心痛地越来越名不副实起来。

贵池最弥足珍贵的文化遗产是傩戏。傩戏起源于祭祀，而在池州一带，人们祭祀的主神是萧统，就是编《昭明文选》的那一位。以前我好生奇怪：一个文弱的书生，一个无福当皇帝的早夭太子，有什么好崇拜的？或许，这恰好体现了江南人崇尚文雅的价值观。和其他的江南小城一样，贵池的一草一木、一尘一土，都见证了古代大文人的诗踪。李白、杜牧、杜荀鹤、岳飞等等，都曾在池州驻足，像高傲的恐龙留下脚印一样，留下灿烂的诗篇。这里还有一则关于杏花村的公案。"借问酒家何处有，牧童遥指杏花村"，诗中的杏花村究竟在何处呢？由于杜牧曾做过池州刺史，池州人理所当然地将"杏花村"归在了自个儿名下。但山西人却说，杏花村在他们那疙瘩，靠近汾河，自古以酒香名动天下。

我虽是贵池人，但胳膊肘是不敢往里拐的，倾向于杏花村在山西的说法。因为，江南的水不是用来酿酒的，好看的水，酿出的酒往往不好喝。真正能酿出好酒的水，总是在险峻、质朴乃至粗糙的外表下，包裹着激情，包裹着魔性，譬如赤水的水，譬如岷江的水，譬如汾河的水。就是在安徽一地，皖北的酒也永远比皖南的酒好喝，这是没有办法的事。非关原料，非关酿酒技艺，只关乎水也。江南的水被丘陵前遮后拦，被草木左迎右抱，慢慢放下了身段，降低了动能和势能，消减了激情和魔性，已经不容易创造出大的奇迹了，只是与日常生活分外相亲。江南的水，是家常的，是亲和的，是用来滋润肠胃的，是用来滋润肌肤的。

地质构造是极为精细的，似乎只有同样精细而娇嫩的肠胃能够感受得到。水软水硬胃先知。每每在安徽境内出差，只要是到淮河以北的地方，我们都是需要携带大瓶矿泉水的，用来饮用，用来泡茶。因为淮河以北的水实在太硬，包含了太多"不友好"的矿物质，不是呈现出或黄或红的颜色，就是漂浮着一层莫名的油渍，让人不忍目睹，更不敢下咽。有的时候勉强喝下，往往会闹起肚子，不是酒菜不卫生，而是硬水打败了江南客的肠胃。于是，我们只好采取在轿车后备厢储存大量矿泉水的下策。不过，肠胃安宁了，内心又隐隐产生一丝不安：奢靡若此，矫情若此，这是不是一种罪过？

贵池的美女已然不少，而从贵池乘船往东两三小时，就到了芜湖——著名的通商口岸，安徽境内最重要的美女高产地。从美女发生学的角度来说，首先，水是第一要素。水滋润了肌肤，涤荡了土气，激活了眼神。而且水还有一好处，它是一面天然的大镜子，让美女可以时不时地照照自己，生活在深山老林大概就没有这样的好事，因此对于美的自省意识似乎就差了一些。其次，商业也极端重要。有了商业，才会滋生出时尚，才会使对美的追求成为一种欲望、一种潮流，进而成为一项人人可以掌握的技术、一门需要温习的功课。深山老林里完全有可能蹦出一两个绝世美女，并且纯朴得让人心醉，但多半只能像绝世美酒那样归入"奇迹"一类。而在商业社会里，美已经成为一种"习惯"，大多数女人都生长和自我成就得比较顺眼。水与商业，这两种事物的关键词都是"流动"，美本身是变动不居的，同样也只有流动才能产生美，这才是关键中的关键。你想想看，从芜湖再往东走，从古到今，又有多少江南城镇符合这两个条件啊！所以，整个江南该有多少"习惯性美女"啊！这真是一代代文人的福祉，更是一代代艺文的资源。那些惊鸿照影般的诗诗文文，无不是美妙的女子用灵与肉先写在头里，掌握话语权的男子再用笔与墨摹写在后面的。

现在是东北人一统大众文化，所谓"东北二人转"，实际上就是笑星加美女，一谐加一美，这么一转，也就把全国的观众朋友们转晕了。但我总是带着极大偏见地以为，东北的美女似乎需要在新安江里洗一次，然后在秦淮河里洗一次，最后在西湖或太湖里洗一次，洗去些什么，才能入我这个江南人的法眼。

至少在大众文化上，当代的江南是失语的。难道不是吗？曾经闹过港台文化，闹过南粤文化，闹过黄土地文化，闹过黑土地文化，甚至眼看着湘楚文化都要闹起来了，就是没江南文化什么事。须知，宋词、南戏、昆曲、徽剧、越剧、鸳鸯蝴蝶派小说、旧上海滩电影，这些文艺品种在各自的时代，是多么大众文化、多么引领潮流啊。所以，当那个新加坡小伙子林俊杰唱《江南》的时候，我有些感喟，甚至有些感激。但细品之下，还是全然的怀旧。难道江南只在怀旧的维度上存在吗？

只有水不嫌弃江南，只有水知道江南。但是在不容乐观的环境大趋势之下，江南水的纯度、柔度和明艳度，又能保持多久呢？

谁知道答案？

2009 年 3 月

假如我有三天余暇

春天结结实实地到了,人们的心也就跳跳跃跃地活泛起来——想去旅游了。

到了 40 岁以后,民居就成了最让我激动的风景。一方水土养一方人,一方水土也催生出一方建筑,那些绽放在华夏大地上的各具特色的民居,既是自然之花,又是人工之果。

假如我有三天余暇,我愿意住在什么样的民居里呢?其实,此事我谋划已久了——

第一天,得给西北的窑洞。

人类最早的家,肯定是洞穴。至今仍然能够想象,当远古人类发现一个合意的洞穴时,该有多么激动,因为它意味着安全,意味着包容,在冬天意味着温暖,在夏天意味着清凉——它是一束照亮远古人类生活的光。

这样说来，西北的窑洞不仅是远古遗风的余绪，更是当地人因陋就简的建筑杰作。西北少雨，所以那些黄土山坡就派上了大用场。开凿吧，以比寻找任何宝藏都更大的热情，因为那是开凿自己的家啊。挖出的土壤堆在一旁，又会形成新的土坡，仿佛那个大山坡的子孙。而在这样的嬗变过程中，一个家就诞生了，辛劳的人们找到了光。

《枣园灯光》曾是一篇很出名的文章，入选过中学课本。和枣园灯光同样出名的是杨家岭窑洞。没亲眼看过窑洞的人，会把那里的生活想象为脏乱差，其实，领袖们曾住过的杨家岭窑洞，既阳光又洁净，既安静又安全，真是舒适极了。至于普通老百姓的窑洞，只要主人稍微勤快一些，也会拾掇得不错。当然，窑洞里的男主人不需要像领袖那样运筹帷幄，决胜于千里之外，只需要考虑一家老小的生计，追求的是"老婆孩子热炕头"的小确幸。

夜深了，西北的月亮似乎格外皎洁，月光似乎也更少受到遮挡，照在了质朴无华的窑洞之上。屋里睡着老婆孩子，屋外挂着辣椒玉米，一切都安睡了，一开始还有几声狗吠，慢慢地，一切都沉寂了下来。

这时候只有窑洞会醒过来，它会回想起自己的前尘往事，想起自己的先辈——元谋人、蓝田人、北京人、山顶洞人居住过的洞穴，它会回想起自己所见证过的那些人类生存繁衍的伟大主题。

第二天，得给草原上的蒙古包。

除了蒙古包自身的美，还有一点儿私人原因。因为我自认为我这个莫姓人氏，乃是西夏王国的后裔，后来似乎又成了羌族，具体过程也闹不清，但反正都是游牧民族，都在迁徙。而这种不稳定感，也正和蒙古包相匹配。

游牧牧民一般一年要迁移两次：5月份天气渐暖，要找一个水草丰美、适合放牧的地区；10月份凉风吹来，又要找一个过冬的地方。蒙古包的拆装只需一两个小时，十分方便，迁移时用驼车或马车运送。

草原上没有什么不是变动不居的，就像高天上的流云，就像吹动着流云的风，就像迎着风自由奔跑的马……蒙古族的毡房上装饰着大块大块的云纹，云几乎成为游牧民族的图腾，他们在白云底下劳作和生活，渴望自由，过的却是云上的日子。

从另一个角度看，他们又是最稳定的，只有他们一直把"家"带在身边，像带着一个自己最亲密的无言的伙伴。在所有的民族中，他们和家的关系最特别、最质朴、最真实、最融为一体。

第三天，得给永定的土楼，我把它叫作"笃然自转的星球"。

最土的就是最现代的，永定土楼的现代是一种超级现代，几乎有着卓越的太空感。我想，即便是外星人降临地球，也会对这种奇妙的建筑感到亲切，以为回到了自己的故乡。

学者们说，土楼是出于族群安全而采取的一种自卫式的居住样式。在当时外有倭寇入侵，内有连年内战的情势之下，举族迁移的客家人不远千里来到他乡，一种既有利于家族团聚，又能防御战争的建筑方式便被采纳下来。同一个祖先的子孙们在一幢土楼里形成一个独立的社会，共存共荣，共亡共辱。是的，一座土楼就是一个袖珍星球。

据说未来的太空城市有的造型就是一个大圆球或大圆环，在浩瀚的太空笃定地转啊转，里面则是一个小小的独立王国。有点像土楼，不是吗？或许外形和材质不像，但体现了同样的居住智慧和匠心，更体现了在孤立无助时抱团生存的渴望。

如果说人类最终都得避到太空中去"苟活"，那么我住在土楼的这一天，便成了一场具有前瞻性的演习。

2013 年 3 月

色，城

去了一趟哈尔滨、海拉尔和满洲里，同行的人都说，满洲里这座城市最美。无他，因为这座边境小城的建筑风格十分统一，一水儿的俄罗斯情调，看起来十分养眼、十分和谐，像是一件精心构造的艺术品。城市建设者的匠心，能被游客领略到，的确是双方的美事。

其实，满洲里作为日新月异的边贸城市，最近几年有大量的"热钱"涌进来，基建规模那是相当大，也能称得上是一个大工地。但后起的建筑，绝大多数也都是有板有眼的俄罗斯风格，从颜色到轮廓，从立面到屋顶，从窗饰到门楣，每个细节绝不马虎。所以，后起的建筑与以前的老房子几乎实现了"无缝对接"，真正体现了一种家族的使命感、整体感和荣誉感，让人看在眼里，由衷地觉得：建筑不但是有生命的，更是有血缘的、有谱系的。

是啊，新建筑一经诞生，就加入一个有着厚重历史的大家族里，与它的父辈、祖辈、祖祖辈站在一起，既接受着人们挑剔的眼光，更接受着整个家族无言的审判。哪怕有一点突兀和莽撞的地方，也会让人们的眼球觉得不爽，更会让家族的整体美感与和谐度减去一分。所以，新建筑应该怀着一种谦卑的心态，带着对所有老建筑的尊重，自觉地维护"家族的荣誉"。这才是一种应有的姿态。千万别使自己沦为不受欢迎的不速之客，甚至成为毫无章法的败家子，使整个家族蒙羞。

与满洲里相比，哈尔滨的老建筑当然更多，其附着的历史也更加深厚、更加有说头。但现如今一眼望过去，却有些杂乱无章。最主要的原因，就是许多后起的建筑，风格庞杂，它们或是慌里慌张，或是趾高气扬地站到了原先的欧式风格建筑的身旁，切断了原有的血脉，破坏了原有的谱系。整个家族就这样几乎要分崩离析了。这是相当遗憾的事情。

当然，时光对建筑有一种"救赎"作用，某些初看不习惯的东西经过岁月的漂染，仿佛古董的包浆，会遮盖掉以前的棱角、锋芒和"贼光"。但还有一些"冥顽不化"的建筑，无论过了多久去看，仍然让人感到糟心。那么，我们与其等待时光的救赎，不如一开始就精心设计和规划，让现在和将来的人们都能享受到和谐的美感。

在当前的城市建设中,"千城一面"大约是最煞风景的事情。比如一概是玻璃幕墙那就审美消亡了,说得难听点,那一面面玻璃幕墙就是一面面镜子,只能照出我们的狂妄和无知。所以,城市规划者和建设者就像画家,要精心地找准一座城市的主色调,努力打造个性之城。这需要一种极为细腻的审美感觉,需要懂得一点比较城市学。比如,西安这座城市的建筑主色调应该是灰,但又与咱们徽州的"灰"不同:前者的灰是尊贵的、厚实的、高远的,与苍茫的天空和黄土地进行着朴拙的对话;而后者的灰则是低调的、斯文的、亲和的,与俊秀的青山绿水共同谱写着轻灵的诗篇。同样,俄罗斯和越南的城市里都有着许多明黄色调的欧式建筑,但风格也有所区别,前者是温暖、沉着的古典油画,而后者则是热烈、迷离的现代派作品。

据报道,最近西安市将对城市六区以及四个开发区内的城市建筑色彩进行全面清查,凡不是以灰色、土黄色和赭石色为主色调色彩体系的建筑,必须在一个月内完成改造。我以为,此举的出发点是好的,但究竟用什么做主色调最合适,恐怕不应该完全由官员和专家说了算,人文学者和普通市民也应该有发言权。一句话,打造个性化的"色,城",需要更多的智慧、更多的远见,同时也需要更多的谦卑,倾听更多的民意。

2009 年 8 月

访博物馆不遇

有位老外曰:"美好的一天应该这样度过:骑着自行车去图书馆。"骑自行车是低碳的时髦,去图书馆则是低调的高雅,合在一起无疑有巨大的诱惑力了。

其实在图书馆、美术馆和博物馆这三个馆当中,图书馆可能是最不受小资待见的了。因为,恋物癖乃是一种强烈的时代病,小资或多或少都被传染,其病理表现形式包括收藏狂和购物狂等等。博物馆和美术馆自然比图书馆要物质化得多,真正配得上"琳琅满目"这个词。那些个古董和艺术珍品虽然你买不起(即便买得起人家也不卖给你),但好歹是深深地、痴痴地看在眼睛里面了。按照某学者"看到的东西就是你的了"的阿Q理论,无价之宝已经归你所有,会在记忆里跟随你一生一世。

我本是个媚雅之人，所以每到一地，都会想方设法挤出点时间去当地博物馆白相白相，心情迫切得好像是在寻找失散多年的亲人。这让我疑心自己前世是个给皇上看库房的小伙计，后来眼睁睁地看着宝物在战乱中散尽，于是今生就受苦受累了——要把它们一件一件给"看"回来。

去年 8 月中旬在哈尔滨旅游，因为自由活动的时间较多，动了多访问几家博物馆的念头。而这一访，也就访出了许多感慨。

首先当然是去"国字号"中的老大——黑龙江省博物馆（简称"黑龙江省博"）。星期二上午 9 点多，我兴冲冲地来到博物馆门前，但大门仍然紧闭。旁边有一家鞋店，进去问里面的售货员，才知道今天闭馆。我不无沮丧地走出鞋店的时候，又听这位售货员大姐在背后嘟囔："我都快成博物馆问讯处的了。"

以前在我的印象中，公立博物馆一般都是星期一闭馆，孰料咱们的黑龙江省博不按常理出牌。当然，哪天闭馆乃是馆方的自由，但如果能尽量地"广而告之"一下，是不是显得更体贴呢？例如，当地的一些旅游手册，都把黑龙江省博列为一个旅游项目，而在后面附上一行小字"星期二闭馆"，也并不是一件很难办到的事。

星期三再去，终于得见省博真容，说实在的，里面确实有些好东西。比如披毛犀化石，就很震撼。恰巧，此前我刚刚写了篇关于猛犸象和披毛犀的科普文章，现在算是与真"兽"相见了。

出了省博，我又向太阳岛进发，旅游手册上说那里有多家艺术类的博物馆，有公立的，有私人的，也有半公半私的。但访的结果却不尽如人意，五家之中只进去了两家。私人性质的"俄罗斯艺术博物馆"不让进，未告知原因；"北方民艺精品馆"不让进，也未告知原因，旁边有位大爷说他们似乎有时候也是开门的；"中俄油画艺术创作交流基地"不让进，原因是正在装修。这些都令人遗憾，但也有让人感动的地方。特别是"于志学美术馆"，我12点半到达该馆的时候，大门也是关着的，门口的一小伙子说现在是中午吃饭时间，半小时后准开。于是我转到"韩建民中俄油画收藏馆"，那里有私人收藏的俄罗斯当代油画，幸运的是门是开着的，更加幸运的是藏品质量相当高。约莫半个小时后，再到"于志学美术馆"，果然开门了，看客只我一人，馆里的小伙子见我到了，马上过来打招呼，而且把展厅所有的灯都打开了，好像专为我一个人提供包场服务一样。临走的时候，小伙子向我点头微笑，这微笑几乎把我在前几家受到的冷遇化解了一多半。

现在是一个国内的私人博物馆大踏步发展的时代。但要办就得有点专业精神，"三天打鱼两天晒网"恐怕就违背初衷了。私人博物馆的本质是"分享"，即将私人集成的精英文化向社会大众播撒。虽然可能有私人的一点"沽名钓誉"之心在里面，但其更重要的传播属性和文化属性应该是无私的。当然，"无私"和"免费"并不必画等号。实际上，国外的私人博物馆也不是全部免费，而国内最早的私人博物馆——马未都创办的观复博物馆据说门票50元，但看过的人都觉得很值。所以，这不是该不该收费的问题，而是一个值不值的问题。况且，收费往往意味着服务水平的提升。因为，收费是一种利益上的回报，更是一种面向公众的郑重的承诺，有助于促使收费方恪守职业道德、提高服务水平。至少，不会让远道而来的看客无端地吃闭门羹吧。

说到"不遇"，古人有所谓自己创造的"不遇"，即王子猷的"乘兴而来，兴尽而返"，遇不遇其实无关宏旨。当然，我在遇与不遇的过程中也收获了不少惊喜，比如，乘渡船过松花江时手抚浪花，在太阳岛看到了一只可爱的松鼠在悠闲地漫步，更体会了在偌大的展厅里一个人凝视艺术品的孤独情怀。也挺值得了。

2010 年 3 月

一塔一灵魂

对于在大海上航行的水手来说，灯塔无疑是福音；从文明类型的角度来说，灯塔还是海洋文明的一个象征。

华夏大地上的许多古塔，该是黄土文明的象征了吧。同时，它们也是旅行者们的福音。每当在旅途中看到古塔，我整个人仿佛都被定住了，似乎塔那强大的气场，要把我的身躯压到千百年累积的尘埃里去。

塔与佛教有着密切的联系，本来是高僧的埋骨建筑，既是灵魂寄托的地方，也是与天国最近的地方，其用意，与西方的教堂穹顶相像。也就是用一种狭长的、不断向上延伸的空间，构成天与地之间的通道。

源于佛教的塔，发展到后来，已远远超出了本来的意义和范畴，而变为风水塔、景观塔等等。

我的童年是在长江边的贵池度过的，这座江南小城最担得起"清秀"二字，与江北的名城安庆遥相对望。眼力好的人，站在这一头，就能看到另一头的安庆城市标志：振风塔。

振风塔坐落在迎江寺内，始建于明代，其目的是"以振文风"。振风塔为楼阁式砖石结构，塔身共七层八面，高72.74米，在全国108座砖石结构的古塔中，其高度位列第二（最高的是85.5米的山西汾阳文峰塔，也建于明代）。

巍峨的振风塔，投影在汹涌的长江里。但影子总是被波浪击碎，再加上长江水一年比一年浑浊，所以那视觉效果可以想见了。

要看精美的塔影，还得去北海公园，20世纪50年代的一首歌曲《让我们荡起双桨》使这座公园大大有名，其实，它早就凭借藏传佛教风格的白塔声名远播。"让我们荡起双桨，小船儿推开波浪。海面倒映着美丽的白塔，四周环绕着绿树红墙"，岸上一个白塔，水中一个白塔，美的旋律就这样变成了一种让人迷恋的复调。

大理三塔也是亲水建筑，但又比北海白塔多了一种整体上的几何美，三座塔的塔身倒映在洱海里面，构成宇宙间最简省的稳定结构——三角形。洱海碧汪汪的一片，平静如砥，但又有一种说不出的幽深，以前不明白为什么要叫海，看了之后才发现，它就该叫海。

少林寺的塔林是极为肃穆的地方，据说每一位高僧过世，就要盖起一座塔，其骨灰或尸骨放入塔下面的地宫。塔林现有232座塔，历经唐、宋、金、元、明、清不同年代，是中国现存面积最大、数量最多、价值最高的一个古塔建筑群。塔的高度约在15米以下，造型有四方形、六角形、八角形，有柱体、椎体，有直线形、抛物线形，有瓶体、喇叭形，既是一片灵魂的栖息地，也是一座塔的博物馆。

最壮观的还是西安的大雁塔，相传是玄奘为藏经所建，方正堂皇，极具皇家气派——没有盛唐气象，这样的格局是难以想象的。我去过大雁塔两次，虽然一次也没有登上过，但立在下面仰望就足够了——大雁塔就是要让你仰望的，让你一直一直地看，望断南飞雁。

中国古建筑最擅长用木，堪称木的王国。山西应县木塔正是这个王国里的一位高挑的王子。这座世界上最古老最高大的木塔，共用红松木料3000立方，2600多吨重，却没有使用一根钉子，全仰仗着卯榫结构来顶天立地。塔的每层檐下装有风铃，微风吹动，叮咚作响，十分悦耳。

开封的铁塔十分独特，与"红领巾迎着朝阳"的北海白塔格调不同，这座铁塔最适合在夕阳西下的时候去看。在每一寸光线的抚摩下，那生铁铸造的黝黑塔身也变得柔和起来，上面的雕刻很是精细，你在夕阳下看着看着，光线越来越暗，最终一切都模糊了，仿佛一段段精彩的历史在你面前优雅地谢幕。

虎丘夕照也是苏州的标志，杨万里诗云"好山万般无人见，都被斜阳拈出来"，用来形容斜塔似乎更为贴切。苏州恐怕还是宝塔融入现代城市格局的一个典范,我在苏州城里四处转悠的时候,总是能够看到北寺塔或双塔,抬眼见塔的那一瞬间,身边的汽车和现代化建筑都变得不真实了,或者说,全部被塔所营造的气氛给罩住了。

  银川也是这样,北塔、海宝塔、承天寺塔,各具其妙。可以说,这是一座被塔撑起来的城市。这些历久弥新的宝塔,让久居这座城市的人,有了定力,让初来这座城市的人,有了方向。

2012 年 10 月

莲雾满城

不知是谁起了"莲雾"这么一个诗意化的名字,就像当年徐志摩把佛罗伦萨叫作翡冷翠。像莲子那般清新,又像晨雾那么朦胧,估计这个命名者当初也和徐志摩一样,无可救药地沦陷在恋爱中吧。所以看周遭的事物,都充满了如水洗似的洁净和柔美,但与真相之间又隔了一层朦胧的轻纱,让人始终无法看清。

莲雾的甜度确实是朦胧级别的,似乎归在蔬菜这个序列里更为妥当。尤其和释迦、菠萝、杧果比起来,真是如饮清水了。我在台湾旅游时,早上饭店的自助餐每每有莲雾供应,就好像是内地这边的圣女果、黄瓜一类,给人漱漱口用的。印象中吃过的莲雾都是表皮青青的,果肉沙沙的,但又不像梨子嚼起来充满着快感,而是略带一点儿涩,总之,那口感实在不怎么样。

好在它有一个诗意化的名字，不吃，单纯地念叨，就勾起了一幅画。我甚至为它自创了一条颇有些即视感的谜语，谜面是"月色笼池塘，微风送荷香"，谜底即"莲雾"。

前些日子在超市里看到有台湾产的莲雾出售，那表皮的颜色却有一番不同，褪尽了青衣，换上了一件西红柿般的肉红色袍子，只是在果实的顶端才残留着一点绿。再看果实的蒂部，有几道很深的皱褶，相互交叉，像一张大大的精怪的嘴，又像一个无头的大大力士——无头的大力士，难道是远古时勇敢的共工吗？

虽然很贵，但还是买了几枚。拿回家尝了尝，竟觉得清新无比，水分充足，一张口，就吃下了整个荷塘。那若有若无的甜分，像袅袅娜娜的轻雾在舌尖上飘荡，宛如远处飘来的梵婀玲乐曲——再联想下去，我恐怕要将朱自清的《荷塘月色》默写一遍了。

台湾的莲雾肯定是优良品种，但为何与在台湾吃的差距那么大？无他，味觉只是一个开关，最关键的因素是我在吃的时候，想起了整个台湾，那个既十分现代又十分传统，既十分文明又十分自然，既十分礼仪又十分自在的地方。你在这样的地方，似乎也说不出哪儿好、哪儿先进，景色平常，人物平凡，但就好像沉浸在一个由清风和荷香环绕的梦里，让人感到无比舒服。它使你想到了家，可以随意走动，随意吃吃喝喝，没有任何拘束，更没有语言上的障碍。但你又隐隐地感到，它和真正的故乡又是不同的。往大里说，它有着一种独特的氛围、一种独特的矜持；往小里说，它有着一系列独特的风物，包括像莲雾这样的奇异物种。

是啊，包括我在酒店自助早餐中所吃的寡淡的莲雾，都一口一口地夯实了我对于台湾之旅的记忆，甚至它是作为一面镜子或一张尚未发黄的明信片存在的，衬托出我眼前的莲雾是那么甜美、那么脆爽，几乎有着"莲满雾城"的盛大。而在这种衬托中，它自己也静悄悄地复活了青绿的样子，静悄悄地增添了可人的甜度——这种"彼涨此也涨"的曼妙的化学反应，才真正是舌尖上的秘密。

细究起来，莲雾的原产地倒也不是台湾。莲雾是典型的热带水果，又名水蓊、天桃、水蒲桃或洋蒲桃，原产于马来半岛，17世纪由荷兰人引入台湾，初期作为庭院观赏树木，直到近几十年才逐渐成为台湾最重要的经济果树之一，屏东是最有名的产地。如今大陆的海南、广东、广西、福建南部也有种植。随着栽培技术的提高，莲雾除了原来的红色和绿色以外，还有新品种的暗红色莲雾。

说完舌尖上的秘密，不妨再说一点点比较文化学上的秘密。台湾电影、偶像剧和流行乐，近几年在大陆的号召力是大不如前了。原因在于大陆流行文艺的制作水平日渐提升，包装手段日渐精良，在市场上运作的资本也更为雄厚，同时受众的本土意识也悄然覆盖了以往"外来和尚好念经"的情结。但我总是对来自台湾的艺人有一种偏好，这种偏好进而还发展为一种直觉——在事先并不知情的状况下，我凭着直觉就能从一群艺人中把来自宝岛的那一位给辨认出来。对此我的理解是，台湾艺人大多有着一种大陆艺人身上所稀缺的清新，这种清新看似敌不过华贵的气质和强盛的气场，却以其清浅之中的底蕴和素雅之中的矜持，更加牢固地沁入受众的记忆，使人过目难忘。看来"小清新"这个词就像莲雾，命中注定就该生长在那样的土壤之中。

  最近看到的一个莲雾般的艺人，是《中国好声音》舞台上的台湾女孩林芯仪。可惜她已经被淘汰了，又带走了一点这个舞台上本来就所存不多的清新。

2013 年 9 月

优雅的"废都"

如果你问我，此次澳新之行印象最深的是哪一座城市，当然是墨尔本。一座1956年就举办过奥运会的城市，一座由金光熠熠归于雍容沉静的"金城"，一座优雅而充满活力的"废都"。

在我看来，墨尔本是一座五色城市，由金色、红色、褐色、蓝色、绿色染就——金色和红色，是指它在经济和政治上曾经占据的地位；褐色，是指它的老建筑的颜色；蓝色，是指它梦幻般的新建筑的颜色；而绿色，当然是指它的绿化和环境。这些色彩融合在一起，造就了墨尔本的非凡魅力和深厚底蕴。

墨尔本曾经是个"暴发户"，1835年之前，墨尔本基本上是没有人居住的。1840年的人口是1万人。1851年，在墨尔本发现了金矿，大量的人从世界各地前来淘金，包括大量的华工。墨尔本的人口迅速增长，1854年已经达到12万人，使藏金极富的美国旧金山黯然失色，故墨尔本又被称为新金山。

墨尔本曾经是澳大利亚的首都，后来悉尼的发展水平上去了，觉得由它当首都才合适。两个城市相持不下，最后第三者得利，首都设在了巴掌大的小城堪培拉——一个纯粹为首都而当首都的城市。

金子有挖完的时候，红顶也有被摘下的时候。但在失去了这两项荣冠之后，墨尔本并没有一蹶不振，反而放射出文化和艺术的沉着的光芒。

墨尔本有着许多老房子，古希腊式的、哥特式的、维多利亚式的。那时候，暴发户们大概憋着一股劲，要盖就盖最好的，甚至比欧洲老家的盖得还要好。如今，这些古色古香的建筑，十分和谐地林立在绿草如茵的街区上，洋溢着浓郁的老欧洲贵族气息。

最具震撼力的应是南半球最大的圣·帕翠克大教堂了，气派十足，雄伟壮观，凝聚着哥特式建筑的艺术精华。走进教堂，高耸的穹顶几乎望不到边，仿佛天国就在上方；精美的雕花彩绘玻璃，一扇一扇皆如画卷。

还有墨尔本战争纪念馆，造型是从古希腊神庙中吸取的灵感，庄严肃穆。同样是高耸的穹顶，同样象征着通往天国的路。这个战争纪念馆本是为纪念一战中阵亡的澳大利亚将士而建的，二战结束后，阵亡名单自然又长了很多。但这时墨尔本的"金气"已经消退了很多，政府拿不出钱建新馆了，干脆一馆两用。

这反倒使它的内涵更加凝重。

墨尔本人对老建筑不仅呵护有加,而且呵护有方。墨尔本中心广场是澳大利亚规模最大的零售商城之一,内有约二百间商店。走进这座外表十分现代的商城,映入眼帘的却是一栋维多利亚风格的红砖塔楼。原来整个商城是环绕着这栋百年塔楼兴建的,它像一个超级雪糕筒,包裹着塔楼这颗古雅的"芯"。我发现,塔楼里面也被布置成店面,卖的倒不是高级货,而是廉价的运动休闲装。

这么多的老房子,使得墨尔本平添了一种优雅、沉稳的灰褐色或黄褐色,再配上大片大片的绿色,更是相得益彰。墨尔本号称"花园城市",有大大小小近500个公园。其中最著名的当然是皇家植物园。这里除了汇集了来自全球各地12000余类49000多种热带、亚热带植物和花卉外,还有60多种野生鸟类,因为有14公顷美丽的灌木丛林供它们栖息。

墨尔本当然也有新建筑,但他们不轻易盖,要盖就盖最好的。雅拉河畔的联邦广场就是一例,这座2001年落成的超现实主义建筑,据说是为22世纪的人盖的。整个建筑是非对称的、倾斜的、拼贴的、流动的,运用了大量的玻璃、钢和锌材,的确有一种光怪陆离的荒诞之美,在蓝天的映衬下,散发着梦幻气息。而在联邦广场旁边不远,就是墨尔本最古老的教堂,两两相望,互致问候,穿越时空。

造型新颖的维多利亚艺术中心,也是一组现代化建筑群,由蓝色天然玄武岩筑成。因为时间关系,我们只参观了其中的美术馆。馆内有大量欧洲古典绘画，从文艺复兴时期一直到拉斐尔前派，但我兴趣不是特别大。我比较欣赏的是家居文明馆，尤其是其中的椅子专区，那些以前只在画报上看到的椅子，如红蓝椅、马皮椅、花朵椅，都一一呈现在我的眼前，算是大饱眼福。还有个东方艺术馆，里面陈放的以佛像居多，中国的、日本的佛像，还有来自吴哥窟等地的东南亚木刻、石刻佛像，相当珍贵。看来，西方人似乎总有一种偏见，即更看重东方的器物文明，认为东方工艺品的价值在书画作品之上。馆内当然收藏了许多澳洲土著人手工艺品，有一件色彩已经黯淡的木雕作品，反映的是游子漂泊归来，与亲人相拥的主题，有着催人泪下的感染力。

　　导游的安排荒唐得离谱，总是让我们在所谓的免税商店购将近两个小时的物，或是在郊外的宾馆里待上整整15个小时（每天下午6点半左右就回旅馆，第二天9点半才出发看风景），而皇家植物园只给了我们一个小时，美术馆也是一个小时。于是，在这两个地方，我就好像救火的消防队员，以最快的速度通览一遍，只是在最优美的东西前才敢稍作停留。大概，快餐式的旅游就是这样吧。

　　墨尔本的电车也值得一说，城内的有轨电车已有100多年的历史，构成四通八达的交通网。既有老式的木制电车，又有造型优美的现代电车，同样构成了古典与现代之间的对话。而穿行在城市车流中的古董马车，让墨尔本看上去更像伦敦了。人们都说悉尼是南半球的纽约，而墨尔本是南半球的伦敦——澳大利亚的魅力，就在于这种文化的多元性和包容性。

那种古董电车专供游览市容用,而且完全免费。我们请求导游带我们去坐,但这一愿望最终还是没有实现。我们最终还是没能亲身感受墨尔本那古老的节奏和心跳……

2007 年 5 月

漫步大洋路

墨尔本的优点,不仅在于它的城市里有许多"文眼",留存了文化史上的一个个"坐标",更在于它的郊外有许多"野趣",展现了大自然的鬼斧神工。

"十二门徒"就是其中之一。它实际上是突出在南太平洋海面上的12块砂岩石,经过千年的海浪和海风的洗礼,被大自然神奇般地雕凿成酷似人面,而且表情迥异的12根石柱,仿佛耶稣的十二门徒。随着时间流逝与风浪冲击,"十二门徒"柱至今只剩下8根,最近倒下的是在2005年。但石柱的倒下并没有减弱"十二门徒"的魅力,相反,更多的游客担心景观以后不复存在,所以纷至沓来。

我们从墨尔本出发向东行驶,两个多小时后开上了全球最美的海岸车道之一的大洋路。不久车子停在了海边，我们终于看到了"十二门徒"的真颜。同行的人都说，这是来到大洋洲后看到的最壮观的景象。

"十二门徒"柱本身就壮美无比，而光线的变化更使它像个魔法师，变幻出不同风格的美。或许是在海边的缘故，风比较大，太阳一会儿被云朵遮蔽，一会儿又完全露出脸庞。当阳光灿烂时，"十二门徒"柱周身像贴上了金箔，放射出如同佛光般的光彩；当浓云蔽日时，"十二门徒"柱又披上了深色的外衣，像一幅幽远的列维坦风景油画，雾气丛生……其实，无论我用语言怎么形容，都只能道出其美妙的万分之一；我必须像马奈、莫奈等印象派大师那样，用画笔把那瞬间的变化不差分毫地描摹下来。此刻，我才理解了为什么莫奈画干草垛能画整整一天，而且一画就是几十张甚至上百张，因为他要捕捉到干草垛随着光线变化而呈现出的每一种变化，他不想错过任何一个瞬间的美。人不能两次踏进同一条河流，人也不能两次看到同一个干草垛。光线，只有光线，才是最伟大的造型师——印象派之所以伟大，是因为它参透了这一点。

离"十二门徒"柱不远的"伦敦桥"，是大洋路上第二个震撼人心的景观。伦敦桥是一块状似桥梁的巨大砂岩，不用说，其建筑师也是亘古不息的海风和海浪。

这真是一个美得让人想跳海的地方，要自杀得选此处。但看到这样的美，又往往舍不得死了。人生在世，不过是贪一点景，贪一点甜，贪一点暖。

我们还不想走,但导游已经在催了。此时是下午两三点钟,显然是等不到夕阳了。据说,许多澳洲人专挑黄昏时分来大洋路。那时的"十二门徒"柱一定极美。杨万里诗云:"好山万皱无人见,都被夕阳拈出来。"

除了大洋路,墨尔本南边的菲利浦岛上可看企鹅归巢,那是一种特别可爱的小企鹅,只有30厘米高,是澳大利亚的特产。但导游说,开上两三个钟头的车,只为了看这些傻乎乎的小家伙,太不值了,况且岛上特别冷,人身上又没有企鹅那样的皮毛,冷得直打哆嗦。所以,中国游客一般是不去的。再联想到著名的大堡礁这次我们也没有安排,因为要看清那里美丽的珊瑚礁,一般要潜到海里,中国人不适应。所以,中国游客一般是不去的。还有,在新西兰我们只游了北岛而没去南岛,其实南岛有冰川、瀑布等壮观景色,有基督城、丹尼丁等美丽绝伦的城市。一句话概括,北岛秀美如童话,而南岛则壮美如神话。欧美人游新西兰,一般是在奥克兰下飞机后就租辆车,从北岛开到南岛(中间有轮渡),一路看个饱。考虑到这样容易累着自己,所以,中国游客一般是不去的。

那么,中国游客去哪里呢?最好是把他们领到免税店和赌场,因为他们现在有钱了,是"流动的银行"(这个词是老美形容台湾同胞的话)。新西兰和澳洲的赌场里,净是些东方面孔,到处能听到中文。在奥克兰赌场,我就看到一个留学生模样的中国小伙,拿了一大堆筹码去压大小,而且一次性地全压在一个格子里，结果铃响一开牌，就全都输掉了——这哪是赌牌，分明是赌气嘛。

2007 年 5 月

凭树识故乡

7月6日至17日,我跟随一个青少年文化交流团赴以色列访问交流,活动中心是在魏茨曼学院,其中待的时间最长的地方是学院里面的科学花园。

在我看来,魏茨曼学院的特点就在于"一有一无"。"有"是指拥有大师,它是世界上各国科学家心目中的科研圣地之一,吸引了不同国籍的许多专家学者来此工作和交流;"无"是指没有围墙,它以一种罕见的包容之心和一颗谦卑的回馈社会之心,向社会开放,尤其是向孩子张开了最为热烈的欢迎的怀抱。

科学花园,就是专为孩子们打造的。里面有着海量的实验器材和实验项目,更重要的是,里面还有一群愿意"蹲下来和孩子说话"的科学志愿者。平时每天都有以色列的孩子进入花园,在玩中学，在学中玩。每年夏天，更是有来自世界各地的孩子们在此举办夏令营，他们在这里上上课、动动手、提提问、冥冥想，以一种轻松有趣的方式完成了体验教育和创造教育。

科学花园的老师们在夏天都穿着蓝色 T 恤，衣服背后印着一个大大的问号，问号下面是一个微笑的嘴角。那个问号，意在鼓励孩子们积极地提问题；那个微笑，既是对问题解决后的奖赏，更是对接踵而来的问题的期待。

"敢于怀疑，敢于发问"的精神已经渗透到以色列人的血液之中，每天孩子放学回家，父母通常会问他或她今天在学校向老师提了什么问题，而不是学到了什么知识。纵观人类思想史，像马克思、爱因斯坦、弗洛伊德这样的犹太裔大家，都是开创性的巨人，类似先知。而要想成为"先知"，恐怕先要成为"先问"。

科学花园里的大脑馆让人驻足良久，里面陈列了多种生物的大脑标本，泡在福尔马林溶液里。在这些"低等"的大脑面前，人类似乎有理由感到骄傲，但也可能感到一丝悲哀。骄傲的是无论从容量还是从结构上看，人类的大脑都是天地间的翘楚；悲哀的是拥有这么优良的大脑，许多人却放弃了思考。但转念一想，或许大多数人来到这个世上的使命，就是只生活、不思考，因为有那些辛勤的睿智的大脑替我们思考就足够了。当年爱因斯坦去世之后，他的大脑被人盗走，至今没有与身躯"团圆"，由此让人联想起了那些思想者多舛的命运。是否思考和是否幸福，在很多时候不仅不是正相关，而且可能呈反比。这，似乎更是大多数人不思考的理由了。

暂且把这些沉重的思考放到一边，随我们代表团的孩子进入阳光明媚的生态馆吧。生态馆是科学花园里最引人注目的建筑。其外形是半球体，馆壁全部由三角形的玻璃块面构成，既可以很好地采光，又利用了三角形的稳定性。构成馆壁的一部分块面同时也是太阳能板，所收集的太阳能可以满足整个生态馆的能源需求。进入馆内，仿佛就是进入了一个玲珑的热带雨林，里面有着各种各样的植物与动物，我们见到了可以捕食昆虫的猪笼草，许多美丽的热带兰花，还有一种几乎透明的蜥蜴，以及会"咬人"的鱼……

更多的实验项目和器材，就放在室外如茵的草坪上。涉及重力、引力、向心力、摩擦力、热能、太阳能、潮汐能等许多项目，材质结实，设计精巧。看到这些器材，20多年前中学时代的一幕幕物理课场景就浮现在我的眼前，只叹当时限于条件，我们那一代学生的动手能力几乎是"零"。而对于以色列人来说，动手和发问，就是学习和研究的两翼，缺一不可。我们代表团的孩子们看到这些器材，则兴奋无比，在穿着蓝色问号T恤的以色列老师的引导下，真是过足了一把动手操作的瘾……

孩子的夏天和学者的夏天并行不悖。这边孩子的嬉笑喧闹，似乎丝毫也不打扰不远处科研大楼里学者们的静心实验和专注思考。

或许是学院里的大树，起到了隔音乃至吸音的作用。每一所只要有些年头的大学，都会是大树的福地，是草木的理想国。魏茨曼学院同样也是草木葱茏，繁花似锦。但比起其他大学来，这里的树种体现了无与伦比的丰富性，树的品种来自五湖四海，简直有一点"乱来"的意思了。

比如，在一般人的印象中，柏树是北方树种，棕榈是南方树种。可是，在魏茨曼学院里，常常是这厢种着苍翠的侧柏或鹿角柏，那厢种着碧绿的棕榈或椰子树。柏树与棕榈树的对话，真的是有几分"南北合作"的意思。

同样在一般人的印象中，以色列是个极度缺水的国家，但由于拥有先进的滴灌技术，以色列人的绿化脚步走得那么稳健，又那么跳跃。魏茨曼学院中就种植着大量的榕树，让人恍惚中以为走进了热带雨林。尽管这里的榕树的气生根没有在雨林里那么发达，但也蔚为壮观，吸引着蝴蝶和小鸟在林间栖息。

一道道篱笆上怒放的叶子花，进一步烘托出热带风情。许多时候，我以为自己来到了厦门鼓浪屿的某个巷口，或越南河内的某个居民区。草木是静止不动的，但总能让人的思绪飞行。

我还看到了在徽州寻常可见的乌桕树，以及舒伯特歌中的椴树。椴树和乌桕树，虽然一个是欧风，另一个是东方情调，但它们的树叶都是心形的，堪称"大心"与"小心"的对话了。

还有我们称为国槐的槐树，以及不乏东方神秘色彩的枫杨树——小时候去枫杨上面去抓"吊死鬼"，是留在许多东方孩子脑海里的不灭的记忆。国槐和枫杨构成了一个小小的林子，林子的旁边，是一大块草坪，草坪的那一端，就是魏茨曼学院的标志性建筑。在我看来，其外形仿的是现代派建筑的典范——位于波茨坦的爱因斯坦天文馆，像一个巨大的白色靴子，踏实地行走在科研之路上。

学院里种得最多的还是凤凰木，它是比较典型的亚热带树种，被誉为世界上最色彩鲜艳的树木之一。凤凰木的外形有点像合欢树，肆意地伸展着含羞草般的叶子，绿得那个青春无邪，热烈地开着黄花、红花或蓝花。以色列人偏爱凤凰木，或许是因为在西方神话中，凤凰是一种浴火重生的鸟，而这正是以色列人千年命运的写照。以耶路撒冷为例，这座历史名城曾经八次毁于战火，但每次都能浴火重生，至今仍傲然挺立在这块土地上。

行走在魏茨曼学院里，虽然是7月的盛夏季节，但在浓密的树荫的护佑之下，每个人都获得了一种恬然的宁静。不同国籍的学生、不同肤色的学者来回穿梭，他们只要稍一停下脚步，就能看到让自己感到亲切的树种。中国古人把桑和梓这两棵树合起来，作为故乡的代称，这真是说出了全世界人的乡愁，说出了全世界人的心声。看到了故乡的树，就等于看到了故乡，让乡愁于枝枝叶叶之间消融。在魏茨曼学院这个世界上智慧大脑高度集中的地方，那些辛勤使用着自己脑力的人，在停歇的瞬间，抬眼望见家乡的树种，就想起了各自的桑梓。

此刻我才明白，从抚慰乡愁的角度说，这样子种树，绝不是"乱来"，而是"为了同一个目的走到一起来了"。

从另一个角度说，也体现了以色列人深重的危机意识，或者说是比危机意识更高一个层次的"诺亚意识"：脚下的每一块土地都仿佛是一艘诺亚方舟，集中尽可能多的物种到这艘方舟上来，随时可以出发，随时可以迎风破浪。

但只要洪水般的危机还没有到来，一切都显得那么安逸，那么生机勃勃，让人想在树荫下安睡，各自赴各自的仲夏夜之梦……

2014 年 10 月

在以色列"跑警报"

在以色列的这段时间,正是以色列和哈马斯冲突升级的当口。于是,我在异国他乡充分尝到了"跑警报"的滋味。

到达以色列小城雷沃霍特的当天晚上,我和这个团里的几个大人去散步。8点来钟光线仍然很好,大有新疆"风味"。草木却殊为不同,偏于南加州一路。高大的棕榈树像排列整齐的士兵,应该算是这座小城的行道树;一种叶子有点像茉莉的植物开着硕大的白花,很是招摇,则仿佛是小城的行道花。路上行人很少,车子总是会耐心地停下来,让我们先行,尤其是看到我们特别的东方面孔的时候。

温柔的夜风吹拂,我们在路上惬意地走着,突然传来了警报声,一声接着一声。紧接着是冲天的火光——哈马斯打出火箭弹，转瞬间空中传来嘭嘭的低沉的钝声，那是以色列军队在用导弹拦截火箭弹的声音。

我们加快了返回公寓的步伐，路过一个沿街的小院子时，一位以色列大妈正站在院子门口，神情焦急地对我们说些什么，因为听不懂，我们继续向前。后来才知道，她是想让我们进她家躲一躲。

回到公寓，我们的导游杨小姐也来了，表情凝重地向我们晓以利害。她是以色列人，但汉语说得很溜，并取了一个中文名字叫杨宜芳。她说公寓里就有一间避难室，墙体是加厚的，内有钢板，门和窗也都是特制的。杨小姐让我们一听到警报，全体就要躲进此地，五分钟没动静后方可出来。我平时住的恰恰就是这间房。

不多久，保镖茨威格也来了，他是事先专门为我们这个团配备的，我们一下飞机他就跟着我们。茨威格身形剽悍，据说是特种部队出身。只见他也是满脸的紧张，和杨小姐嘀嘀咕咕地说着什么……

此后就一发而不可收，天天有警报，一有警报就得就近躲进安全屋。其中我印象最深的有如下四次：

一次我们在耶路撒冷附近吃罢晚饭，已是 10 点多钟的光景。大巴载着我们回公寓，杨导手机突然接到一个电话，得知哈马斯准备在今夜发射导弹。大巴立即改变路线，驶下高速公路，向一片丛林开去。丛林深处，就有一座安全屋。这是我待过的最大的安全屋了，足有六七十平方米，备有沙发、桌椅和卫生间，还摆着一张台球桌和一个游戏台，供娱乐之用。于是，我们团里的孩子们玩起了台球和游戏，大人们则围着矮桌打起了"掼蛋"，而杨导、保镖、以方领队雪莉却不敢大意，他们紧张地进进出出，观察外边的动向。恰好，雪莉的父亲马诺先生的家，就在安全屋附近。年过七旬的马诺先生是著名的物理学家和风险投资家，也是我们这个团的以方邀请人。闻听消息，马诺夫妇俩拎着西瓜，带着冰淇淋和饼干，来给我们"压惊"。我们原本就不多的恐惧，完全被这一片如火的热情所融化了。一个多小时后，警报解除，继续上路，在凌晨的月光的照耀下，我们纷纷在车上进入了梦乡。而这，也是我在以色列度过的最温馨的一夜。

另一次是在地中海边的海洋研究院参观学习，我们正气定神闲地看着海龟、听着讲解，突然响起警报，杨导一声"快跑"，保镖大哥也用刚刚学会的汉语嚷着"走吧，走吧"，当然，他们俩永远是在奔跑人群的最后。这次的安全屋是在地下一层，坚实之极，属于标准的防空洞。连年的战事令以色列人养成"深挖洞，广积粮"的战备习惯。据说，在仅比北京市面积大一点的以色列的国土上，他们竟然陆续建造了3万余个防空洞。也正因如此，以色列多了一个称号——"防空洞之国"。

还有一次是在特拉维夫的海滩，我们在风景如画的沙滩上嬉戏。地中海是真蓝啊，沙子是真细啊，洋人皮肤也是真白啊，通通都像是艺术品。可惜，警报又"不解风情"地响起，只好跑啊跑啊，我们这些中国人和许多以色列人跑在了一起，跑向沙滩边的一个简易安全屋。这座安全屋不仅相对简陋，空间也比较狭窄，但其坚固性不容置疑。由于地方小，人与人贴得很近，不少刚刚在游泳或在日光浴的以色列男女，身上都穿得极少极少，于是，大家虽然身体挨在一起，眼睛却齐齐地看向天花板。

最后一次是在马诺先生的家里。马洛先生作为资深的成功人士，其家自然是豪华，坐落在密林之中，不仅占地面积很大，还拥有一个十分宽敞的庭院，四周绿树环绕，花香袭人。这简直就相当于大地主的庄园啊！我们是当地时间7月15日晚应邀到马诺先生家做客，同时还有一个告别Party。吃罢马诺夫人主厨的晚饭，Party在大庭院里正式开始了。孰料两个小主持人登场刚说完开场白，急遽的警报声就一点不给面子地响起了。赶紧跑吧，马诺先生家的偏厅和地窖就是我们的安全屋。偏厅位于起居室的旁边，面积不大，所以20多个人一下子把这里挤得满满当当的。但大家并不十分紧张，因为马诺先生神情很放松，所以我们在心理上也就"客随主便"了。我环视这间偏厅，只见到处都是敞开式书架，有的立在地面上，有的固定在墙上，所有的架子上都堆满了书，还有一些书，就散放在桌子或沙发上。除了书香氤氲，偏厅里还充溢着艺术的灵氛，悬挂和陈列着不少艺术品，从米罗风格的抽象画到稚拙的非洲木雕，应有尽有。我甚至还看到了一件秦始皇兵马俑的小复制品，正静静地端坐在搁架上。早就听说以色列的国民阅读率居世界首位，是我们的20倍，而马诺先生作为工作极其繁忙的科学家兼企业家，仍然保持着大量阅读的习惯，而且其艺术品位也极其超拔，不能不让人敬佩。对我而言，这次跑警报，简直跑成了文化享受。

关于此次以色列之行，后来有团友总结说："天天响警报，餐餐有大饼。"因为以色列人喜欢面食，每顿都有比萨、肉饼或素饼，但即使是素饼，佐以鹰嘴豆酱（当地人称为胡姆斯酱），味道也相当不错。

其实，以色列的"铁穹"防空系统是极其完备的，几乎万无一失，但以色列人却回回都如临大敌，一丝不苟地跑警报，生怕这一次就是万中的那一"失"。并且，不厌其烦地对心中有懈怠的中国游客进行着安全教育，真可谓苦口婆心。

其实，以色列人除了跑警报时动若脱兔，干其他事的时候倒是挺慢的：慢悠悠地吃饭，慢悠悠地观察自然，慢悠悠地讲课，慢悠悠地做实验演示……我称之为慢生活、慢学习、慢科研。这慢，一下子让我们孩子学习的心态和节奏沉稳了下来，也一下子对比出我们大人的浮躁来。

该快的时候不快，该慢的时候不慢，可能正是包括我在内的许多中国人的一种毛病。

2014 年 10 月

所有的城市都是一座城市

契诃夫笔下有个叫安德烈·叶菲密奇的俄罗斯医生，特别羡慕古希腊哲学家第欧根尼的生活，该哲学家终日躺在木桶里想心事，一有人走近，他就会说："走开，别挡住我的阳光！"不料医生的朋友这样反驳他："第欧根尼用不着书房或者温暖的住处；那边没有这些东西，也已经够热了。只要睡在桶子里，吃吃橘子和橄榄就成了。可是让他到俄罗斯来住住看：别说在 12 月，就是在 5 月里，他也会要求住到屋里去。没错儿，他准会冻得缩成一团。"

看来，有时候决定人们生活方式的不是思想，而是气温。

德国的气候也比俄罗斯好不到哪里去，于是尼采不仅研究哲学和艺术，而且以自己的亲身实践，钻研着一门叫"健康地理学"的学问。他对天气的敏感迫使他不停地寻找一个特别的环境，一个刚好适宜他生活的地方。他这一阵在卢加诺，因为那儿有海边的空气而没有风，那一阵又在普菲佛尔斯和索伦托，过一阵又认为拉加茨或马里安的温泉能帮助他忘记身体的病痛。有一年春天他得待在恩加丁，因为他发现那儿"空气中臭氧成分多"，与他本性相近，然后又得去一个南方城市——空气"干燥"的尼斯，随后是威尼斯或者热拉亚。有整整 15 年之久，他就这样带着温度计、气压表和晴雨表，沿着铁路线走了几千里，只为了找到一种最适合他心灵的气候，直至最后晕倒在都灵的街道上。

尼采终其一生，也没有找到他理想中的城市。但他那个时代，"理想城市"分明是有的，至少对大多数不那么神经质的人来说，这样的城市是有的。"四季如春""诗意栖居"并非生造的词，而是有着现实的城市样本。然而，人类社会高速而高碳地发展到今天，"理想城市"一座接一座坍塌了。

我所在的合肥市，以前似乎还有点儿亚热带风情，挺风调雨顺的。谁知这几年风云突变，抽风性天气乃至灾害性天气频频降临。去年 11 月就下了场大雪，直到今年 3 月中旬还在下雪——就这样，一座亚热带城市足足有 5 个月时间，沦陷在无边无际的雪国里。遭罪的不仅有人，还有花儿。花儿刚开到一半，突降的气温就不容许它再开了，于是不伦不类地立在枝头，尴尬至极，郁闷无比。

岂止是合肥，在今天的地球上，所有的城市都是一座城市，正如艾略特诗云："所有的女人都是一个女人。"

所有的女人和男人，又都成了英国人。英国人见面准会谈天气，以前觉得他们完全是没话找话，现在才发现他们是在谈论人世间最重要的真理。对于人来说，实在没有比天气更大的事情了。你听，全世界的人都在惊呼："我的天啊，我的天啊！"于是，那个叫"老天"的家伙幽幽地说："你们终于想起我来了，早干什么去了？"

说句老实话，地球原本待人类挺好的，不仅管吃管住，还让咱们看看风景、做做美梦，实在是个仗义的老大哥。但人类是什么啊？答曰：万物之灵长呀！"灵"本指灵魂，但如今似乎是欲望彻底压倒了心灵；"长"指的是本领，但本领越大就越容易得意忘形。科学家指出：地球自身有九套生命扶持系统，分别是海洋、臭氧层、淡水、生物多样性、氮和磷的循环、土地利用、大气中二氧化碳的浓度、悬浮微粒负担、化学品的使用限度。俗称九条命。但即便如此，也架不住人类这么折腾啊！传说中的猫也有九条命，但神猫不发威，你以为我是凯蒂猫啊！

当然，从"坏事变好事""逆境中成长"的自虐哲学的角度来看，严苛的天气倒也不是全无好处。我一向推崇英国人和俄罗斯人的创造力，而这两个地方都以气候糟糕著称。可能是天气对人严苛，人也对自己严苛起来；而如果天气对人放松，人也就对自己放松了。一旦真的生活在了四季如春的地方，说不定会像木桶里的第欧根尼那样，成天无所事事，不可救药地荒唐起来。

于是，当春天的天空飘着凄凉的雪花，我们宅在家里，写着契诃夫式的小说、尼采式的散文、艾略特的诗句……只怕我们的后代的后代，要在另一个星球上阅读这些文字了。他们或许会躺在高科技的金属桶里，一边读一边叹着气说："那个时代多伤感啊！"

2010 年 4 月

如果你真的花痴

是买鲜花还是自己养花,这是一个问题。

如果你真的爱花,还是去买鲜花吧。除非你有足够的耐心和技巧,否则你就不是在养花,而是在摧花。首先,从花市请回来的准备精心养护的花卉,多半不适应你家里的小气候,仿佛进了禁闭室,甚至有一种进了奥斯维辛集中营的感觉;再加上你那双十分不专业,时而还很懒惰的手,是会活生生误了卿家性命的。

"我喜欢花,但我不会把它们的脑袋割下来放到花瓶里。"这是大文豪萧伯纳的名言,说给一位附庸风雅的贵妇人听的。诚如斯言。但是,如果这花在某个遥远的地方,比如在四季如春的昆明或者盛产玫瑰的保加利亚谷地,就已经被割了下来,整整齐齐地摆放到了花店里,这时你把它们领回家,难道还是一种罪过吗？

甚至，这花之所以有生命，还是市场赐予的，归根结底是消费者的消费欲望赐予的。这和肯德基肉鸡的生命是由馋嘴孩子赐予的，是一样的道理。它的性质，和歹人跑到可可西里猎杀藏羚羊可不一样，和大学生无端地向动物园黑熊身上泼硫酸也不一样。

从这个意义上说，买鲜花比自己养花的道德风险度要低得多，对资源的利用度也更高一些。

再回到花本身。究竟什么鲜花适合买回家呢？唐菖蒲、马蹄莲、玫瑰、康乃馨、洋绣球都是上佳的选择。在寒冷的 12 月和 1 月，只要你勤换水并且往清水里放点维生素片什么的，这些花能够在花瓶里保持美丽容颜 20 天以上。以前我不喜欢百合尤其是香水百合，把它和牡丹并称为东西方两大俗物，现在则是彻底在俗物面前投降了。看来，所谓俗物，原是专门用来征服皮厚心软的中老年人的。

最近一段时间，我喜欢买来多头的百合，粉色、白色、金色的均可，有的甚至有六七个头——六个昂然的、甘愿为人类牺牲的小脑袋。当然，你看着它们慢慢开放，也就得看着它们慢慢凋谢，那一片片枯萎的花瓣静静地落到地板上，就像告别圆舞曲里的一个个奏响的音符。

对于这些枯萎的花瓣，我总是不敢把它们扔进垃圾筒里，而是或者把它们放到清水碗里，或者把它们放到大个观赏植物的花盆里，让它们归于水、归于土。如果这也能称为呵护，那么这种呵护不是我赐予花儿的，而是花儿给了我一次呵护我自己的机会。

　　枯萎的花也有动人心魄的力量。那个俄罗斯北极探险家的故事，正是以一束枯萎的玫瑰画上了凄婉而圆满的句号。1735年，俄国探险家普隆契谢夫率队向北极进发，临别时，新婚妻子达吉亚娜前来送行，并突发奇想要一同远征。普隆契谢夫只得答应。然而，北极地区的气候环境极为严峻，普隆契谢夫出师未捷，竟然被活活冻死。几天后，极度悲伤的达吉亚娜也抑郁而死。弥留之际她叮嘱领航员切斯留金："请把我和普隆契谢夫葬在一起，我和他生生死死都是属于无情的冰雪的。"数年之后，切留斯金一行再度出征，于1742年5月到达位于太梅尔半岛的欧亚大陆最北点。在一个如同白昼的北极之夜，切留斯金默默走向海边的悬崖，一边祈祷着，一边从背包里取出一束玫瑰。这束玫瑰他已经随身带了4年，绿叶早已落尽，花瓣也失去了颜色。他把玫瑰放在唇边吻了一下，接着慢慢撒向顿时变得宁静的大海，这时听到了他的声音："献给我的朋友普隆契谢夫和达吉亚娜……"后来，太梅尔半岛的东边有一块地方被命名为"婚葬地"，而欧亚大陆的最北端则被称为"切斯留金角"。

　　枯萎的花也有尊严，至少和人类拥有同样的尊严，如果这人有自尊的话。

2010年1月

不期而至的鸟巢

我的浴室吊顶上安装了一只浴霸,但近几年极少使用,换气功能更是从不开启。因为据我观察,吊顶上面有一只鸟巢,鸟儿从换气出口爬进来,就在空间很有限的换气软管里搭建了巢穴,不仅把蛋产在这里,还在这里煞有介事地哺育下一代。所以,我经常能听到吊顶上发出咯吱咯吱的声音——只有鸟儿的爪子才能发出这样的声音。不请自来的鸟儿几乎作废了我的一只浴霸,却让我满心欢喜。

当然,在其他更高明的鸟儿看来,这样的鸟巢完全是图省事,相当于人类的"棚户区",一点技术含量也没有。它们打心眼里认为,建筑学是它们生来就会的学问,一定得有宏大叙事才能对得起它们的天赋、身份和智商。于是,我们就看到了那些特别饱满、特别温暖、特别优美的鸟巢,它们一次次地愉悦了我们的眼睛。特别是到了冬天,叶落巢出,仰望鸟巢真的是一大乐趣。能让人心甘情愿去抬头仰视的事物是越来越少了,在冬天夜观星星,昼观鸟巢,多少能给漫长的寒冬增加一点亮色吧。

衡量一个小区的文化品位,得看它有没有几棵正经的老树,更要看树上有没有鸟巢。住上新房,还只能算是温饱级的;有了一点绿化,栽种了几棵香樟,属于小康级的;移来了几棵老树(最好这老树原本就是土著),特别耐看,能让人看上半个钟头,则是属于雅士级的;再往上走,就得数枝丫间安居的鸟巢了,如果林子里有那么三五个,那就算是仙人级了。

然而,鸟筑巢是小概率事件,更是完全随机的。有的时候房子边的树木已然不少,环境看起来相当"有排场",业主自我感觉也相当良好,但就是一巢难求,实在叫人仰天长叹。鸟是不按常理出牌的,也就是说,鸟是不以人的心思为转移的,尤其是不以小文人的心思为转移的。以我所在的小区为例,里面有几棵像模像样的大树,绿叶肥美,枝丫繁复,鸟儿却不屑一顾。唯一的一个鸟巢筑在一棵最瘦小、最孱弱的小树上——每年春天,这小树最迟长出叶子。或许是鸟儿想把自个儿的活气分一点给半死不活的小树,乃是一种温柔的怜悯。当然,从大的关系上说,这是一种相互怜悯。

永远不要低估动物的智商,更不要低估它们"与时俱进"的能力。鸟儿是爱赶时髦的建筑师,它们对于新型建筑材料的运用,每每让人大开眼界。比如废弃的塑料袋,我们视其为白色污染，却经常被鸟儿成功地运用在巢穴中作为重要的建筑构件，起到关键性的黏合作用。看到这样的"先进文化的方向"，你不能不佩服这种小脑袋的精灵。

实际上，绝大多数鸟并不住在自己的巢穴里，那不是它们的安乐窝，只是产房和育婴室。这么好的房子，它们才舍不得住呢！在料峭的枝头，在昏暗的草地，在潮湿的水边，不讲究的它们对付着就能安眠。就像那些含辛茹苦付清了子女的房款，自己却依然住在乡下的长辈。

鸟巢是异常坚固的，当然遭遇特大级风，也会有一些鸟巢被吹落在地。2009年初春，我们一班文人去南京游玩，热情的当地朋友领我们去位于中山陵的青年旅馆居住，那真是一个幽静的所在，一个密林中的人类"巢穴"。四周的法国梧桐高耸入云，枝丫间的鸟巢如星星般闪耀。然而，冬春之交天气特别容易"抽风"，想来是时而狂风、时而暴雪、时而大雨的缘故，有个别鸟巢已经分崩离析，从树的母体上脱落下来。但我们看见散落在地上的枯枝时，真的和见到毁于地震等自然灾害中的古建筑一样伤感。

虽然偶尔有坍塌事件，但鸟巢绝对和"豆腐渣"三个字不沾边，在鸟儿的能力范围内，它们是最好最好的了，花费了鸟儿最大的心力。对于所有的鸟儿来说，最好的窝是属于孩子的，正如对于多数国家来说，最好最结实的房子就是学校。

2010年3月

睡眠如球

英国电视人是极富创意的,不仅率先推出了选秀、相亲、智力游戏等时尚节目,制作低幼卡通片也是一把好手,《天线宝宝》和《花园宝宝》就是其中的代表。老实说,这些"宝宝"整天无所事事,除了做一点最简单的游戏,就剩下吃和睡这两项内容了。尤其对于"睡",《天线宝宝》和《花园宝宝》总是不惜笔墨地去加以表现,每个程序都一丝不苟,每个环节都细致入微,再配上轻柔的画外音,真的是把睡眠高度仪式化了,也高度甜美化了。我称之为"英伦宝宝的睡眠美学"。

如此恬静的睡眠美学,当然有助于培养小观众良好的睡眠习惯,同时也使成人观众回忆起自己婴幼儿时的美好睡眠,从而陷入美妙的怀旧梦幻里。但怀旧之余难免又有一点伤感,正如张信哲歌中所唱的那样："我们再也回不去了，对不对？"

2002年5月，由各种学会代表组成的"日本学术学"会议决定创立睡眠学，因为日本有近五分之一的国民失眠，导致了"国家危机"。说是国家危机，难免有点危言耸听，但形形色色的睡眠问题的确极大地困扰着现代人。想想看，生命的三分之一时间都是在睡床上度过的，值得研究的课题实在太多，是该有一门正经的学问了。

很明显，自然而然是人们所共同向往的境界。正因为现在大棚货和转基因食品太多，所以大家渴望"吃到自然熟"；正因为现在整容乃至变性的人层出不穷，所以大家渴望"爱到自然人"；正因为上班族的睡眠被繁重的工作和该死的闹钟所主宰，所以大家渴望"睡到自然醒"……当然，严格说来，"睡到自然醒"只不过是一个终点，真正好的睡眠要求起点和过程都同样完美，而这真可谓是难于上青天。

套用托翁的名言，完美的睡眠是相似的，而不完美的睡眠各有各的不同。根据我对睡眠学的初步探讨，我得出一个结论：人生如梦，睡眠如球。每一种不完美的睡眠状态恰好与一种球类运动相对应，而且相信你都玩过。

最沉沦的睡眠是棒球似的睡眠，那通常发生在喝了十成以上的酒之后，整个人彻底泥化。直线似的，一路睡到天亮，中间半个梦也无，像被一只凶猛的棒球击中，幸福地晕了过去。只是爬起来之后，头依然会痛，口干得像木炭，这些现象提醒你：过量的酒精能带来婴儿般的睡眠，但永远无法复制的是醒来后那种甜甜的感觉。换句话说，我们再也无法成为"天线宝宝"和"花园宝宝"了。

最糟糕的睡眠是高尔夫球似的睡眠，那通常发生在喝了浅浅的酒或浓浓的茶之后，兴奋状态刚刚起来，根本就没办法把它按捺下去。于是像宽阔的高尔夫球场那么漫无边际的，一颗"睡神"的心不知道在哪个洞穴里安歇。于是就一路轻飘在半空中，晃晃悠悠，既升不到天堂，又坠不进地狱，生生地睁着眼睛，不知过了多久，天亮了。

最深刻的睡眠是足球似的睡眠，那通常发生在喝了八成酒之后。像吃了一粒药力没有完全到位的安眠药，睡眠被分成了上半场和下半场。上半场睡得跟死猪似的，但中途一旦醒来，下半场就再也睡不着。如此黑白分明，正邪两立。唯一的好处是下半场的精神状态越来越清醒，爱码字的这时可以构思构思文章，爱搞经济工作的可以计划计划理财，总之灵感如泉涌，而你就带着平时都想象不到的脚力，一次次地攻破大门。

最肤浅的睡眠是橄榄球似的睡眠，那通常发生在看了比较刺激的电影或侦探小说之后，每个脑细胞都在你不知不觉中被"策反"。睡眠状态那叫一个不踏实，从一个古怪惊险的梦中醒来，心怦怦地跳过一阵，又昏沉沉地进入下一个惊险古怪的梦里。就像在球场上抱着橄榄球奔跑，但没跑出多远就被人按住，起来再跑个几米又被按住，如此痛苦万分，求生不得求死不成。在最后一个梦里，你终于达阵得分，但醒来，却比没有睡过还累，因为你的精力全部在橄榄球比赛中消耗殆尽了。

圆溜溜的时间不停地向前滚动,如乌溜溜的大眼睛,在转瞬之间皱纹丛生。

2010 年 7 月

病牙者说

在过年这前前后后的近 20 天里,有两大器官深受考验。一是耳膜,要不停地接受此起彼伏的鞭炮声的摧残,而且有许多是类似恐怖主义的突然袭击,让人防不胜防。谁让你不生在纽约呢?在万里之外的那座美国城市,据说连狗的叫声超出了标准,狗主人都会受到严厉的处罚。而在"我们这儿",既然余秋雨大师都说"现在的年味只剩下鞭炮声了",那么我们这一小撮好静的少数派也只能顾全大局了。那受伤的小心脏和小耳膜,也只有在听说某人把鞭炮塞进嘴里,却把点鞭炮的香烟扔向空中的时候,才得到一点幸灾乐祸般的补偿。

另一个器官是牙齿。这 20 多天里,大大小小的宴席总在两位数吧。要不停地吃进大量食物,酸甜苦辣皆有,冷烫软硬兼施。年关确实是一道关,不仅是对荷包的考验,更是对牙关的考验。要咬紧牙关,才能度过年关。

印象派大师雷诺阿曾经无比哀怨地说,当我牙齿好的时候,我吃不起牛排;而当我吃得起牛排的时候,我的牙齿又已经不行了。这是当我有时间去桂林时我没有钱,当我有钱去桂林时又没有时间的法国饮食版。它道出了人世间刻骨铭心的遗憾之一。

从美味发生学的角度来说,我们对于美味的认知,有三种途径,一是牙神经,二是味蕾,三是口腔黏膜细胞。所以,少了牙以及牙神经,我们就少了一大重要的美味通道,如同桃园结义的三兄弟中最先折了那位最风流倜傥的关羽——我们口腔中的那把既锋利又敏感的大刀没了。

抛开美味不说,从美貌的角度衡量,牙齿的重要性几乎不逊于眼睛。影视明星就更不用说了。以前我们还能看到山口百惠和巩俐的小虎牙,而现在统一的美学标准是"齿如编贝"。无论是先天的还是后来整的,反正出现在银屏和银幕上的男女主角,已经全是整齐划一的贝类动物了!

即便从伦理学的角度而言,牙齿也真的不能不好,否则很容易让人怀疑到生活作风上去。

最先怀疑的是生活习惯。这孩子,肯定打小就没有养成良好的刷牙习惯,要么胡乱把那根白色塑料棍子放进嘴巴里捣一捣就出来,要么连一天刷一回牙都不能保证——而据类似山口组的牙防组说,一天只刷一回牙的,那是农村题材小说《人生》中高加林的标准;我们这些想要牙齿白的白领(包括白领的子女),每天的刷牙次数，至少三遍起！

生活作风的问题则与联想力丰富的中医有关。据说"牙为肾关"，正因为不太知道检点和节制，那啥生活太频繁，所以元气大伤，导致牙齿松动。而牙齿松动，实在是谈情说爱的大敌，常常会在忘情接吻的时候，吻出一些多余的东西来。好莱坞影星罗宾·威廉斯主演的电影《麦克菲尔太太》中，前任007皮尔斯·布鲁斯南扮演那位花心男，看似体格健美、玉树临风，雄性指数很高，但一次打喷嚏居然把嘴里的一口假牙带了出来，不仅尴尬至极，还无形中暴露了自己可怜的元气指数。

所以，古代奴隶主只要看一看奴隶的牙口，牧场主只要看一看牲口的牙口，后者的命运就此决定！

更糟糕的是，新近的研究成果表明，牙齿还与记忆有关。形象点说，每颗牙齿都夯实着一大坨记忆，像硕大的锚，把柔软的记忆牢牢地固定在某个地方，如果锚不在了，那这一部分记忆也就被时间的潮水冲走了。

可见，保护牙齿，不仅是为了继续享受美味和保持美貌，也是保护我们关于人生的记忆。牙齿更坚硬和牢固，记忆才能更柔软而绵长。

但所谓"无可奈何花落去"，牙齿的衰亡毕竟是不以人的意志为转移的。当我们老了的时候，不妨重温老子拜见常枞的故事。老子年轻的时候，曾经向一个名叫常枞的长者请教人生哲理。在一连串的问答之后，常枞张开嘴，面对老子说："我的舌头还在吗？"老子看了看说："在。""我的牙齿还在吗？"老子看了看说："没有了。""你知道其中的道理吗?"老子回答说："舌头的存在,难道不是因为它的柔软吗?牙齿的失去,难道不是因为它的强硬吗?"常枞欣喜地说："呀,是这样。天下的道理你已经全部了解了,我没有什么要告诉你的了。"

是啊,但愿在美貌、风度和记忆都被牙齿裹挟而去的时候,我们已经参透了"天下的道理"。

2010 年 1 月

纳兰式抑郁

四五月间,连续有两位颇具分量的媒体界人士因为抑郁症而自杀。于是有评论说,媒体界已经成了抑郁症的重灾区。

事实上,抑郁症的侵袭是不分什么"界别"的,而且"中招"的人数比一般人想象的还要多。前几年有个统计数字说,中国的抑郁症患者达3000万之众。有人或许嫌这个数字大了,但我以为跟中国的大多数负面事件一样,肯定还有不少瞒报和漏报的。因为,抑郁症患者的比例一般来说应该占总人口的5%左右,3000万的数字显然远未达到这个比例。

抑郁症大体上有三个阶段。清代词人纳兰性德有三句诗词,恰好与这三个阶段一一对应。

"情到深处情转薄,而今真个悔多情。"这沉痛的句子,揭示了抑郁症的起因。许多抑郁症的发生，都是由于对某一件事物倾注了巨大的感情，过分执于一念，而现实状况又与自己所期待的回报，存在着巨大的"落差"。于是，越懊悔就越想不开，很轻易地陷入了恶性循环中难以自拔。往深层次说，抑郁症患者绝大多数都是完美主义者，不仅对情感要求完美，而且对事业、家庭等都要求完美，更糟糕的是，他们往往在最不该追求完美的时候追求完美——这时候是最容易受伤的，往往在一个小细节上的不如意，就带来了对于自身的全面否定。

"还睡，还睡，解道醒来无味。"这形容了抑郁症患者的"魔鬼"状态，对任何事物都提不起兴趣，在疲惫而麻木的身体上，自杀的毒瘤正在慢慢地生长，这是相当危险的境地。谁也不知道压垮抑郁症患者的"最后一根稻草"在哪里，家人和朋友不知道，患者本人也不知道，就像地震一样不可预知。有时候，这"最后一根稻草"从生活细节的缝隙里突然疯长出来；有时候，这"最后一根稻草"隐藏在患者看似发自内心的微笑背后；有时候，这"最后一根稻草"已经发展到如椽之巨，正在向患者压来，却又出现一只看不见的手，把患者轻轻推开……他昨天看起来心情还蛮好，怎么今天竟然自杀了？而她已经有两三年看起来都像行尸走肉，为什么还继续活着？这类问题，大概只有上帝才能回答吧。

"茫茫百感，凭高唯有清啸。"这说的是部分抑郁症患者向"自救"迈出的重要一步。在经历了那么多事情和磨难之后，将一切全部看淡，将一切全部看开，反而获得了一个俯瞰人世的制高点，达到了一种清澈澄明的境界。美国北卡罗来纳大学的心理学家里奇·泰代斯基经过研究发现，遭受过战争、重病或虐待会有抑郁的典型症状，但根据调查，超过90%的人在过后的6年里可以逐渐痊愈。留给他们的经验教训是，患病的艰难时期使他们更能体会现在的幸福。身体的心理保护系统在经历极端状况之后会自我修复：对现实生活的感知改变了，色彩似乎更加明快，日常的事物也变得特别美好。泰代斯基所说的这种情况，实在是抑郁症患者的最好结局。但是否每个抑郁症患者都能抓住呢？这就很难说了，从现实情况来看，往往并不乐观。

其实，抑郁症并非绝症，它也并不全是心病，而是有其物质基础的。我觉得，有时我们过于倚重心理治疗了。因为，既然有物质基础，不是单纯的心病，就要进行一定的药物治疗，尽量在药物治疗、心理咨询和社团帮助之间找到平衡。

乔伊·斯林格尔曾是加拿大发行量最大的报纸《多伦多之星》幽默专栏的主持人，一干就是14年。但在1993年9月，他神秘地失踪了，原因是纠缠了他半辈子的抑郁症。斯林格尔第一次发病时还是个大学生，当时他把自己锁在屋里，独自待了两个星期。几年以后，已是《环球邮报》温哥华主管的斯林格尔再次经历了一场精神折磨。他拆掉了办公室的门铃和家里的电话，整天靠打网球和散步消磨时间，脑子里不时出现自杀的念头。

斯林格尔那次发病后，去了原始森林，独自泛舟漂流。期间，他写了一本赏鸟的书，在一家书店干过临时工，并开始服用Luvox（马来酸氟伏沙明片）。他说："对我来说，它是种神奇的药。"斯林格尔于 1994 年重新回到了他的专栏。后来他只是在感到抑郁症来袭时，才吃 Luvox。他已经学会接受现实并努力去克服它："我感到满意的是，这只是一种可能发生在任何人身上的疾病，就像糖尿病一样。"

斯林格尔是坚强的，也是幸运的，而他的故事也告诉人们：即使已经走出阴霾，抑郁的影子还会时不时地袭来。从幸福不对称理论来说，忧伤和抑郁反而更是生活的常态。我们要勇于接受抑郁，并把它当作自己的朋友。医学上有"带菌生存"和"带着癌细胞生存"的说法，而在幸福学上，我们要勇于"带着抑郁"欢乐地生活。正如纳兰性德所言："人生须行乐，君知否？"

2014 年 5 月

新生活运动

雅典奥林匹亚阿尔菲斯河岸的岩壁上保留着古希腊人的一段格言："如果你想聪明，跑步吧！如果你想强壮，跑步吧！如果你想健康，跑步吧！"现在，根据西方社会政治运作的经验，似乎还可以加上一条："如果你想当总统，跑步吧！"这倒不是说练好了长跑就能当总统，而是说当上了总统，须得时时秀跑步给老百姓看。从克林顿、小布什到萨科齐、卡梅伦，都把跑步当作每天早上的必修课——你不去长跑，还真不好意思跟选民打招呼。

既讨好了选民，又搞好了身体，实在是两全其美。对于我们普通人来说，虽无作秀的需要，但运动也必不可少。据报道，科学家经过研究得出结论：35 岁至 49 岁期间，人的身体状态最衰。

除了这个年龄段工作压力大、家庭负担重之外，极度缺乏运动也是一个重要原因。所以，动总比一动不动好。大概只有乌龟和树懒这两个物种，才是一动不动比动好。

究竟该怎么运动？健康学家洪昭光先生劝人多走路，每天少坐 10 分钟汽车，就能走 30 分钟路。看起来挺好，但早上容易迟到、晚上耽误做饭、马路上车辆急灰尘大等等，都有可能使你那伟大的走路计划慢慢破产。

那么，去打个羽毛球、网球、高尔夫球怎么样？似乎也不太好。因为场地、器具之类的都要花钱，而且往往不是个小数目，和在目前物价普涨的情势下精打细算的氛围太不相符。此外，一不小心还容易弄伤自己。奥巴马打篮球不就撞破了嘴唇嘛，而羽毛球之类的非身体接触类运动其实也并不安全：我有一朋友，就在打羽毛球时不幸扭伤了跟腱，养了一年多才彻底好利索。还有一朋友，有一次聚会时扶着自己的腰就过来了。原来，他前两天去体育馆打羽毛球，打累了在场下休息，看到身边躺着一副杠铃，想想自己读大学时也是一运动好手，就铤而"举铃"，结果一下子就把自己的腰给闪了。这些完全是"花钱找罪受"。

经过长期实践与观察，我形成了自己在运动领域的两大原则：一是不主动运动，二是不玩收费运动。因为在我们丰富多彩的生活空间中，运动的机会和项目真是俯首可拾、纷至沓来，难道还需要自己主动地、花钱地去运动吗？

比如，手洗衣服就是一项极好的"有氧运动"，大量鲜活的水分子在你手里、在你眼前跳跃，时时刻刻往你的肺里灌进大量氧气，游泳和瑜伽恐怕也不过如此吧。是到了该甩掉洗衣机的时候了，手洗衣服不仅环保，而且在我国具有无比悠久的历史。从西施那会儿的浣纱女，一直洗到漂流至大洋彼岸的近代洗衣妇——我一向认为，如果没有这些洗衣妇"水染的风采"，中国近现代留学生史通通都要改写。其实，不只是洗衣妇，还包括洗衣夫。据早年留学美国的闻一多先生说，洗衣是美国华侨最普通的职业，因此留学生常常被人问道："你的爸爸是洗衣裳的吗？"他还为此专门创作了名诗《洗衣歌》，内容那是相当感人。

烧饭则是极好的"憋气运动"，长期在油烟缭绕中摸爬滚打，有助于提高肺活量，提高对于各种污染气体的吸纳能力。还有，剁肉锻炼了手劲，择菜锻炼了眼力，洗碗锻炼了耐力。更为关键的是，烧饭大大锻炼了人的各种协调能力——能在厨房的方寸之间，将瓶瓶罐罐运用自如并收拾停当、一点不磕着碰着的，才是真正的"平衡美人"。

至于挤公交车或地铁，更是史上最强的"极限运动"，其运动量和挑战程度一点也亚于普京驾驶坦克和战斗机。瞧，你要狼奔豕突地去追车辆，你要在车厢里做摔跤或相扑运动，天热时等于是在日光浴，天冷时等于是在冬泳。长年累月地坚持下来，一个个伟大的铁人三项运动员就诞生了。而且我觉得，挤车这项运动还特别容易上瘾，哪天车厢里突然宽松了，还感到浑身上下不给力，每一个细胞都处在要运动而不可得的境地，恨不得拿耳刮子抽自己。

你看，只要稍稍开动脑筋，马上就开辟了一片体育锻炼的新天地。这，就是我所推崇的"新生活运动"。

2010 年 12 月

鱼何以堪

鲁迅说虾子都是呆子,因为你能够用一根细线,轻易地把它钓上来。相比之下,鲑鱼就更是个呆子,连笨拙的狗熊都能对它手到擒来。每逢产卵季节,无数的鲑鱼逆流而上,从大海洄游到河流里产卵。当它们路过河流的浅滩时,基本上已经精疲力竭了,而熊瞎子就蹲守在那里,做守株待兔状,真是一抓一个准。但这些不幸牺牲的鲑鱼以自己的生命为代价,使得庞大的鲑鱼部队中的大多数成员都安然渡了过去。

如此悲壮的情景,让人联想起人类惨烈的战役,只不过人类打仗时,该牺牲谁不该牺牲谁,似乎早有定数,甚至是由"上面"直接安排的。而鲑鱼则全凭运气,这样反倒公平了。

是什么让鲑鱼如此奋勇直前?应该是那顽强的生殖欲望——

制约一切生命体的最重要最强大的因素。

鲑鱼俗称大马哈鱼,这个有趣的名字,也使得它的形象变得更加憨厚起来。同属于"洋鱼"之列的鳟鱼,就完全是另一种风格了。鳟鱼学名叫虹鳟,是淡水鱼类中著名的肉食者,嗜食小鱼、虾、底栖昆虫、甲壳类等,行动迅速,能像侠客似的飞跃摄食。我曾在云南丽江的玉水寨看到过鳟鱼,据说是从美国引进的,养在碧绿的潭水里,红红的一片,仿佛水底绯红的云彩。导游说,千万别将手伸进水里,因为这家伙可能冷不丁地把你的手指咬去一截。我们向下望去,只见一条条鳟鱼都矫健生猛,看样子它们在高原生活得很好,只是这辈子也亲近不到激流和大川了。

鳟鱼不仅"动物凶猛",而且"大大地狡猾"。但它越是狡猾,就越让垂钓爱好者迷恋。美国著名的黄石公园,每年都要接待300万名垂钓者,就因为那里有大量"狡猾的鳟鱼"。许多垂钓者穿着防水胶鞋,拿着人造苍蝇形鱼饵,站在齐膝深的湍急水流中,焦急地等待着鳟鱼上钩,但往往一无所获。职场上有个魔鬼定律:每个单位中80%的活是由20%的人完成的。关于钓鱼,也有一个有趣的定律,即90%的鱼是被10%的人钓走的。这样想来,大多数"钓翁"拿着鱼竿,也就是在那里瞎起哄,但他们反而不自觉地成了一个个"仁者"。因为,有相当一部分人觉得钓鱼这项运动是有些残忍的,正如丰子恺的护生诗所云:"垂纶称风雅,鱼向雅人哭。甘饵藏利钩,用心何恶毒?穿腭钻唇皮,用刑何残酷。风雅若如此,我愿为庸俗。"舒伯特在其名曲《鳟鱼》

中也流露出同样的情怀，他先以愉快的心情，描绘了清澈小溪中快活游动的鳟鱼的可爱形象；而后，鳟鱼被猎人捕获，作者黯然神伤，流露出对鳟鱼命运的无限同情与惋惜。

  所以，如果实在是钓瘾犯了，干脆先钓上来再放生吧。全当是鱼儿与钓钩接了一回吻，虽然那钻心的痛楚非人所能堪，但只要鱼能够重新回到水里，就总会忘掉一切创伤。

2008 年 10 月

斗富

前些天看报,看到一条"两醉汉酒后斗富大扔钞票"的消息,事情发生在河南淮阳县南湖桥,钱被扔进桥下的湖里。我本是一个脱不了俗气的人,所以特意看了一下钞票的数额,原来都是1元、2元、5元的小票子。显然,这样的斗富与魏晋时石崇和王恺斗富相比,实在是小巫见大巫,与下面我要讲到的当代洋人斗富相比,更是小巫见格格巫了。

或许是行为艺术的传统过于悠久,洋人一向爱干触目惊心的事情,在斗富方面也是如此。法国著名歌星塞尔吉·甘斯布尔还不是百亿富翁,然而他却挥金如土,想让自己看起来比其他大款更牛。一次,他竟在电视录像时用一张500法郎的票子去点燃一支蜡烛!他的名言是:"我宁愿用鱼子酱来烤火,也不吃煤灰。"

最爱乱花钱的人当属石油大亨们。在日内瓦"大陆饭店",人们曾耳闻目睹过沙特阿拉伯前石油部长亚马尼和另一国的石油部长为争夺两套总统房间而展开的激烈斗争。这两套房的租金每晚都是 1.6 万法郎。亚马尼还有其他癖好:他订购雪茄烟从来都是整箱整箱地订,每次一花就是 40 万法郎,他还收集小轿车,最贵的价值 300 万法郎。

交通工具使大款们的斗富欲望有了适当的载体:阿勒纳哈扬酋长在汽车上面装备了鸟笼(供猎隼用)、酒吧、电视机、电脑,当然还有电话。但沙特的阿德南·哈肖奇一下子就把他给比了下去,后者的私人飞机上都装有摄像机,这样,飞机飞行时,他在机舱内即可看到外面的风景,而不需把鼻子贴在舷窗上。

以上有的属于我们通常所说的"炫耀性消费",有的已经成为"毁灭性消费",甚至称得上"自杀性消费"——用法郎点蜡烛的行为,就使我想到了当年石崇亲手打碎二尺多高的珊瑚树的情景。罪过啊罪过,国人一直是喜欢讲"现世报"的,结果是真有罪责加诸石崇头上。"落花犹似坠楼人",说的就是石崇大难临头时,爱妾绿珠为他跳楼自尽的事情。每每看到这一段逸事,总会为两个人之间的痴情而唏嘘不已,但考虑到石崇的种种恶劣行状,心里又难免朝他喊一句"活该"。只是可惜了绿珠这样的女子了。

然而,石崇似乎是一个特例。绝大多数斗富者仍然好好地活着,仍然一次比一次更奢侈地消费,没有什么"罪与罚"落到他们头上,他们心里估计也没有多少负罪感。倒是那些天生朴素却具有悲天悯人情怀的人，才会有重重的负罪感压在心头。1909年7月，爱因斯坦应邀到日内瓦，参加日内瓦大学350周年校庆和纪念建校人加尔文的庆祝活动，并接受日内瓦大学颁发给他的荣誉博士学位。在庆祝活动的游行中，学校里的显要人物和政府中的大人物，都身穿燕尾服，头戴高礼帽，或者身穿中世纪式的绣金长袍，头戴平顶丝帽，而爱因斯坦却穿着一套平时上街穿的衣服，戴着一顶草帽。对这次庆典所举办的盛大宴会，爱因斯坦很不以为然，他对坐在旁边的人说："如果加尔文还活着，他会堆起一大堆柴火，因为搞这样的铺张浪费的盛宴而把我们全都烧死。"

至于像我这样的看客，对别人的斗富津津乐道，引为谈资，甚至在看到那些刺激的斗富场面时，如心理学理论所揭示的那样，心里面还会产生一种"内模仿"的快感。说得严重点，是犯了与斗富者"共谋"的罪孽。于是，那加尔文的火焰袭过来，烘烤着我等看客的皮肤。

2005年10月

偿还

我是一个文人,和许多文人一样,我有时也会想:如果我能生活在19世纪末期的俄罗斯就好了。无数次地从小说和影视作品中看到那时俄罗斯文人的生活场景,真的是一种金子般奢华的生活:金碧辉煌的舞会大厅,晶莹剔透的巨大溜冰场,香鬓云影,觥筹交错,高谈阔论——大可谈国家大事,中可谈文学艺术,小可谈身边红颜。可再深想下去,就变得不美妙起来:因为,支撑这金子般奢华生活的,是千百万农奴弯曲的脊背,所有那些个脏活、累活、屈辱活,让农奴们去干吧。

如果说那时的俄罗斯文人是最快活的,那么此后文人们的命运就急转直下,由于各种各样的原因,他们中的大多数人仿佛进入了"炼狱"。从阿赫玛托娃、帕斯捷尔纳克到左琴科、索尔仁尼琴，我们可以举出一长串名字。前一阵子大家都在谈苏联犹太诗人曼德尔施塔姆，他的一些诗句，如"铁中的诗歌铁一般地／在分娩的裂口中泪流"之类，的确是我读过的最悲怆的文字之一。曼德尔施塔姆才华过人，但一生颠沛流离，命运多舛。1933年他因创作《我们生活着，感受不到脚下的国家……》一诗而被逮捕、被流放，刑期结束后没过几天安稳日子，就再一次被逮捕、被流放。1938年他在转送拘留地时，病死于海参崴某拘留所的医院板棚内，终年47岁，尸体葬于何处至今不明。

当一个社会积累了太多的不公正、太多的罪孽之后，总要有人来偿还。曼德尔施塔姆们可能未必有机会"分享"前辈文人奢华生活的荣耀，却无端地替他们背负了沉重的罪责。

1865年4月14日，56岁的林肯遇刺身亡。1864年11月他第二次当选美国总统时，为解放黑奴而进行的南北战争刚刚结束，国家还远远没有从战争的创伤中恢复过来，因此林肯在就职演说中这样说道："我们深情地期望和虔诚地祈祷这场巨大的战争灾祸能很快地过去。然而，如果上帝有意让它继续下去，直到奴隶们250年来的无偿苦役所积聚的财富全部毁灭，直到皮鞭下淌出的每一滴血都已用剑下流出的每一滴血偿清——就像3000年前人们所说的那样，那我们还得说：'耶和华的典章真实，全然公义。'"林肯这位美利坚合众国的总统，在废奴战争终于胜利之际，最后一个加入了总数60多万的阵亡将士行列，来偿还他深恶痛绝的奴隶制所欠下的血债。其实，对于奴隶制，林肯是最不应该为其背负罪责的人，而不幸却偏偏降临到他身上。从就职演说来看,他似乎早就已经预感到自己的不幸,他似乎要用一位总统的鲜血来告诉芸芸众生:"两清了!"

当毕生致力于和平与进步事业的瑞典首相帕尔梅被恐怖组织暗害时,他是在替别的什么人和别的什么事还债;当同样以追求和平为己任的以色列总理拉宾被极端分子射杀时,他也是在替别的什么人和别的什么事还债。虽然以往的种种不公正、种种罪孽再轮也轮不到他们来偿还,但这些伟大人物的灵魂深处会响起一个声音:"我不下地狱,谁下地狱?"

"出来混,迟早要还",从表面上说,这句江湖名言是不错的。但在许多情况下,"还者"非"混者",历史常常会开这样沉重的玩笑。

2007 年 4 月

浮出海面

岁末年初，各类新闻排行榜层出不穷，而我唯独欣赏美国国家地理频道评选的"2005年度十大新闻"。由于该频道本身的属性，所以在选择上偏重地理方面，这很好理解。但匪夷所思的是，排在第一位的居然是"日本科学家拍到深海大鱿鱼照片"，把"卡特里娜飓风"（列第二位）和"印度洋海啸"（列第三位）都甩在了后面——后两个事件在众人心目中，意义无疑要重大得多。不仅如此，"灰熊般大小的鲶鱼""狮虎兽"等也都上榜了。

我之所以欣赏这份榜单，是因为它的眼光大胆，仿佛是一个孩童"炮制"出来的，完全是天真一派，不像其他许多新闻榜单那样"老谋深算""心机重重"。

我之所以欣赏这份榜单，更是因为它折射出一种另类的历史观,冲击着我们对于宇宙、时间、人类等重大命题的看法。其实,这种冲击,肇始于米兰·昆德拉等伟大的智者。在《好笑的爱》中,昆德拉指出:在过去的200年里,由于环境的变化,乌鸦放弃森林,成了城市里的鸟。从地球的角度看,乌鸦对人的世界的入侵要比西班牙人入侵南美洲或犹太人回到巴勒斯坦更为重要。因为,不同物种(鱼类、鸟类、人类、植物类)之间关系的变化,与同一物种中不同群体之间关系的改变相比,属于更高一级的变化。然而,"我们总是囿于自己对什么重要、什么不重要的固定理解。我们带着焦虑的目光盯着重要的事物看,可是在我们身后,微不足道之物正偷偷地发动着游击战,它最终会使世界悄然改变并在我们头顶突然爆发。"

设想一下,如果我们把这一份榜单和其他数份榜单一起埋入地下,等到许多年过去,这一轮人类文明湮灭,另外更高等的智慧生命来到地球,他们会对前者更感兴趣,他们关心深海鱿鱼的生活,甚于关心人世间的战争与和平,正如他们关心乌鸦对于人的飞越,甚于关心人世间的爱恨纠缠。

浩瀚的宇宙之中,有一种更永恒的法则,有一种更大的尺度和一面更大的钟。在它们面前,所有的"高瞻远瞩"都显得那么短视,所有的"丰功伟业"都显得轻如鸿毛。"二十个世纪就像二十个日子"(米沃什语),那么所有的世纪名人乃至世纪伟人,都不过是自己那短暂一日里稍稍出众的主妇而已。

人们常说,人类的历史不过是茫茫宇宙的短短一瞬,而个人的经历又只是人类历史的短短一瞬。以前看到这话,如同"隔靴搔痒"，年岁渐长，才慢慢有了"切肤之痛"。年少的我，曾经热爱大自然，热爱动植物，甚至幻想着成为一位海洋动物学家。可惜，长大后却转入文学一途，并且自以为越靠近人类灵魂的东西就越永恒——现在看来，这样的"永恒"太值得怀疑了。

纳博科夫心中也存着这样的疑虑吧。这位曾写出《洛丽塔》等名著的文学大师，更愿意别人将他叫作蝴蝶学家。这倒也不是虚夸，他对于蝴蝶等昆虫的观察和研究，超过许多鳞目类专家。在他眼里，一只蝴蝶在枝头轻盈地战栗，或许比洛丽塔心灵的挣扎更加永恒？

我站在自己的书斋窗前，看着眼前那鲁莽扩张的城市，如无法挽回的潮水一样，大自然正在全面后退。看不到巨兽，看不到海鱼，甚至看不到蝴蝶。自然后退得太快太远，而我浸淫在书斋里又太久太久，编织着自己微不足道的历史，损耗着自己感知自然的感官，已经无力发现有更重大的东西正在"浮出海面"。

于是只能在梦里，在海底踯躅地前行，艰难地睁开双眸，看一看海底的斑斓，对视一下深海鱿鱼那嘲弄般的眼睛……

2006 年 2 月

地图达人

已经有很长时间不关心国际大事了，因为世界杯，又找到一本最新的世界地图册翻了翻。地图上的意大利确实像一只踢着球的靴子，还是高跟的；西班牙和法国则像是两只牛头，紧贴在一起，奋勇地去争顶意大利踢过来的皮球；荷兰地势最"洼"，但却有两高：国民个子高和足球水平高，只是运气总有点"洼"……每当某个名不见经传的小国在球场上一鸣惊人时，我更要仔细研究一番该国的地理位置和国土轮廓，仿佛那些平面的山脉已经变得立体，那些纸上的河流已经开始奔涌。本届杯赛上巴拉圭队让人刮目相看，球踢得华丽而浪漫，翻地图册之前我没想到它原来是内陆国，在我的想象中，这个球风很潮的国家应该"面朝大海，春暖花开"才是。

这个夏天,似乎注定与地图有许多交集。世界杯过后翻检旧物,在书桌的抽屉里翻出一张发黄的纸片,上面用黑墨水笔潦草地画了一张地图。我想起来了:那是有一年去天津办事,因为人生地不熟,一位热心的朋友就给我画了这张潦草而准确的地图,让我顺利地找到了地方。看着这张地图,我又回忆起他当年那专注作图的样子。我本是一个舍不得扔东西的人,以前的通讯录、别人的名片都收得好好的,甚至连一些记着只言片语或陌生电话号码(已忘记机主是谁了,但我总疑心某天会突然记起来)的纸片,也好好地收着。看来,这张手绘地图也将被我长期收藏了。

有一天在书店里看到一本别致的旅游地图册,包括北京、上海、青岛、成都等著名旅游城市,都是用手工绘制的,非常精美。但我还是没有买,因为还是有点嫌它不够个性化,工匠气太浓,如果再稚拙、随性一点就好了。其实我们自己就可以画,每到一个地方旅游,事后就可以画出一张地图,把所到过的景点都画下来,在景点旁边,还可以题几句诗,或者干脆给景点重新取个你喜欢的名字,都很好。

村上春树就喜欢画地图。《朗格汉岛的午后》是一本配着精美插图的小书,整本书絮絮叨叨的,很好玩,看得出,村上春树不仅很小资,而且很家常,甚至有点女性化的细腻和敏感,善于发现日常生活中的小小欢愉。其中的《大家都来画地图》一文道出了他对于地图的钟爱。钟爱到什么程度呢?若有人说"想去府上拜访,能给一张地图吗",村上春树保准兴冲冲地拿笔就画,而且不厌其烦地画得详详细细。即使"忙啊,对不起"地说着推掉约稿，也要花时间画这地图。他进而倡议社会上能办几个"地图班"，教一教男孩女孩们。他幽幽地说："身边若有个地图画得漂亮的女孩，自己没准也会坠入情网。"

日本男作家的细腻是出了名的。三岛由纪夫也是这样。他在情感小说《肉体的学校》中写到一个细节：中年妇人妙子喜欢上了年轻的千吉，一次约会由千吉定地方，而那地方妙子不熟悉，千吉便画了一张地图，因为画得太熟练了，引起妙子的怀疑，她疑心那是千吉的"老据点"，从而产生了一丝醋意。这样细微的心理变化，实在捕捉得好。

在张承志笔下，地图则被铺陈为一种风格完全不同的"宏大叙事"，从"一册山河"这样的文章标题，就可以感受到那种恢宏的气魄。他讲述着自己与地图们的故事，比如《革命串联地图》《西域舆图》《固原地区地形图》等等，有的我们听都没听说过，但每一幅都是作者个人心灵史上的一个坐标，堆积出脉络清晰的生命谱系。张承志说自己"对地图有特殊的喜好，也对地图特别苛刻"，他对大多数现行的地图不太满意，认为它们或者精度不够，或者缺乏"人文和文化因素"。于是，他发出了这样的感慨："倘若来世有暇，我一定要为年轻人印制几套地图。……我要为地图编出配套的资料软件，让一切志在旅行的人获得一切基础，让他们集中精力，只思考自己的取道，只磨砺自己的热情，只考验自己的真诚。"

绘制地图是需要相当智商的。如果我有资格招收研究生或职员，面试时，我就会叫他或她把刚才走过的路线画一遍，画得既准确又美观的人，肯定智商不低，而且有一定的空间想象力和艺术感悟力。在地图绘制上，有太多让人感喟的传奇。比如 19 世纪的英国库克船长，只是驾驶着帆船简单地绕了新西兰和澳大利亚一圈，可画出的地图与实际情形几乎分毫不差。或许，我们不必追问他为什么画得那么准，准确得仿佛得到了天启，正如我们不必追问一只飞鸟或一只海龟，为什么迁徙千万里也不迷路。

因为，地图早已装在了他们或它们心里。

2010 年 8 月

半生为物

央视直播南非世界杯比赛之前,总会跳出 Smart 的广告。这辆早在电影《偷天陷阱》中就大出风头的小车,如今彻底走进了国内民众的视野。

Smart、Mini……精灵小车的品种越来越多。但我最欣赏的还是甲壳虫,这车的确是工业设计史上的不朽经典。它的特别之处就在于,其他车辆一看就是人制造出来的,只有它好像是从大自然中直接生长出来的,笨拙而又活力惊人。在繁杂的车流中,甲壳虫能使你一下子从众多开车者中凸显出来——满大街上,好像别人开的都是"俗话",就你开着一"童话"。

能带给人童话感觉的,还有那种圆乎乎的电冰箱。冰箱刚诞生时全做成圆角的,看上去特别有味道,20 世纪六七十年代之后，才改成方方正正的了。但别以为圆角电冰箱已经绝迹了，我在《老友记》中就看到过崭新的一台，摆在那三个女生的房间里，给人一种惊异的感觉——"惊异"使这样的电器从日常生活中凸显出来，变成一件艺术品了。与之相类似的是那种古雅的圆形收音机，在怀旧的老照片中经常出现，静静地放在那里，此时无声胜有声。

从圆收音机、圆冰箱到甲壳虫，在最初的工业设计中，圆形大约是一个重要的母题，设计师们坚持自己的圆形思维，来表明"以人为本"的立场。处理成直线或直角，恐怕就太僵直了，透露着大工业时代的凌厉之气以及对人的压迫。而圆不同，它总是让人想起那些迷人的曲线，想起母性，想起孩童。

所以，在许多方方正正的令人生厌的工业品中，如果能看到一点圆形，我都会感到一点亲切、一点欣喜。当初买洗衣机时，尽管大家都说滚筒费水费电还洗不干净，可我还是毫不犹豫地买了一台，只因为它的造型，尤其是它的圆形小窗户——我一直称之为"舷窗"，海轮上的舷窗，再联想到大海，进而凭借这联想，我把自己从洗衣这样的俗务中剥离开来。

以上这些工业设计中的经典，几乎都诞生于老欧洲，其中又以德国最多。德国的工业设计真是世界之翘楚，因为浓厚的理性氛围和浓厚的艺术氛围，构成双重合力，使设计师们游刃有余。他们的设计体现了一条定律：最严谨的也就是最浪漫的，最实用的也就是最优美的。当然，意大利、瑞典的也不错。意大利的设计有着奇诡的想象力，以夸张的创意、秀丽的外形和新颖的材质取胜。我最喜欢那些别出心裁的灯具,从"戴草帽的小女孩""钓鱼灯"到"松果叶片灯",无不营造出异度的照明空间。与意大利设计的"文艺范儿"相比,瑞典的设计则是"天真的乡下汉",材料质朴,造型简约,色彩缤纷,以宜家家居为典型代表,体现了一种"过家家"的活泼感和愉悦感,最合青少年的口味。

　　法国佬当中偶然也会冒出一个天才。被称为"20世纪最搞怪设计师"的菲利浦·斯塔克,就是一个法国人,他的设计遍及建筑、家居、电器等许多领域。当年,那只匪夷所思的"外星人榨汁器"使他一举成名。这东西摆放在最凡俗的厨房里,确实有一种天外飞仙的感觉,几乎让你在柴米油盐之中获得了仰望星空般的超越。几年前斯塔克又突破卫浴用品多为圆形的定势,设计出了全是刚直线条的马桶和水池,在设计界引起巨大轰动。斯塔克自然是获得了他想要的惊异效果,只是我怀疑那些方家伙用起来是否舒服。

　　万千件工业品之中,才能有那么几件脱颖而出,我一天比一天更喜欢它们,胜过喜欢书画瓷器等古董。现在我有时候会跑到本地的城隍庙,淘上一两件早已被时代淘汰的旧物件,如老打字机、老电话机、老电风扇、老缝纫机之类,每一件都凝结着那些远去的日常琐屑、繁忙与欢欣。家里面的电器用坏了,只要稍有点模样的,我都舍不得扔,而是放在自己的阁楼里,时不时去看一看,想看出一点味道来。假若今后有点钱,我准备再置下一些经典工业品,这样我在阁楼里穿梭,从圆形收音机走到 IBM 笔记本电脑时,就仿佛从一个工业时代走到另一个工业时代,其间流动着人类最顶尖的智慧。

因为这顶尖的智慧,这些工业品多么幸运——前半生是实用品,后半生是艺术品。如果一个人也能做到这样,前半生实用,后半生艺术,那也就一生无悔了。

2010 年 6 月

大器无名

旅途中有两种"艳遇"。一种是人与人的相遇,这属于老套子的风花雪月,无须多谈;另一种是人与物的相遇,在匆匆忙忙的旅行中,你会命中注定地遇到某些"美物",并且命中注定要把它们买下来,哼哧哼哧地扛回家去。

购物在现代旅游中所占的位置越来越重要,因为它提供了一种更长久地占有景点的方式,提供了一种更温馨地回忆旅途的方式。我的书架上,就摆满了天南地北的各路工艺品,最北的来自海参崴,最南的来自墨尔本。如今这些小玩意儿默默地待着,静静地落满了灰尘,似乎除了添乱别无用处。但偶尔当我直直地看定它们时,就好像有一道阳光打在它们身上,同时照亮了心里的某个角落,就这样,"某年某月的某一天",那张"破碎的脸"也在瞬间变得清晰而好看。

这些工艺品的一个共同特征是,它们都没有署名。它们都不是什么大师的精品,更不是什么可以载入史册的珍奇。它们都是无名氏用自己质朴的手做出来的,这是他们的手艺,也是他们的饭碗和生计。他们在制作物件的时候,恐怕根本没想那么多,只想着一家子的口粮和小孩子的学费。

而我,则以购买旅游纪念品这种方式,与千里之外的陌生手艺人取得了联系,与一种原始的劳作方式取得了联系。如果我愿意,这种联系将是长久的、一辈子的,尽管我始终无法获知他们的姓名。

但作品本身会说话,述说着创造它的人的形象,因为性别、性格、气质、阅历等等,创造者都会在作品上面留下独一无二的烙印。你甚至可以想象创造者的音容笑貌,仿佛他或她在创造时,你获得了"在场"的机会。这时的你大气也不敢喘,生怕打扰了这静悄悄的时光、沉甸甸的劳作。

再联想到现在的中国古代艺术品拍卖市场,与西方艺术品市场不同,仍然是无名者的天下。那些价值连城的青铜器、瓷器、漆器、家具,你能确切地说出创造者的姓名吗?然而,它们却比那些有名有姓的书画大师,获得了更广泛的认可。

广西师范大学出版社出过一本书叫《美国当代民间艺术》,由汤姆·帕特森编著,其中介绍了不少民间艺术家及其手工艺品,当然全都有名有姓。他们终于有了署名权,从"无名"变成了"有名",这无疑是令人欣慰的。该书除了展示一件件大美若拙的作品之外，还记录了不少民间艺术家的逸事。例如曾做过铁路工人的尤利塞斯·戴维斯，以木雕作品见长，但他不理会那些艺术品收藏家和经销商的长期纠缠，终其一生拒绝出售自己的作品。戴维斯一直坚持认为："它们是我生命的一部分。如果我卖了它们，我就真的是个穷光蛋了。"还有一位木雕家叫迈尔斯·伯克霍尔德·本特，他经常把某一个人物雕像放在自己的小汽车的座椅上，在城镇的大小街道上穿梭，以此给街坊四邻带来快乐，这真是一种特别的"巡回展览"。

当然，这些有名者的背后，仍然是"无名的大多数"。我不由得想起非洲某部落的无名手艺者来。该部落善于编织草席，并素以图案奇美著称。西方人来向他们订货，谈妥了一张多少钱；西方人再问如果订许多张同样图案的，是否能享受比较优惠的"批发价"。非洲手艺人答曰："订得越多，单价越贵，因为长期做同样图案的重复劳动，是一件痛苦的事，应该获得额外的补偿。"西方人无语了。

什么是艺术创造？无名的非洲手艺人用看似不合情理的言行，给出了一个响亮的答案。有的时候，离创造越近，就离常理越远。

2009 年 3 月

踏遍雅俗

北京真是一个保留了许多好的老东西的地方，连坐公共汽车都有收获。我们这边称为"不设找零"，已经够雅了；北京则称为"不设找赎"，真是雅入骨髓了。

有雅入骨髓的，更有雅入骨灰的。我在公车上听报站声，就听到许多古旧的带"坟"的站名，像公主坟、八王坟、索家坟等等。我虽不信邪不怕鬼，但听了后心里面也会起一点异样的感觉。据统计，北京市公交站名中涉及"坟"字的有35处，多年来很是招来一些非议。

那就改了吧？北京市公交集团就北京规范公交站名已经两次征求市民意见，结果有些出人意料，大多数北京市民赞成保留带"坟"字的公交站名。我倒很赞赏北京人的这一态度，毕竟，不是每一种事物都要"与时俱进"的。

也可能是改怕了。老北京曾有许多有趣的胡同名，大俗中透着大雅，可惜后来都一一更改，旧名不再了。比如，劈柴胡同改作"辟才胡同"，大脚胡同改作"达教胡同"，狗尾巴胡同改作"高义伯胡同"，大哑巴胡同改为"大雅宝胡同"……对这种改法，朱湘先生很久以前就表示了极大的不满，指出："没有一个不是由新奇降为平庸，由优美流为劣下。"除了朱先生外，汪曾祺等先生也是颇有微词的。平心而论，这几位都是内心极雅的人，大雅士偏偏钟爱大俗名，也是一种审美的"吊诡"吧。

凑巧的是，最近重庆也遇到相似的问题。该市有不少带"坪""坝""坡""洞"等乡土字眼的地名，与都市化的气氛似乎不太协调，关于这些地名是不是要改掉，重庆市民的意见也不一致。这不由得让我想起个人的一点经历。我年少时来到合肥，感觉自己好像陷入了一个大乡村里，瞧那些个地名：三孝口、三里庵、五里墩、七里塘、大铺头，顶多也就是一个大集镇的水平。住在这里，我都无端地感到害臊。

可现在却无端地感到亲切，并不是我也变成朱先生、汪先生那样的大雅人了，其实随着年岁渐长，我对雅俗已经失去了判断。我只是觉得，如果我是一棵树，那么这些地点、这些街道就如同树上长出的枝条，把这些枝条砍去，或者仅仅是把名字改掉，树根纵然不会流血，但是会感到痛的。

就连"合作化路"这样的地名，我也一天更甚一天地喜欢。它自然是那个时代的产物，随着社会的转型，"左"或"右"的政治色彩已经远远地淡去了，只剩下一个火热情感的影子浅浅地投在那里——为什么不让它就在哪里呢？有位北京市民听说原来的社会路已经改成了月坛南街，很是发了一通牢骚，认为大可不必。这位先生说得是。

当然这些都是日常的道路，我总疑心，除此之外，还有一条最与你般配的路，隐在某个你还没有到达的地方，甚至是远在异国的某个角落。我们有时去外地旅游，在大街上溜达，往往会在清晨的薄雾里或黄昏的夕阳里，没来由地拐进一条偏僻的小路，在那灰灰的爬着青藤的墙壁上，总想去发现点什么，总想去印证点什么——这就是寻找的心态吧。

20 世纪初，一位南美青年诗人不远万里，来到中欧的布拉格。一天他发现布拉格有一条街的名字与自己特别投缘，于是就用街名做了自己的笔名，并以这个笔名闻名于世。他就是获得过诺贝尔奖的诗人聂鲁达。

有多少人像聂鲁达那样，找到甘愿拿来作为自己最重要符号的街路？我也还没有，所以，此生还要努力去寻找。

2006 年 6 月

桥的死法

桥是一种连接,更是一种跨越;桥是一种功能,更是一种哲学。

很难找到比桥更美丽的建筑了。每当在旅途中看到桥的时候,无论是宏伟的现代化大桥还是古老的木制小桥,每个旅行者的心中都会隐隐有一些激动,因为我们知道,它将摆渡我们这些素不相识的行人,就像佛普度众生。

也很难找到比桥更脆弱的建筑了。当一座桥梁倒塌了,实际上是人类智慧的一小部分崩塌了,人类尊严的一小部分崩塌了。于是,仿佛我们每一个人脸上都挨了一记耳光,或轻或重的耳光。

桥大致有三种死法:

一是死于战火。还有人记得南斯拉夫作家莱托米尔·达米雅诺维奇的《桥》吗？这篇感人至深的散文写的是多瑙河上秀丽的诺维萨德老桥，在1999年科索沃战争中被北约飞机炸毁。六年后老桥得到了修复，但南斯拉夫这个国家早已不存在了，让人感慨万千。

二是死于疲惫。最近美国明尼阿波利斯公路桥坍塌，其主要原因就是使用过度，"身心"俱疲。这也给全美国的交通系统敲响警钟。有专家指出，美国的公路系统大多是半个世纪前兴建的，如今已到了大修期，否则十分危险。而要把整个公路基础设施都维修一遍，费用非常高昂，这么大的费用究竟由谁来买单呢？

三是死于制造者的傲慢。湖南凤凰县大桥是一座还没有真正诞生就已经死亡的桥。具体原因暂不去分析，但从设计者、施工者到指挥者，至少是过于自信了。我倒是建议，在不影响正常交通的情况下，将这座已毁大桥的部分残骸原封不动地保留在那里（国外曾有过这样的先例）。它将时刻警醒着我们。如果说许仙和白娘子是通过西湖边的断桥约会浪漫的话，那么，这座断桥也将引领着我们去约会谨慎，约会认真，约会谦卑，约会一切似乎已经从我们的生活中消失了的美好品质。

桥是一个需要我们呵护的生命体。它不单是一个由钢筋混凝土堆砌的无机物，还是一个有着呼吸、脉搏和生命节律的有机体。有机体作为一个隐喻，使我想起了那些古老的建筑方式。古人修城墙是在石灰里加入糯米汤的，大约也是把建筑当作有机物看待的。顺便说一句，古时候还会把建造者的名字刻在墙砖上，出了问题插翅难逃，这就把建造者的生命和建筑的生命联系在一起，现在看来，这种做法显得有些严苛和残忍，但不能不承认，它很有效。还有捷克布拉格弗塔瓦河上的卡雷利国王桥，该桥建于 14 世纪初，桥上有许多古雅的雕像，至今仍然保持完好。当年，卡雷利国王桥的建筑师在灰泥中掺入生鸡蛋，来加强结构。由于每座村庄都必须缴纳定额的生鸡蛋，引发了相当的民怨。有一座村庄的人民决定要表达抗议之情，因此缴纳了煮熟的鸡蛋。国王倒是很欣赏这个玩笑，因此豁免了该村的鸡蛋配额。我有时在想，这些充满有机色彩的桥，与机械化程度百分百的大桥相比，究竟哪一种更科学呢？难道我们不应该反省一下目前这种离生态越来越远的建筑方式吗？至少我们应该回望一下那些古老的智慧，看看有没有值得借鉴的地方。

"淙淙流水，喧腾，古老的催眠。/河淹没了汽车公墓，闪烁/在那些面具后面。/我抓紧桥栏杆。/桥：一只飞越死亡的巨大铁鸟。"之所以引用瑞典诗人特朗斯特罗姆的这一首诗歌，是为了借最后那一个美妙的比喻，祝愿所有或巨大或精巧的铁鸟、石鸟、木鸟，都能真正超越死亡。

2007 年 9 月

一个无车男的城市生活

他 40 岁,正好是张学友主演影片《男人四十》所表现的那个年龄,但这倒不是一个关于婚外恋的故事,而是一个关于无车族的故事。

是的,他 40 岁,生活在一个不大不小的中等城市,他不是成功人士,但似乎也不能归入完全失败者的行列。

他没有车。

在现今的城市,这可是一个致命问题。有时他觉得,汽车那一层皮根本就不是硬邦邦的铁皮,而是一层有血有肉的面皮,决定了你的面子,决定了你好不好意思和人打招呼。

最为尴尬的是在商场试衣服的时候,从口袋里不小心掉出来的不是银行卡,而是卑微的公交卡。掉在地上一声脆响,仿佛是自尊"碎"了一地。

"出门无车心先死，长使英雄泪满襟。"这里的"英雄"倒不是他在托大，而是有一位货真价实的文化英雄在车子上面犯了难。这位文化英雄就是胡适。胡适的晚年很是凄凉，没有专车，上街只好挤公交。据唐德刚回忆："我有时也陪适之先生去挤公共汽车。看他老人家被挤得东倒西歪的惨状，我真要把那些乱挤的番男番女痛骂一阵：你们这些目无尊长的东西！你们知道挤的是谁？"有时，唐德刚也用打工用的破旧汽车去接胡先生，"记得有一次我开车去接他，但是电话内我们未说清楚，他等错了街口。最后我总算把他找到了。可是当我在车内已看到他，他还未看到我之时，他在街上东张西望的样子，真是'惶惶如丧家之犬'！等到他看见我的车子时，那份喜悦之情，真像三岁孩子一样天真。"

胡适先生的这一段可怜往事，他读过之后生出无限感慨。

他也想过去买辆车，可是工作性质不允许。严格地说，是个人气质不允许。因为他是一个常常耽于胡思乱想的人，操作机械总是注意力不集中，这样往往就容易出事。试想，像陈景润那样的人走路时，用肉身撞人或者撞树，问题都不是太大；如果他开着个铁皮家伙撞来撞去，就不是闹着玩的了。再者，通常在单位忙了一天，基本上已经处于脑死亡状态，这时他就不再想自己掌握自己的命运了（如果让一个脑死亡的人掌握你的命运，你会愿意吗？），而是需要把自己给托管出去，托管给公交车司机或出租车司机——让这些专业人士掌握自己的命运，岂不是又安全又省心？

　　坐惯了公交车，他发现这东西也大有妙处。如果说私家车是一个城市的急行者，地铁是一个城市的隐行者，那么公交车就是一个城市的漫游者。它稳稳笃笃，慢慢悠悠，咣咣当当，享受着难得的漫游时光。而车上的人儿，也在各自进行着心思上的漫游。老实说，公交车就是要让乘客思想不集中。而作为一个喜欢胡思乱想的人，他恰恰无可救药地爱上了公交车的这一点。在公交车上，他的思维总是特别活跃，越是人多的时候越是活跃，冷不丁地结出了思想的果子，像头顶上法国梧桐的枝条上结着的悬铃果。

　　是啊，公交车总让人们的身体更高一点，比行人高，更比小汽车里的乘客高。所以能更贴近地看到车窗外的树叶，一簇簇地飘移过来，似乎要刮着玻璃了，但其实又温柔地让过去了。就像那些终于失之交臂的相遇。

　　公交车把变化蕴藏在恒常之中。在同一条线路上，大多数情形下会碰到相同的人，偶然也会碰到陌生的有趣角色。这时，尽可以去猜测他们的职业和经历，甚至以他们为人物，构思一部推理小说——永远是公交车培养了福尔摩斯和松本清张，而不是私家车和出租车吧。

　　有时因为这样那样的原因，需要换乘另外一条线路，就随之带来了许多新鲜和惊喜。前不久因为要到某学院培训，他不再去单位，而是选择一条陌生的线路。后来，他把它称为朝阳线路。因为这条线路经过许多高校，会不断地有青年学生上来，于是他的眼前不断出现新的牛仔裤、新的板鞋、新的五颜六色的挎包。车外是八九点钟的太阳，车内也是一团团八九点钟的"太阳"。这样的感觉，挺赞。

他也喜欢那些极为冷僻的线路，坐着坐着，往往车厢里只剩下一两个人了。这时就可以静静地享受自己和司机之间的距离，默默地享受车厢里大块大块的空气，甚至想站起来舒展一下身体——在私家车或出租车里，你能站得起来吗？

当然，他最喜欢靠在椅背上，听扬声器报出或熟悉或陌生的站名："下一站……"每一站都是一个坐标，都是一个交集，都是一个开始，又都是一个结束。有一次听到扬声器报："下一站，幸福里。"他不由得怔了一下，居然有这个名字，为什么不能有这个名字呢？这样念叨着，心中仿佛有某个分区给点击了，又好像一条既凡俗又神秘的通道给打开了。

幸福，原来就是这么简单的道理。

2008 年 10 月

我家的"世博馆"

我是喜欢装修的，羡慕的是明代皇帝朱由校——除了羡慕他的皇帝宝座，更羡慕他有那么多的时间和财力来做小小的木匠活儿，就像是一个在沙滩上忘我地搭着城堡的孩子。

但与朱皇帝相比，我是属于心灵手笨一族。所以越发地喜欢起装修来了。无他，只因在装修现场，可以见到各色各样巧手的家伙。瓦工、木工、水电工、油漆工，所有的手艺人都是我羡慕和推崇的对象，如果要加一个定语，那无非就是"敬业"。说起来，真正不敬业的手艺人极少极少，就像我这个文字手工业者，珍爱着我那其实微不足道的灵感和饭碗。这也正是我为什么与手艺人心有戚戚焉的最大缘由，因为我们都是一头儿的，只不过我弄的是方块字和电脑，他们弄的是瓷砖和切割机，或木料和锯子。

因为我父母、我自己甚至我妹妹的房子，装修大业基本上都由我来主持，所以前前后后，我主持装修的房子也有五六套了。回顾一下，装修中最绕不过去的就是莎士比亚式的诘问：风格，还是没有风格，这是一个问题。

而我年轻时，是有着洁癖的，这种洁癖反映在装修上，就是对一种风格的恪守和对无数细节的苛求。对于"细节是魔鬼"这句话，我的理解是：在装修中，细节会让你不断地抓狂，最终变成一个所有人都不待见的魔鬼。

我装修的第一套房子，是在1996年施工的。当时的房子不大，六七十平方米。由此联想到善于"在螺蛳壳里做道场"的日本人，于是就选择了和式风格，恰好与那些年流行的水曲柳饰面板相契合。白色墙壁、淡黄色樱桃木地板、格子窗、格子门、低矮的沙发、更加低矮的茶几，也就这些东西了。

1999年的第二套房子，想走美国乡村路线。主打的是某宝（此宝非淘宝，而是一家具品牌）的松木家具，据说是美国红松。佐以深色地板、彩色墙壁、小碎花床上饰品。墙壁是绿色系，但遗憾的是，颜色太浅，其实要深一些，风格才地道。然而油漆匠就是下不去手，在我的动员下发狠调深了，但出来的效果还是不尽如人意。

2002年装修第三套房子的时候，冒出个新名词叫"新古典主义"，于是就照着这路子来了。柚木地板、黑胡桃木家具、米白色布艺沙发、古典独立式兽脚浴缸，外加米罗抽象画（当然是复制品）和若干假古董，构成所谓的"东情西调"。这套房子是复式的，再配上白色旋转楼梯，40多平方米的露台上还弄了一个小小的空中花园，自诩为"莫家花园"，意在向印象派大师莫奈致敬。

2009年第四套房子，此时东南亚风劲吹——挺好的，我们的眼光终于不再唯发达国家是瞻，而是转向了"第三世界"——那就干脆再赶一回时髦吧。柚木家具、佛像挂画、麻布靠垫和金色窗帘，把该整的泰式元素都给他整上……

人到中年，洁癖慢慢地会被时间治愈，或许洁癖就像是青春，无比在意自己脸上那或明显或不明显的青春痘，但青春终将逝去。如果现在再让我装修，我或许会是什么东西实用就搁一起"一锅煮"了。但值得庆幸的是，我多少还残留了一点审美品位，懂得在一片混搭之中必须有一两个视觉中心，说白了得有几件比较值钱又比较风格化的东西搁在家里，比如明式红木家具、现代风格绘画、非洲木雕、波斯地毯，甚至是外星人榨汁器样的玲珑小件也可以。

跳出小家，放眼神州，最近十年，正是我国人民装修水平日益高涨的十年。正如祖国大地成了万国建筑的试验场一样，我们的家，也成了万国装修风格的试验场。而且越来越向品质化和精细化发展，对于各自所喜好风格的追求，真是做到了"于细微处见精神"——明知细节是魔鬼，偏要拥抱这魔鬼。上海世博会早已结束，但这片土地上，仍然在以城市或家庭为单位，开着大大小小的世博会。你在蒙蒙夜色中来到一个看似普通的城市，去叩响一个看似普通的家庭的门,如果主人好客地邀请你进去,你就会在恍惚之中来到了某一个世博馆……

一想到这样的图景,你就不能不佩服中国人那无可比拟的勤奋,同时也感叹其无处可逃的奔忙。

2010 年 7 月

点在幸福穴上的甜

我很少吃水果。我觉得,一个苹果待在树上,不是为了让人吃的,甚至不是为了砸在牛顿头上的。水果从生长到腐烂,完全是一种自给自足的过程,是独自就可以完成的美妙之旅,干人何事?

水果是一种自然,而不是一个事件。而糕点恰恰相反,它不是一种自然,而是一个带有明确含义的事件。糕点慵懒地待在那里,充满诱惑地看着你,仿佛在对你说:"来吧,吃掉我吧。"有趣的是,我国唐宋时把糕点和点心就叫作"果子"。日本人至今还沿袭了这种用法,将日式糕点称为"和果子",中式糕点称为"中华果子",西式糕点称为"洋果子"。我喜欢的,正是此果子而非彼果子也。

我在大哲学家萨特那儿找到了理论支持。按照他的说法，水果太自然了，"食物应该是人制作的结果。而面包就是这样的。我总是认为，面包是一个同别人的关系"。大概是为了避免荼毒生灵和破坏自然秩序，萨特不吃水果，甚至不吃西红柿，他说："如果我想吃甜东西，我宁可吃人造的东西，一块点心或一个果馅饼。"

喝茶或咖啡时，总得配些茶点。以前周作人他们吃的是茶干和"干丝"，而现在的茶馆和咖啡店里，是难以找到这些土产小吃的，基本上都已经与国际接轨了。美国的糕点又大又蠢，还甜得发齁，不太能够上台面；日本的糕点又过于小巧和精致，让人想放到玻璃柜里收藏，不忍吃下。所以，比较流行的还是欧洲的糕点。总的说来，欧洲糕点又分为两大流派，一是以英国、德国、北欧为代表的"清教派"；二是以法国、意大利为代表的"享乐派"。前几个民族的祖先的清教主义传统十分浓厚，所以对自己的要求比较严苛，有点压制口腹之欲的意思，所以他们做出来的糕点味道比较淡，像干巴巴的小甜饼、杏仁饼和曲奇之类，不甜腻也不花哨，是质朴的少女做派。用美国游记作家比尔·布莱森的话说，他们喜欢"细微的舒适"，"一杯热茶和小饼干"就足够了。而法国人和意大利人的共同祖先是拉丁人，拉丁人追求享受是出了名的，有点沉溺于享乐的意思，所以他们做出来的糕点甜腻腻的，湿乎乎的，而且花样繁多，是妩媚的少妇做派。

法国最出名的甜点大约是小玛德莱娜，普鲁斯特在《追忆逝水年华》中伤感而又甜蜜地写道:"母亲着人拿来一块点心,是那种又矮又胖名叫'小玛德莱娜'的点心,看来像是用贝壳那样的点心模子做的。"他轻轻地咬了一口浸了茶汁的点心,顿时体验到一阵突如其来的愉悦——由小玛德莱娜带来的幸福,普鲁斯特想起小时候,莱奥妮姨妈也会给他一块小玛德莱娜,浸在她自己那杯大麦茶里,"然而即使人亡物毁,久远的往事了无陈迹,唯独剩下气味和滋味,更脆弱却更持久;更虚幻,却更经久不散、更忠贞不渝……"据考证,这种点心的创始者是位名叫玛德莱娜的女厨子,系用面粉、砂糖、黄油、鸡蛋、柠檬汁为原料,在贝壳形的模子里烤焙而成。其实它的味道未必有多么惊人,要紧的是,它唤醒了作家对于幸福的回忆和期待。

相比之下,意大利那边的精品更多,是更名副其实的甜点之邦。意大利人善于创造性地使用奶油、巧克力、蛋黄、美酒、咖啡等勾人的原料,制作出的提拉米苏、卡布其诺之类,自有挡不住的风情,是真正奢华的感官盛宴。卡尔维诺有个短篇小说叫《糕饼店盗窃案》,写的是三个小偷进入糕饼屋偷东西,碰到甜点,大吃特吃起来,居然忘了此行的目的,这时警察来了,小偷急忙逃窜,不想警察进了糕饼屋,也大吃特吃巧克力糕饼奶油,忘记了小偷了。这就是甜点的诱惑,每个人只要尝上一口,就像被点中了"幸福穴",飘然若仙。

随着享乐主义在全球盛行,甜点当然也越来越拉丁化了。我童年里爱吃的香草饼干、苏打饼干,现在看来,是过于干巴和寡淡了。但那时候真的是甘之若饴,我还曾经盯着苏打饼干,猜想那些洞眼是否真的是用梳子打出来的。这几年由于牙齿和血糖不争气,我不太敢碰那些曼妙的甜点了,于是又向苏打饼干之类的干巴小饼上面回归,而且常常盯着饼干上的窟窿眼,想着时间之沙怎样从每一个微小的缝隙间流逝。

2008 年 1 月

北京之"遗食"

一位英国女艺术家说:"如果我厌倦了伦敦,那么就对一切厌倦了。"这话说得真好。作为一个中国人,我要说的则是:"如果我厌倦了北京,那么就对一切厌倦了。"

我有点不好意思说出自己对北京的迷恋。从最高端的到最低端的,从最贵族的到最草根的,从最前卫的到最古旧的,从最宏大的到最细微的,北京总有大把东西在吸引着你,让你永不厌倦。

老百姓茶余饭后的点心,该是典型的草根之态了,不妨就说说它们吧。

稻香村糕点,是北京的一个老牌子了。据说始创于清乾隆三十八年,至今已有230多年的历史,一向被誉为"糕点泰斗,饼艺至尊"。稻香村糕点看起来很朴实，包装也很低调，但颇值得玩味。它的皮烤得微微发黄，里面的馅有很多种，像豆沙、莲蓉、枣泥、山楂、南瓜，反正你能想到的各种老馅，应有尽有，或甜或咸——甜就甜得恰到好处，咸也咸得恰如其分，没有丝毫过火的地方。它的馅略干，决不死乞白赖地黏着你的齿。它的皮容易脱落、容易破碎，这使它看起来不够精致，但正是这种粗糙，使你恢复了一种童年时代才有的欢愉，因为你一只手抓着吃，另一只手得在下面托着，以防碎末掉下来，小时候捧食的感觉就在此刻复活了。此外，每种糕点的表面都用红丝印着"豆沙""莲蓉"等字样，仿佛一枚古雅的中国印章。几百年来就这么一路盖下来，纪晓岚、曹雪芹、周作人、老舍，都见过这印章吧。

羊羹，是一种极有特色的糕点，其历史更为悠久，目前在北京的大小超市里寻常可见，一般是做成小巧的方块糖模样。不知道为什么要叫羊羹这个古怪的名字，据说是以此来形容它的味道与羊肉汤一样鲜美。当然，一个是甜鲜，另一个是咸鲜。我觉得，不仅它的味道堪比羊肉做的汤羹，而且它的质地也像羊羔一样温顺。对，温顺，形容它的口感，没有比这个词更恰当的了。软、嫩、滑、细、顺，还有着一种温暖海滩上细沙般的质感。羊肉的味道不也如此吗？羊大为美，是也。

以前我知道日本糕点是极品，现在我算是找着出处了。以羊羹为例，就是在宋代传入日本的。道元禅师 1225 年在浙江省天童山修行后，将茶、面食、素食带回了日本，使得素食文化在东瀛流传开来，于是便有了代替肉食的红小豆羊羹。羊羹分练羊羹、蒸羊羹和水羊羹。最早的红小豆羊羹是练羊羹，诞生于1461年，是由京都的"鹤屋"推出的。日本人未必是善于思考的，但一定是善于做事的，尤其是一贯善于将别国的原创物精细化和唯美化到极致，在小小的羊羹上面也不例外。后来，羊羹又从日本"回流"到了我国的华北地区，并熏染上了浓浓的老北京气息，成为国内老派糕点的典范了。

可惜，除了北京以外，其他地方的糕点差不多已经全给"招安"了，基本上成了洋务派或港台派。别的不说，西式的奶油味，港式的鸭蛋黄，正在大行其道。这两样东西当然各有其妙处，可也架不住到处滥用啊。特别是鸭蛋黄，月饼里有，茶饼里有，粽子里有，连绿豆糕里面都有，实在让人无计可施，忍无可忍了。顺便再说一句，港式月饼中还有以鲍鱼为馅的，并以为奇货可居，可在我看来，完全是人心不古而导致的"饼心不古"嘛。

一部中华经典糕点史似乎就要合上，而朝向老北京的一瞥，却让我有幸看到了最后一页。众所周知，北京出"遗老遗少"，所以不妨就把北京的糕点叫作"遗食"。一个"遗"字，更让我无比迷恋。但愿它，遗而不绝。

2008年5月

关于冷饮的闷热记忆

有了空调之后,冷饮就变得不好吃了。

所以得回到那个闷热的年代。说得再具体点,是回到 20 世纪 80 年代初期。

我的小学和初中时光,是在一座江南小县城度过的。那时的县城文化娱乐生活自然很单调,各种设施和场所也少得可怜,只是有着六七个独一无二的"中心",因为垄断而显得高贵。比如,工人文化宫是文化中心,新华书店是图书中心,人民电影院是"大片展示中心"……那么,独此一家的冷饮店,就是高贵无比的"冰凉中心"了。

冰凉中心里也只有电风扇,高高吊在顶上,呼呼地响。平时我们只敢在门外张望,那一天卖废铜烂铁得了八分钱,三个小学生喜滋滋地跑进去，共同点了一瓶果子露，也只点了这一瓶果子露。服务员有没有用歧视的眼光看我们，早已不在意了，因为我们仨早就被瓶口冒出的凉气冻住了，幸福地冻住了。我至今还记得，果子露是酒红色的，过了这么多年，那琥珀般的酒红色还在我记忆中闪光。

那时的都市也是闷热的，而且在县城少年看来，就像一个无边无际的巨大热洞，时刻想把人吞噬掉。有一年暑假，我来到了上海的爷爷家。许多个晚上，几个叔叔分别带我去吃各种冷饮。带去的基本上都是一个灯光昏暗的小店，而且要在闷罐般的公共汽车里颠簸很长一段时间才能到达，但这样反而使得冷饮的出场更加神圣了。吃得最多的是冰棒、冰砖、刨冰，都是冰得铁硬的家伙，用小狼崽般的利齿咬起来才过瘾，真叫一个嘎嘣脆。奶油冰棒和冰砖的奶味都特别足，据说那时几颗大白兔奶糖就能冲出一杯牛奶，那么两三根奶油冰棒肯定就能化成一杯冰牛奶了——我没有试过，但我坚信，之所以没有试，是因为没有那个耐心。除了奶油冰棒，赤豆刨冰也相当爽口，它似乎是老式上海冷饮的一大代表，完全以冰块为主，吃的过程是兴味盎然的"破冰之旅"，夹杂着赤豆那蜜一样的甜。

长大后再去上海，整个城市变化得厉害，那些小冷饮店当然早就不在了，那些公交路线固然还在，但再乘坐同样的线路，也感觉不到时间长了。于是很奇怪小时候的感觉。小时候，路就是长的，冰就是凉的，糖就是甜的，名词和形容词是紧紧抱在一起的，或者说，名词就是形容词；而现在，它们已经慢慢分开了。

现在的冷饮基本上都被做成松软的小球了，在雅致的空调房里用小勺子慢慢挑着吃，它们轻柔地对待你的牙齿、对待你的胃，你却对它们没有多少感觉。有一年仲夏我去内蒙古鄂尔多斯开会，需要在北京机场中转，因为间隔时间太长，就泡在机场的一家哈根达斯冰淇淋店里消磨时光。点了一份叫"纽约恋人"的东西，盛在一只漂亮的白盘子里端上来，满满的一盘，其中有水果，有蛋糕，主角则是两个冰淇淋小球，一个是巧克力味的，一个裹着些果仁，都软塌塌地趴在那里，好像很快就要融化殆尽。我赶紧拿起小勺吃起来，滋味的确很纯正，质地也的确很细腻，但与其说是冷饮，还不如说是有点冰凉感觉的甜品更恰当些。

那种铁硬的、嘎嘣脆的老式冷饮应该还有吧，但即使有，我的牙齿和胃大约也消受不起了。印象派大师雷诺阿说，当他咬得动牛排的时候，兜里没有钱；当他有钱的时候，牙齿已经咬不动牛排了。这话，说出了无数食客共同的尴尬与感伤。

不过凡事总有例外，上个月去上海世博会，居然"冰"梦重温。要说世博会现场，真个是人山人海，"城市，让生活更美好；排队，让日子更有趣"。等到了土耳其馆，发现这儿排队的人倒只有四五十个，于是赶紧冲过去排在队尾。排了一会儿，才得知这不是入馆的队伍，而是买冰淇淋的队伍。但既排之则安之，何况土耳其冰淇淋非常有名，据说保持了老牌的坚硬和醇厚。十多分钟后冰淇淋到手，这下我也顾不得自己的牙齿和胃了，胡乱地站在某角落就大嚼起来——奶味很足，宛若地道的老上海冰砖；也不算特别硬，但口感穿越，宛若童年。

有人说，游一趟世博会，让自己把计划经济时代所有的队都排了。而我倒是感谢买冰淇淋的那次排队，它让我重温了物质匮乏时期的那些等候和期待。

2010 年 6 月

冰箱里的前世

我经常在冰箱里储存些面点，以备早餐时使用。大部分是超市里买来的，也有一小部分是饭局打包回来的。在打包回来的面点中，最难忘的是盛臣好世界的韭菜盒和金旺角的榴梿酥。第二天甚至第三天早上，用微波炉一热，照样美味如新。在微波炉的缓缓转动中，香气逐渐散发出来，而那些聚会的场景仿佛也转回到了眼前。

韭菜盒是地地道道的国货，榴梿酥则有一点土洋结合的感觉，它们以不同的风格装饰了我的冰箱。偶尔，冰箱里也会出现正宗的洋货，比如说长棍面包。

长棍是法式浪漫的一个组成部分，最好是弄一大号牛皮纸袋，将两三根长棍放在里面，斜斜地指向天边的云彩。然后双手捧着纸袋,走在巴黎街头的碎石子路上,雾气缭绕,高跟鞋发出清脆的响声。伊人是谁?苏菲·玛索还是艾曼纽·贝阿?

如今国内各大城市的面包店里,也有长棍出售,可惜周围的景致大多数不配套。你兴冲冲地捧在胸前,但走在北京的胡同里是不搭的(最好是提溜着煎饼果子),走在南京的夫子庙也不像话(最好是边走边啃鸭油烧饼),走在重庆阶梯状的山路上就更加古怪了(最好是拐进路边小店喝一碗酸辣粉)。想要最搭,你只能走在上海的淮海路上,这是许多人心目中最有小资情调的一条路,树影婆娑,温润的阳光将长棍的影子拉得更长。

我疑心,绝大多数买长棍的国人是把这玩意儿当作装饰物,而不是充饥的食物。因为,它的味道的确一般,而且还那般坚硬。但在家里放上一两根,总归有好处,尤其对于单身女性来说,至少能当作防身之物使用。这时长棍可就成了狼牙棒了,再配上胡椒粉——您可就成了无敌女生。

俄罗斯的大列巴也同样很硬,但我倒是比较喜欢。有一年逛哈尔滨的秋林商店,看到了正宗的俄式大列巴,本来是不想买的,因为一个足有四斤重,实在是给旅途增加负担。但那装列巴的袋子太过好看,是淡咖啡色的无纺布袋,上面绘有制作面包的全过程,用的是写实中略带漫画化的笔法,面包工人们头戴厨师帽辛勤劳作,有点"谁知盘中餐,粒粒皆辛苦"的意思,但并不十分悲情,而是夹杂着喜感,仿佛卓别林的老电影。就这样在柜台前纠结半天,终于还是下手了。天可怜见,拉杆箱里都装不下,最后是直接提到飞机上的。

这坨大列巴我足足吃了一星期，每天早上从冰箱里取出，切下几片来，放到蒸锅上蒸软，再与秋林红肠同吃。大列巴的淡淡的咸味，红肠的浓浓的烟熏味，混合在一起，让人起了一点关于俄罗斯森林的想象：新麦、果木、篝火，还有流放，而在流放途中，一砣大列巴是何等地抚慰人心，如同沙漠中骆驼背着的水囊。

其实，我们也有自己的大列巴，那就是安徽阜阳的枕头馍，分量一点也不逊色。由上好的白面制成，四四方方的，其中一面还用油煎得金黄，所以吃起来就一个字——香。佐以豆腐乳或扬州乳黄瓜，更是满口生津。传说枕头馍诞生于南宋。抗金名将刘锜在顺昌（今阜阳）击败金兀术主力，取得顺昌大捷。交战期间，正值新麦登场，顺昌府百姓纷纷使用新麦做成大馍犒劳宋军将士。一日刘锜巡视城防时，看见一个睡觉的士兵在啃枕头，很是吃惊，细问之下才知道，士兵的父亲担心儿子受饿就给他蒸了这个，能枕又能吃。刘锜受到启发，当即派人到城外各村通知，每户都连夜蒸制枕头馍，送进城内劳军。枕头馍就由此诞生了。瞧这么个小故事，包裹了"忠心"和"孝心"，堪称中式饮食美学伦理化的样板。

有一个笑话叫"如何把大象放进冰箱"，长棍和大列巴，相当于饮食中的长颈鹿和大象了。当你像把大象放进冰箱似的，细细规划，终于把长棍和大列巴放入冰箱时，你等于是储藏了别人的生活、别人的历史。甚或那就是你的前世，因为这些异域的东西会莫名地让你感到亲切。你永远在跋涉和迁徙，从这个现世到下一个现世的路上,肩上扛着长棍,手里拎着大列巴,后者如盾,前者如旗……

2011 年 9 月

罐头记

古人云:"不为无益之事,何以遣有涯之生?"本人云:"不食垃圾食品,何以遣有涯之生?"

可乐、鸡翅、薯条、薯片,这些洋快餐早已被判定为垃圾食品,但咱们的孩儿们仍在趋之若鹜。还有一种垃圾食品,现在已经很少有人吃,也很少有人提了,但20年前它却是食物中的上品——我指的是罐头,装在粗劣的铁皮盒或玻璃瓶里面的肉类和水果。

在物质匮乏的80年代,罐头充当的是"救火队员"这样的光荣角色,当腹中馋虫肆虐的时候,若有一两只罐头"从天而降",是能够迅速扑灭饥饿之火的。我的少年时代是在一座江南小城度过的,正如你所知,那地方没什么好吃的。有一年我父亲从省城带回几只罐头,有午餐肉,也有清蒸排骨,于是那几日家中简直像举办了一场美食节。午餐肉和排骨由于密封在铁盒子里,有一种特殊的味道,非新鲜肉或咸肉所能比,应该属于"第三种味道"了。我甚至以为,这种味道与臭鳜鱼一样,都可以用"典雅"来形容呢。

上大学后,一次聚餐大家相互灌酒,一来二去,就把一哥儿们灌多了。此人躺在床上,醉眼迷离,但口中还在喃喃自语,我们凑近一听,原来他想吃水果罐头。我们自然不敢怠慢,立即下楼骑车前往小卖部,买了橘子和梨罐头回来。这哥儿们吃下后,马上满意地睡下,鼾声如雷。我们也尝了点剩下的,果然可口,清凉凉、甜丝丝的,徐徐进入被酒精折磨的食管和胃,完全是一派拯救者的情怀。

这些都是美好的回忆了。如今的罐头食品基本上被打入另册,一般是待在超市的角落独自寂寞,而那种玻璃瓶装的水果罐头因为卫生原因,几乎已经销声匿迹。难怪香港作家李碧华女士要怀旧了,她专写《午餐肉永垂不朽》一文赞美道:"午餐肉罐头虽然包装老土,但它是成长的回忆,象征着'简约方便,温暖亲切,共渡难关,念旧感恩,知足常乐'等精神,因此它是'最伟大的食物,与回锅肉、五香肉丁、豆豉鲮鱼等并列为四大天王'。"

李碧华继而写道:"午餐肉罐头附一支锁匙,供客人把盖子扭开,而永远在运劲扭到一半时,那脆弱的铁罐启封条已玉殒香消,英年早折,甚至闭塞不肯前进,如同雪拥蓝关马不前。"这段形象的描写，就牵扯出人类对于罐头的"爱恨情仇"了。要知道，罐头既是人类社会伟大的发明之一，同时又是糟糕的发明之一。因为在大多数情况下，你根本就找不到打开它的办法——一个蠢人把好吃的装进罐头里，十个聪明人也别想得到它。

一般说来，日本人"小儒规规焉"，考虑问题比较周到，他们的罐头往往设计巧妙，便于开启；而老美一向大大咧咧的，他们制造的罐头坚实得像飞机上的铁匣子，如果没有滚轮剪刀似的特种工具，根本别想让它"开口"，那些笨手笨脚的人拿来锤子、起子一通乱砸，一不小心就会砸了手、破了相。

手笨的人，往往会拉来爱因斯坦当遮羞布，在那个众所周知的故事中，小爱因斯坦费了吃奶的劲才做出两只小板凳，而且一只比一只难看。其实，这是一个天大的误会。爱因斯坦手巧着呢：一战之后的德国，食品短缺，罐头成了宝物，爱因斯坦的妻子伊尔莎便对朋友夸耀说："我十分清楚阿尔伯特是一位多么了不起的物理学家，这些日子我们去买各种罐头食品，这种罐头没有人知道如何打开。通常它们都是外国出品的，生锈，外包装变形了，开罐器也都丢失了。但是到现在为止，还没有一个罐头是我们的阿尔伯特打不开的。"

20世纪50年代的爱因斯坦，因为对麦卡锡主义强烈不满，在报上放出话来："为了希望求得在目前的环境下还可得到的那一点点独立性，我宁愿去当一个管道工，或者做一个沿街叫卖的小贩。"有趣的是，美国"管道工联合会"听到风就是雨，还真的授予他名誉会员称号。虽然这只是一句气话，但从爱因斯坦开罐头的技术可以推想，如果他真的去当管道工，也会是劳模级的管道工。而在美国，管道工可是个专业性很强的工种，和老欧洲的掏烟囱工一样属于高收入人群。美剧《绝望的主妇》中的管道工麦克，不仅能挣钱，长得还英俊，是两位漂亮主妇的挚爱——她们千方百计想打开他这只沉默寡言的"罐头"。

2007 年 7 月

友朋如光

在极端天气里赴宴,有一种悲壮的情怀,但也有一种牺牲个人时间,融入更有"在场感"和"纪念感"的时间的愉悦。

一个大暴雨天,晚上我请客,朋友们都来了,有的还是穿越大半个城市赶过来的,令我十分感动。须知,在我们这个城市,在饭点的时候打的那叫一个困难,基本上靠抢,有时你欠缺一点体力,有时你又欠缺一点运气,最后只好把目光移向了摩的。就这样颤巍巍地上了摩的,一路在大街上疾驰,一刹那间青春岁月里的风好像又吹了回来。搞笑的是,你已经不是一个小伙子了;更搞笑的是,你还是像一个小伙子那样渴望着友情。

于是想出一句话:风雨如晦,友朋如光。在那么多个相聚的夜晚,朋友像一束倔强的光,撕开了抑郁和沉闷的幕布。

在古时候，新雨比喻新朋友，旧雨比喻老朋友。那些新雨和旧雨交加的场合，尤其让人觉得欣喜。这真是一个有着天人合一色彩的比喻，体现了老祖宗诗意般的智慧。

但究竟为什么总把朋友比作雨呢？

可能在前世或者今生，反正是在某一个难忘的时空，互相看着顺眼的朋友们腻在一起，一起流过的泪水，一起流过的汗水，然后这些水分子蒸发去了天空，最后变成雨滴，重新降落到地面，重新降临到你身边。

有时候你要主动出击，走进大自然，让那些久违的雨滴尽情地打在你身上；有时候雨水会主动来寻找你，即使你失神地呆坐在房间里，雨滴也会悄悄地从窗户飘进来，打湿你的额头。

友情、婚姻，一切缘分都是这样，有主动之缘，也有被动之缘。

有人说友情要比婚姻经受更严苛的考验。真是这样。因为婚姻有一纸婚书作为约束，习惯性地维持着；而友情就没有这样的契约优势，没听过有友情证书的——在义结金兰的古代可能有，现在再也不会有了。面对如此松散的关系，真的是要反复经营才是，赔着小心却又暗自欢喜，相互麻烦又相互帮携，相互折磨又相互想念——这就是对待朋友应该采取的态度吧。

且以喝酒为例，就可以见出"相互折磨又相互想念"的风采来。我看北京酒鬼作家狗子、张驰等人的博客，总是满篇酒气，他们还有一个名词叫"大酒"。所谓大酒，肯定是往死里喝，非要撂倒几个人不可的；与之相对的恐怕叫"小酒"，温柔的喝法，以聊天和吃菜为主,自己悠着,也丝毫不存有把别人放倒的坏心思。

现在我们这一帮朋友也喝不动大酒了,主要是年纪大了,身体差了,心思杂了,还有一个重大原因——车子也开上了,总之是不复往日之勇。记得某年冬天的一次壮举,是五六个人喝下13瓶小二锅头(将近4斤),然后又跑到茶馆喝下大量啤酒,个个跟跟跄跄地跑回家——奇怪,再怎么醉的醉鬼,最后还是能找到自己的家门。我看,科学家也不必再研究什么海龟迁徙万里却不迷路,而可以改为研究醉鬼为什么能找到回家的路。因为,醉鬼在大醉的情况下,其智力绝不会比海龟高多少的。

回想起来,以前我们就是这样,当了一回回"海龟派",长期和自己的胃与心脏作对。痛加反思之后,现如今主要喝啤酒了——昵称"没脾气的酒"。大家安安静静地喝酒,轻声轻气地说话。所以,有人看了会跑来问:"你们如何能够这样温柔?"

回答:"我们的温柔你还没有看够。"

但我知道,有的时候劲头上来,还是会走上"大酒"的老路的。朋友间总要一年折腾上几回,相互折磨过几番,才能记住彼此在尘世间日益模糊的脸,才能忆起前世岁月里的缘分。

甚至我还为此类酒局写过一首诗,名曰《重构》:

  仿佛上帝之嘴/对蒲公英吹了一口/无数的花絮四散开来/各奔各的路程/彼此来不及再看上一眼

  仿佛出征的号角已经吹响/从城东赶到城西/或从城南赶

到城北/只为赴一场生命中的酒局

究竟要在酒精中泡过几回/那些失散的花絮才能重新拼和/究竟要在酒桌上对视几回/才能唤醒对彼此脸庞的记忆/才能盛开出母体原来的样子

然后静静地等待/等待着上帝之嘴的下一次吹拂/等待着那种刻骨铭心的动感和痛感/等待着下一个解构和重构的轮回

当然比古诗差得很远,陈师道的"淮南小山秦氏子,旧雨不来今雨来。风席起尘晨突冷,坐看鸟迹破苍苔",还有范成大的"旧雨云招新雨至,高田水入下田鸣。百年心事终怀土,一日身谋且望晴",都给读者留下了"我是人间惆怅客"的难忘形象,是留在古籍里的永远干不透的雨滴。

也比经典歌词差得很远,蔡琴这样唱道:"像一阵细雨洒落我心底,那感觉如此神秘。"在有形或无形的雨幕中想着朋友,朋友就来了。

上帝说要有光,就有了光,在风雨如晦的夜晚。

2010年4月

第三辑

冬季去看毕加索

千年三叹

长江进入安徽，经安庆、贵池、铜陵、芜湖，进入江苏之前，最后流经的一个安徽城市，就是江东的马鞍山。

大江东去，浪淘尽、千古风流人物。地势险要的马鞍山一带，自古就是"风流集聚地"，一个个千古传诵的故事在这里上演。

首先登场的是俞伯牙和钟子期，留下的是"高山流水遇知音"的绝响。

2700 余年前，晋国上大夫俞伯牙，傍晚行船途中突遇阵雨，泊于马鞍山南麓凤头渡（今凤凰咀）避雨。俄顷雨停，星天如洗。俞伯牙顿生雅兴，月下鼓琴，巧逢樵夫钟子期，两人相见恨晚，结为知音。惜别之时，执手约定：明年八月十五，复于此地相聚。次年，俞伯牙准时赴约，却不见钟子期踪影。登岸探访，惊闻噩耗：钟子期已死百日，死前哀告其父，葬于凤头渡，以坟静候知音人。俞伯牙悲痛欲绝，举琴摔向石碑，从此终身罢弹。随后辞去上大夫，定居集贤村，相伴子期坟，赡养好友父，直至钟父老死。

  从这个故事中，我们看到了命运的交集，看到了高度的忠诚，看到了"士为知己者死"的决绝。尤其这种对于知己和知音的极端珍视，并不是出于追求功利的目的，而是为了照亮彼此的生命，获得人生境界上的提升。中国古代的伦理关系，从君臣到父子和夫妻，都是不平等的，甚至构成了对人性的戕害。所以成年男性之间平等的友谊，就显得硕果仅存、尤为重要，直接影响到人格的完整，影响到精神生活的完满。而若论这种友谊的惊天地泣鬼神，有甚于俞伯牙和钟子期的吗？

  接着登场的是西楚霸王项羽，抒写的是"不肯过江东"的悲壮。

  公元前202年，项羽在垓下被刘邦击败，溃逃至乌江岸边（今安徽和县长江北岸，对面即是马鞍山）。乌江亭长拢船靠岸，请他过江。面对这样一个绝处逢生的大好机会，项羽笑了："天之亡我，我何渡为！且籍与江东子弟八千人渡江而西，今无一人还，纵江东父兄怜而王我，我何面目见之？纵彼不言，籍独不愧于心乎？"说完，项羽面对滚滚长江，横剑自刎，年仅30岁。

  "胜败兵家事不期，包羞忍耻是男儿。江东子弟多才俊，卷土重来未可知。"杜牧说得也许不错，然而项羽是英雄，是盖世英雄，大幕将要落下，片尾曲已经响起，最美的章节就在乌江吧。暴虐残忍和刚愎自用，一直是项羽最为后世诟病的地方。如果说他以前做错了千百件事，那么这最后一件事却肯定做对了；如果说他终其一生不过是个武夫，那么决然自尽就是他干的最有文化的一件事。在我看来，"不肯过江东"是项羽平生最大的闪光点，他对于名誉的极端珍视，套用作家张承志的说法，乃是一种"清洁的精神"，为后世树立了"知耻"的典范。人们常说"知耻而后勇"，其实，知耻本身就是最大的勇，最真的勇。可惜，在宋明理学之后，随着中国人精神状态的全面委顿，知耻的人是越来越少了，苟活和偷生成为主流的价值观，中国人的血性指数也因此降低了许多。

最后登场的是诗仙李白，挥洒的是"醉酒跳江捉月"的狂放。

李白晚年穷困潦倒，漂泊无依。于公元762年来到当涂（今安徽马鞍山市当涂县），投靠时任当涂县令的族叔李阳冰。相传李白常来江边的采石矶，在矶头上饮酒赏月，对江吟诗。在一个皓月当空之夜，李白身着宫锦袍，醉后跳江捉月，溺水而亡。其衣冠被江上渔夫捞起，葬于采石。明代汤显祖曾赋诗感叹："夕阳千里弄舟还，一片秋声两面山。醉着锦袍如梦杳，月明何限水云间。"

虽然"捉月而亡"只是个传说，但反倒比历史更真实。显然，这是最符合诗人个性的死法，最能体现李白特色的死法。美国现代女诗人普拉斯曾说："死是一门艺术，我要使它分外精彩。"而在1000多年前，我们的李白就做到了这一点。李白写了一辈子诗，最后一首诗用自己的生命写就。这样的非正常死亡，不像自杀那么刻意，也不像自杀那么灰暗，它完全是率性而为，完全是浑然天成，闪烁着浪漫的亮色。假如用评论诗歌的语言来形容，应该是"羚羊挂角，无迹可求"，抑或是"不着一字，尽得风流"吧。在古希腊传说中，有一个美少年纳西索斯，他在泉边看到自己的倒影，爱得无法自拔，投水而死后化为水仙。水仙由此成为自恋的代名词。不可否认，李白也是自恋的，这表现为他对自己生命的美学完整性的极端珍视。但他自恋得那么高妙，绝无病态，绝不萎靡。

三个故事，都以死亡告终，在世人眼里，这是巨大的无法排遣的遗憾。但我不倾向于把它们看作悲剧，至少它们并不悲戚，而是充满了人性尽情高蹈之后的那种兴奋，充满了中国古代社会处于上升时期的那种昂扬。

三个故事，三次死亡，寄寓着不同的人格风流，回响在大江深处。俞钟二人的痴情，项羽的豪情，李白的狂情，都获得了文化标本般的意义，他们的身影叠加在一起，便构成了顶天立地的"名士"形象，对后世文人的文化心理塑造产生了深远的影响。后人效仿他们，无论是得其痴，得其豪，还是得其狂，都使自己的生命放射出异样的光彩。但还是那句老话，宋明之后，随着理学教育成了正统教育，随着思想钳制越来越严密，痴情、豪情、狂情渐渐从中国文化中流失了，世俗取代了超拔，机巧取代了决绝，功利取代了洒脱，腐儒取代了名士。不信，请读读明史和清史。

听，浩荡的长江席卷起阵阵波涛，激荡起层层浪花，那是它发出的深深叹息……

如今，在长江两岸，尚有子期墓、知音亭、楚霸王庙、乌江亭、太白楼、李白衣冠冢等诸多景点，聊供今人一观，以助搞活旅游经济之用。

2007年3月

李鸿章：夹缝中的悲情英雄

翻开中国近代史，李鸿章是最绕不过去的人物之一，又是争议极大的人物之一。身处危机四伏、矛盾深重的时代，他的性格特征也不可避免地呈现出复杂的矛盾性和多样性。

血性与忠诚

梁启超认为李鸿章"有才气而无学识，有阅历而无血性"，同他一样，许多人也都只看到李鸿章中年之后的窝窝囊囊，而不知道他年少时的满腔热血。李鸿章以书生带兵，留下的是"专以浪战为能"的记录。他敢爱敢恨、敢作敢为，曾因恩师曾国藩待友李元度不公而毅然脱离曾府，也曾因常胜军首领戈登不服管理而力除其军权。

但这样一种血性，慢慢地就被恩师曾国藩以儒学精神化解和消磨了。而曾国藩的利器只有一个字：诚。如李爱睡懒觉，曾则每日清晨必等幕僚到齐后方肯用餐，逼李早起；又李好讲虚夸大言以哗众取宠，曾多次正言相诫。最为典型的是有一次，曾国藩问李鸿章怎样与洋人交涉，李回答不管洋人说什么，只同他打"痞子腔"（就是说大话，先声夺人的意思）。曾沉默了很久说："依我看来，还是在于一个'诚'字。诚能动物，洋人也是人，只要以诚相待，也一定会受感化的。"李鸿章顿表衷心接受，此后严加奉行。

如果说血性意味着对于自我、自身个性的忠诚，是"第一种忠诚"的话，那么曾国藩所说的"诚"，更多的意味着对于朝廷、群体和他人的忠诚，不妨视为"第二种忠诚"。李鸿章对清廷的忠心耿耿，自不待言。他还特别讲义气，"李一生中对于朋友的忠诚几乎具有传奇色彩"（英国学者福尔索姆语）。而对于洋人，李鸿章仍然是"诚"字当先。例如，李鸿章在任北洋大臣时，一位德国海军将领到访天津，邀请他参观军舰，李鸿章欣然同意。不巧参观那天刮大风，海上航行不便，那位将领就建议取消约会。不料李鸿章为显诚意，毅然只带一名翻译登上小艇到达德舰，令那位德国将领感动不已。李鸿章的种种表现曾获得西方列强的广泛赞扬，美国南北战争中的名将、后来曾任总统的格兰特与李鸿章更是惺惺相惜，称他为远东第一名相。

在李鸿章身上，第二种忠诚取代了第一种忠诚，他逐渐丧失了血性和个性，成为庞大的政治机器上的一个忠实的零件，尽管这是一个最大最重要的零件。他是一个日薄西山的帝国的谨小慎微的看门人，而在列强眼里，他诚信、可靠，甚至有几分迂腐。这样"温柔敦厚"的对手夫复何求？

重任与琐屑

李鸿章是有大抱负的，他曾留下这样的雄奇诗句："胸中自命真千古，世外浮沉只一沤。""一万年来谁著史？三千里外觅封侯。"现在读来，我们仍然会被其中充溢的豪情壮志所感染。可以说，这样的诗句放到龚自珍、李贺甚至李白的集子里，也毫不逊色。

李鸿章又是敢于担当的，福尔索姆指出："鉴于大多数中国官员逃避责任，李似乎是追求责任，他从不逃避不愉快的任务，并总能指望他采取主动。"从青年时代的投笔从戎，一直到年近半百之际接替曾国藩主持晚清对外军事、外交和经济大政，李鸿章每每"于危难之时显身手"，这显然是"天将降大任于斯人"的强大内驱力使然。在义和团运动时期，一名外国记者告诉李鸿章，普遍认为在中国他是唯一能对付这种局面的人，他回答说："我相信自己。"当仁不让之意溢于言表！

树大招风，李鸿章还要时刻面对官场的倾轧和仕途的险恶，"受尽天下百官气，养就胸中一段春"，正是他的自我写照。李鸿章有度量，有涵养，拥有比一般的封建官吏更为饱满、更为充沛的政治情怀。同时他也深谙官场权术，有相当的政治手腕，尽管在宦海中几度沉浮，但基本上可以看作是一个不倒翁。

蒋廷黻有言：一看李之全集，只见其做事，不见其为人。但李鸿章的精力和才华，也都消耗在那些繁复的事务性工作去了。这一方面是由于封建体制的"制度性内耗"，另一方面是由于他本身才干有余而见识不足。他一生做了无数的事，可那些最重要或最闪光的大事，却似乎都是别人做的。例如，镇压太平天国的事，主要是曾国藩做的；开办重工业和民用工业的事，主要是张之洞做的；收复新疆的事，则是左宗棠做的。有人甚至毫不留情地指出："凡是只要阅读过李鸿章的奏稿、家书、朋僚信函三十份以上的人，基本上就可以判断出李鸿章这个人实际上是个典型的'小公务员'素质！……他的所有文稿几乎都表达出他非常在乎具体事件的拉杂算计和功于小心计，始终透出了一种对上和对外的个人猥琐人格气质。"话虽说得刻薄，但恰好是梁启超所谓"有才气而无学识"的注脚，也是对李鸿章本人巨大的抱负和高昂的责任感的强烈反讽。

改造与裱糊

李鸿章自有其因循守旧的一面，但他绝不是腐儒，他趋新求变，虚心向洋人学习，积极操办洋务，成为中国近代化的先行者之一。在推动中国经济与外交的近代化过程中，他既有想法，更有办法，是个身体力行的实干家。

曾国藩评价李鸿章"才大心细"，恰好可以用来形容他在对待西方文化上的双重性。在军事、经济、文教等方面，李鸿章敢于拿来，敢于创新，显示了"才大"的特点；在政治方面则显示了"心细"的特点，比较保守。李鸿章一向是西方器物文明的崇拜者，直到自己的风烛残年，才意识到西方制度文明的重要性，但此时留给他的时间已经不多了。况且，即便他倾慕西方政治，他所能接受的极限也不过是半吊子的君主立宪而已。如果我们把对一个社会形态的变革分为革命、改革、改良、修补等四种层次的话，那么他所认同的只比修补高一点，还没达到改良的层次。

正如他自己所说，终其一生，他"只是一个裱糊匠，面对一个破屋只知修葺却不能改造"。既不能，也不愿，更不敢。

毛泽东曾说李鸿章与晚清政府的关系是"水浅而舟大也……吾观合肥李氏，实类之矣"。李鸿章这艘航船曾迎着朝阳，豪情万丈地张开风帆。但在处处受制、时时碰壁后，只好满怀惆怅地驶向夕阳，留下了孤独而凄凉的背影……

但艰难的航程中，毕竟留下了他务实的脚印。美国人曾这样评价李鸿章的事功："以文人来说，他是卓越的；以军人来说，他在重要的战役中为国家做了有价值的贡献；以从政来说，他为这个地球上最古老、人口最多的国家的人民提供了公认的优良设施；以一个外交家来说，他的成就使他成为外交史上名列前茅的人。"

艰难的航程中，更留下了太多的悲情。李鸿章生逢大清国最黑暗、最动荡的年代，他的每一次"出场"无不是在国家存亡危急之时，清廷要他承担的无不是"人情所最难堪"之事。这样一个人物，一辈子在夹缝中生存，委曲求全，忍辱负重。中国政治文化和伦理文化历来推举忍辱负重者，甚至超过了那些决绝抗争者，所以，李鸿章也由此赢得了后人的同情和敬重。

李鸿章去世后两个月，梁启超即写出皇皇大作《李鸿章传》，其中说他"敬李鸿章之才，惜李鸿章之识，悲李鸿章之遇"。这句话，至今仍是许多人的共同心声。

2007年7月

在扬州八怪纪念馆里

我去"扬州八怪纪念馆"时,正值中午。偌大的纪念馆,似乎只有我一个游客,极安静,粗陶大水缸里的莲花兀自开放,粉红粉白一片。我拐到纪念馆里的金农故居,这是一座典型的扬州方格小院,面积不大但很精致。在院落的一角长着一簇碧绿的芭蕉,当年怀才不遇的金农赏玩这簇在雨中摇曳的芭蕉时触景生情,写下了一首令人回味的诗:"绿得僧窗梦不成,芭蕉偏傍短墙生。秋来叶上无情雨,白了人头是此声。"

与"绿僧窗""无情雨""白头"这些清冷的意象形成鲜明对照的,是当时扬州城的车水马龙、灯红酒绿、莺歌燕舞,分明是一等一的商业中心、文化中心,更是引领潮流的时尚之都。气吞万里如虎的,自然要数客居扬州的徽商大贾,他们位于这座城市金字塔的顶端，挥斥着商场、官场和名利场上的风流。

其实，我对于徽商一直没有特别的敬重。尤其是其中的盐商，在我看来，不过是官商和垄断企业的企业主而已，也有着或大或小的"原罪"，似乎还算不上诚信致富和勤劳致富的楷模。

我所关注的是另外一批人，他们的祖籍也在遥远的徽州，他们是标准的手艺人，所操持的手艺是书画。具体说来，我特别关注他们当中的两位——汪士慎和罗聘。作为扬州八怪的重要成员，他俩在这座散发着财富气息和脂粉味道的城市里，抒写的是艺术上和人格上的另一种风流。

"知识分子就是毛，永远在寻找着自己的那一块皮"这句话并没有错。至少在绝大多数社会形态里都是如此。当一个社会的政治格局和经济格局已经固化下来时，文化人就开始寻找各自的依赖对象，或主动或被动。有的傍大官，有的傍大款，有的傍更大的文化人。在中国封建社会的晚期，文化人大概只有这三条捷径。不像在十七、十八世纪的法国，还有宾至如归的沙龙，还有美丽、宽容、睿智的沙龙女主人。

但汪士慎们一条也不屑于"傍"，于是他们便像手艺人那样开始了"叫卖"，如木匠叫卖自己的桌椅，如篾匠叫卖自己的竹器。他们公开宣布自己的作品是为了卖钱谋取生活，撕破了过去文人画家把绘画创作视为"雅事"的面纱。而这在当时的人们眼里，是斯文扫地，是惊世骇俗，是扬州八怪身上最不能让人接受的"怪"之一。用今天的话来说，扬州八怪的种种个性和行状，使他们成为挑战世俗的"行为艺术家"，常人如何能看得顺眼？

好在那时的商业正处于迅猛发展的时期，商业激活了三个关键词：流动、流通、流行。总体而言，这对于第一批"下海"的艺术家是有利的。因为流动，艺术家们在自由迁徙中饱览山水、增广见闻；因为流通，他们的作品能够比较方便快捷地兑换成银两，而没有经济自由就谈不上创作自由；因为流行，就形成了文艺领域的时尚势力，但这也为艺术家们提供了参照系——对于时尚，要么趋附，要么抗拒并且创新。

汪士慎们走的显然是后一条路。他们虽然敢于"叫卖"，敢于"讨价还价"，实际上骨子里比文人更文人。可以说，文人画自元代倪瓒始，经石涛、八大发扬光大，到扬州八怪这里进行了大胆创新，经过一番"删繁就简三秋树，领异标新二月花"之后，基本上完成了定型。从题材、意象、技法、风格上看，扬州八怪都是后世文人画的"母题"和"范本"。再往下走，就相当难了，必须转向，必须另辟蹊径。所以，张大千要引入西洋技法，而齐白石则要从文人雅趣回归到日常俗趣。

汪士慎平生嗜茶如命，号称"茶仙"，据说朋友们送他茶叶，他闭着眼睛就能说出喝的是什么地方的茶，甚至是什么时候采摘的。其爱好与"被咖啡熏黑骨头"的法国文豪巴尔扎克相似。汪士慎54岁时左目失明，但他壮志未减，加倍奋斗。67岁那年双目失明，他仍勤练学书大字。其命运又特别像法国印象派巨匠莫奈，后者画到晚年也全瞎了。或许是视觉器官使用过度所致，或许是上天所开的残忍玩笑。但我猜想，虽然社会环境和个人命运方面有种种巨大的不如意，但大师们的内心深处是无比欢愉的。

当看到"秋来叶上无情雨，白了人头是此声"这样的诗句时，另外一些句子也会在我脑海浮现，有金农的"恶衣恶食诗更好，非佛非仙人出奇"，有郑板桥的"书从疑处翻成悟，文到穷时自有神"，更有汪士慎的"饮时得意写梅花，茶香墨香清可夸"……

　　从事艺术，也许带来了比一般人更强烈的愁苦，但最终会带来超越尘世欢乐的"大欢乐"，而这"大欢乐"，还会一代一代传递下去，感染后人。此刻，我就站在这座前时尚文化之都，站在清幽的纪念馆里，对创造了响亮的行为艺术和更加响亮的实体艺术的汪士慎们，致以遥远的深深的敬意。

2006 年 12 月

异人冯玉祥

在咱们安徽老乡中,祖籍巢县的冯玉祥倒不怎么为今人所提及。但他委实是一位很有说头的人物,说得更通俗点,他简直就是一位异人。

首先,异在身材上。冯玉祥身高将近 2 米,号称"冯大个子",身体优势极其突出,可谓顶天立地。这也使得他入伍后迅速引起了长官的注意,再加上作战勇猛,从而由一名马前卒一步步地成长为高级指挥官,最后官至一级陆军上将。

其次,异在文才上,或者说,异在其身躯之粗大与智慧之灵巧的巨大反差上。如同张飞会绣花一样,冯玉祥会作诗,而且其诗作与另一位安徽人、大教育家陶行知有异曲同工之妙。都是用五律、七律的"旧瓶",装白话诗的"新酒",语言通俗浅显,内容却深刻睿智。冯玉祥还自创了一种"丘八体",风格雄健、豪放,诗句均有韵脚,可以朗朗而诵,读之令人回肠荡气。例如冯担任徐州镇守史时,为了改变城市的脏、乱、差状况,他要求民间成立打野狗队、灭蝇队,督促改造厕所,在取得相当成效后,他又严禁对树木乱砍滥伐,并特意写下一首告示诗:"老冯驻徐州,大树绿油油。谁砍我的树,我砍谁的头!"实在是痛快痛快,的确是有趣有趣。

  冯玉祥原本没什么文化,全凭刻苦自学。他当士兵时,一有空闲就读书,有时竟彻夜不眠。晚上读书,为了不影响他人睡觉,就找来个大木箱,开个口子,把头伸进去,借微弱的灯光看书。冯玉祥担任旅长时,驻军湘南常德,每日早晨都要读 2 小时英语,他关上大门,门外悬一块牌子,上面写"冯玉祥死了",拒绝外人进入;学习完毕,门上字牌则换成"冯玉祥活了"。这是何等率性的"魏晋风度"!看来,"魏晋风度"与出身无关,无论何种出身,只要不肯流俗,愿意流露真性情,都能拥有"魏晋风度"。

  更重要的是异在事功上。抗日自然是冯玉祥最核心最闪光的功绩之一,永远彪炳史册,但这还不足以使他从那么多的抗日将领中"异"出来。在我看来,冯玉祥最具开创性的功绩是在 1924 年将溥仪赶出了故宫,使这座古老辉煌的建筑降落到了民间。当然,有人会说,冯玉祥这样做,都是为了个人某些方面的考虑云云。且不论动机如何,我们所看到的结果是,末代皇帝从故宫滚蛋了——其实,早就应该让他滚蛋了。一个 1912 年就已经逊位的皇帝，还赖在那里作甚？可惜，这么简单的事情，十多年的时间没有做到，袁世凯没有做到，孙中山也没有做到，蒋介石更没有做到，而冯玉祥却凭着农民式的质朴和鲁莽，痛快淋漓地做到了。

至于冯玉祥所参加的第一次直奉战争、第二次直奉战争、蒋冯战争和蒋冯阎战争，基本上属于军阀混战一类，不客气地说，比野孩子打架高明不到哪里去，也道德不到哪里去。我常常觉得，史书中通常给这样的军阀混战太多的篇幅，实际上只需要几个字——"野孩子又打架了"，就可以一笔带过了。

现在，当我在故宫游览时，还会想起这位异人老乡。正是因为有了冯玉祥等先贤的果敢，我们这些后来人才能站在古老的青灰色砖石上，平视着散发出霉腐气息的皇帝寝宫……

2008 年 1 月

未必他生胜此生

"平生自省无他短,短在庸凡老始知。"这是聂绀弩的名句,对我则是警醒之句。正是在它的警醒之下,我刚到中年便知晓自己的庸凡,知晓自己文字的庸凡。算下来,也写了将近百万字的东西了,但说起分量和价值,似乎还不如聂绀弩的两三首旧体诗。南宋诗人杨万里说"不留三句五句诗,安得千人万人爱",但留下的须得是真正的精品啊。少而精,才格外受人尊重。

郁达夫和聂绀弩是当代文人中写旧体诗的高手,此外杨宪益的旧体诗也相当可观。杨宪益研究的是外国文学,10多年前的中文系学生应该都学过他主编的《外国文学史》。其实他的国学素养极为深厚,当然这也正是老一辈学者的共同特征。杨宪益为人甚有风骨,且嗜酒如命,因此常说些个性十足的"酒话",如

"举世尽从愁里老,此生合在醉中休""身无长物皮包骨,情有别钟酒与烟""无产难求四合院,余财只够二锅头",无不情味悠长,的确是可以流传的"浓缩的精华"。

写旧体诗词从来就不是男性的专利。曾在合肥终老的丁宁,就是当代女诗词家中的翘楚。丁宁 1920 年生于镇江,后移居扬州。庶出,生母及父均早亡,依嫡母生活。16 岁出嫁,生一女,4 岁病疫。其后即离婚,仍与嫡母共同生活。1938 年嫡母去世,从此孤身度日。解放前在南京几处图书馆任古籍管理工作,解放后任职于安徽图书馆,仍管古籍,直至 1980 年 9 月去世。以上这样的生平,用四个字即可概括,曰"孤苦伶仃"。

但这孤苦伶仃之中却开出了别样的美丽花朵,那些为排遣寂寥而写下的长短句,足以使她进入文学殿堂。虽然只是默坐在殿堂的一隅,但只要有心人望过去,就会遭遇那深沉的情感和文字的力量,感受那个平凡女子身上熠熠生辉的"古典的诗性"。

现在放眼看去,最具"古典诗性"的女子大约是叶嘉莹了。这位也上过《百家讲坛》的女教授,虽然没能像易中天、于丹那样大红,却提升了电视讲座文化的品位。她是一位真正能享受古典诗词的人,更是能把这种"享受感"真正传递给普通电视观众的人。

对照一下就会发现,叶嘉莹的人生际遇与丁宁几乎完全一致。丁宁所经历的那几个人生拐点,叶嘉莹也无一例外地都遇到过,是谓"一生经历的三次重大打击"。世间给了她磨难,她把磨难研磨成诗。17 岁那年,叶嘉莹刚刚考取辅仁大学,母亲突然去世。她写下《哭母诗八首》:"本是明珠掌上身,于今憔悴委泥尘。"之后,她带着两个弟弟跟伯父伯母生活。52 岁那年,命运多舛的叶嘉莹的生活刚刚安定下来,却传来噩耗:与她相依为命的大女儿,在外出旅游时出了车祸,与女婿同时罹难。她又一连写下十首《哭女诗》:"平生几度有颜开,风雨逼人一世来。"

对叶嘉莹来说,诗歌是安慰剂,也是"挺经",更是支撑她"一世多艰,寸心如水"的力量。叶嘉莹后来在古典诗词研究中,总结出了"弱德之美"这一新颖独到的理论。她说:"弱德是一种坚持,是一种持守,是在重大的不幸遭遇之下,负担承受并且要完成自己的一种力量,这力量不是要用于进攻。"

这种"弱德之美",我们不仅能在叶嘉莹身上看到,也能在饱经风霜、劫后余生的聂绀弩和杨宪益身上看到,在孤苦伶仃、安于寂寞的丁宁身上看到。"漫从去日占来日,未必他生胜此生""千里月,五更钟,此时情思问谁同",都是丁宁最动人的词句,为张中行所激赏,后者评价道:"这词境可以说是苦吗?又不尽然,因为其中还有宁静,有超脱,以及由深入吟味人生而来的执着、深沉和美。对照这样的词境,一时的失落和烦恼就会化为淡甚至空无。"

"未必他生胜此生",在我又是警醒之句。警醒吾辈要爱他人的作品,也要爱自己的"此生"。

2009 年 8 月

马季：第一位荒诞派相声大师

不知从什么时候起，媒体上把相声演员、小品演员、喜剧演员等统称为笑星了。顾名思义，笑星的主要功能是取悦观众，博诸君一笑。但这只是最基础的层次，从笑星的创作理念上来说，大约有三个逐渐攀升的层次，分别是搞笑意识、喜剧意识和荒诞意识。

搞笑意识所对应的是小市民层面，喜剧意识所对应的是市民层面，荒诞意识所对应的是哲学层面。如果用时间维度来划分，则分别对应着古代、近代和现代。

马季是中国第一个具有荒诞意识的相声大师。

西方人说，在奥斯威辛之后，诗歌死了，因为再风花雪月，就会显得残忍。

只有用荒诞对荒诞，才是唯一的正解。

于是马季横空出世了。他的那些相声如《宇宙牌香烟》《吹牛》《新地理图》《五官争功》，曾在我的少年时期，带给我无数的笑声，并和西方荒诞派文学一起，成为我的思想源头，塑造着我的人生观。严格说来，与西方荒诞派作家相比，马季的创作无疑要受到许多制约，考虑到大众的接受能力，他必须"披着传统外衣，跳着荒诞之舞"。

《宇宙牌香烟》《吹牛》以极度夸张的语言，讽刺了一类信奉"人有多大胆，地有多大产"的荒诞现象，而这种讽刺是深入骨髓的，是对一种思维模式的批判。仔细想想，这种大而无当的"宇宙情怀"至今不衰，它甚至左右着我们对时代、对世界、对自身的认识。《五官争功》则把讽刺的矛头对准国人的某一种劣根性（俗称"窝里斗"），十分生动形象而又发人深省。

值得一提的是《新地理图》这样的知识类相声，显而易见，它是数来宝这一传统形式在改革开放时代的创新。对于刚刚打开国门看世界的中国人来说，求知几乎是第一精神欲求，甚至要大过求富。现在想想都有点不可思议，但那的确是一个罕见的知识的黄金时代。在这种大背景下，《新地理图》应运而生了。其中所高度集成的那么多国家、那么多国名，本身就是一席饕餮盛宴，对受众的吸引力，绝不亚于传统经典相声《报菜名》。

可见我们在幽默上的品位已经坏到怎样的程度。

2006 年 12 月

我是书生我怕谁

一次某报约我做了个访谈，我一时冲动，想用"我是书生我怕谁"这个标题。后来仔细一想：我哪配说这话啊？试看今日之中国，最有资格说这话的，当属生活在宝岛、宝刀不老的李敖了。

李敖是高规格的书生，学问做得极好，好到令人害怕的程度。不仅那些做了坏事、心里有鬼的人怕他，就连那些做人做事不够严谨的好人也怕他。举个小例子，国民党元老于右任先生曾自撰一首诗云："不信青春唤不回，不容青史尽成灰。"但于右任本人在回忆早期的革命经历时，有时会有意无意地夸大一点自己的事功，有的事明明没有参与也扯到了自己头上。李敖看见了，就使出炉火纯青的考证功夫，几番辨析后还历史以本来面目，并说:"有我李敖在,不但青春可以唤回,历史也可以唤回。"言下之意是:在我李敖面前,谁也别想打马虎眼,别想蒙事。

李敖挟知识之威,激扬文字,指点江山,给所有他看不惯的人以重重一击。前段时间他点评"周侯恋",虽有点八卦,但你不能不承认话说得的确有几分道理。"知识就是权力"这句话,可以说被李敖实践得淋漓尽致了。李敖的逻辑很简单:岂有书生怕社会的道理?当然应该是社会怕书生了。他所谓的"我不仅能骂你是王八蛋,还能证明你就是王八蛋",实乃古往今来排行三甲的痛快话,大长文弱书生之气概。

正因为为人"不怕",为文也才有了"势"。"文以势为主"由孟老夫子开创,经司马迁到唐宋八大家时达到顶峰,成为千百年来中国文人的道统。然而到了现代,由于各种各样的原因,"文势"的道统似乎难以维系,而李敖恐怕是现当代作家中继承这一道统最好的一位,在某些方面甚至超过了鲁迅。李敖的大多数杂文咄咄逼人,锐不可当,有一种"虽千万人,吾往矣"的气势。读完他的作品,再看另外一些港台作家的情感散文,真可以用元好问揶揄秦少游绵软词风的那首诗来形容:"有情芍药含春泪,无力蔷薇卧晚枝。拈出退之山石句,始知渠是女郎诗。"

在许多人看来,李敖这辈子是一个喜剧,他娶过大明星太太,收藏了大量高品质的春宫图片,生养了一位作家女儿,参选过"总统",甚至坐过牢……一条汉子该有的,他几乎全都有了,而且是在极高的层次上拥有——人生若此,夫复何求?

但从另一个角度看,李敖这辈子又是一个天大的悲剧。他平生服膺两位伟大的不合作主义者——圣雄甘地和20世纪初的美国大法官霍姆斯,而他自己也自始至终抱着与一切人和事不合作的态度,从而树敌太多,招惹了太多不必要的麻烦和官司,疲于应付。更重要的是,如果面前全都是敌人,恰恰意味着没有了真正的敌人,最后只能是像堂吉诃德似的与风车作战。李敖越到年老,越要保持一个斗士的形象,也就越显得滑稽。

甘地去世后,爱因斯坦有感于其伟大的毅力和决绝的精神,说道:"后代子孙很难相信这世界上曾经走过这样一位血肉之躯。"这句话李敖十分喜欢,在自己的文章中一引再引。其实,我以为李敖本人也足够担得起这样的评价。一次几个朋友聚在一起,正好看到李敖在凤凰卫视上大侃特侃,于是大家也就谈到了李敖身上的一些弱点和欠缺。这些缺点我也都认同,但我还是想说:"瞧这个人,他就是李敖。也只有他是李敖,连缺点都是那么有血有肉。"

2006 年 7 月

我们只有一个海子

我们只有一个海子,而且我们再也不会有这样一个海子了。

在中国古代,人们通常将先知尊称为"子",老子、孔子、孟子、庄子,给人们留下的都是中年乃至老年的形象。海子的名字中也有一个"子",但考虑到他如此年轻,似乎还是将他称为"中国诗心的转世灵童"更为恰当。那一颗在我们的山川、母语、灵魂深处、集体无意识中漂泊了几千年的亘古闪耀的"诗心",那一个在血色黎明、金色午后、玫瑰色黄昏、暗灰色雨夜守望了几千年的诗歌精魂,终于在20世纪80年代,附着在了一位瘦弱的怀宁青年的身上,开出了最为饱满的花朵。

也只有用"天赋异禀"这个词,才能解释为什么海子会与我们的自然土壤和文化土壤黏合得那么紧密。从海子的诗歌中，能够听到远古诗心的跳动，能够听到广袤大地的脉动。这正是他超越当代其他所有诗人的地方。每当世界足坛有天才横空出世的时候，如罗纳尔多，如梅西，人们解释不了他们的神技，于是就把他们称为"现象"。而海子，就是中国当代诗坛的"现象"，并且几乎是唯一的"现象"。

在海子极其短暂的生命中，他用双脚和心灵丈量祖国和世界，真正看到了大美。

从"怀宁之倔"到"北京之惑"，从"昌平之朴"到"德令哈之爱"，从"额济纳之星"到"藏地之美"……这些是他双脚去到的地方。而那些没有去到的地方，从东欧到西欧，从恒河到尼罗河，从巴比伦到太平洋，也被他辽阔的想象所征服。

由此，他不仅是中国的大地之子，也是世界的大地之子。就像古希腊神话中的大力士安泰俄斯一样，海子诗歌的伟力，很大程度上是来自他与大地的血肉联系。正如诗人西川所评论的那样："泥土的光明与黑暗，温情与严酷化作他生命的本质，化作他出类拔萃、简约、流畅又铿锵的诗歌语言，仿佛沉默的大地为了说话而一把抓住了他，把他变成了大地的嗓子。"与海子相比，相当一部分当代诗人是无根的，是"无土栽培"出的孱弱的花朵。

当然，仅仅这样还不够，海子能把自己变大、变辽阔，也能把自己变小、变细微。

"春天到了，十个海子全都复活。"我以为，这一句海子自己的诗行，恰恰是理解他作品的一把钥匙。它让我们联想起陆游的名句"何方可化身千亿，一树梅花一放翁"，联想起一切伟大的诗人面对世界时的虚心和雄心。

要想写好某一个事物，就得谦卑、虚心而又骄傲、热情地成为它的儿子。海子恨不得把自己分解成十个、一百个、一千个、一万个"小我"，融合在他所热爱的事物身上，甚至成为事物内部基因链上的一环。他短暂的生命，因为这些事物的蓬勃生长、历久弥新而获得了永生。

翻开海子的诗集，丰饶的物象和丰富的色彩就扑面而来，他绝不是那种无病呻吟、意象干瘪的诗人，而是展示了大自然的多样和世界的多面。海子是聪颖而灵动的，只要他进入哪一个方域，就能成为该方域的虔诚的儿子和高扬的巨子，找到源头，写透事物，活出自己。

他是种子之子，是丰收之子，是季节之子，是黄昏之子，是乡村之子，是城郊之子，是长江之子，是麦田之子，是春花之子，是牧草之子，是浪花之子，是盐湖之子，是北风之子，是白云之子，是木头之子，是石头之子，是太阳之子，是帝国之子，是神话之子，是历史之子，是当代之子，是母亲之子，是姐妹之子，是孩子之子……

五月的麦地

全世界的兄弟们

要在麦地里拥抱

东方　南方　北方和西方

麦地里的四兄弟　好兄弟

回顾往昔

背诵各自的诗歌

要在麦地里拥抱

有时我孤独一人坐下

在五月的麦地　梦想众兄弟

看到家乡的卵石滚满了河

黄昏常存弧形的天空

让大地上布满哀伤的村庄

有时我孤独一人坐在麦地里为众兄弟背诵中国诗歌

海子出生在属于稻作区的安徽省怀宁县，却在自己的诗歌里写了那么多次麦子，他写的并不只是中国北方的麦子，而是超越了地理空间的整个世界的麦子。在每一个辛勤劳作的人看来，麦子是大地和汗水合谋而开出的最美丽的花儿，海子是麦田之子，他因为时刻贴近着大地，所以写出了那种世界大同般的壮阔。

怅望祁连（之一）
那些是在过去死去的马匹

在明天死去的马匹

因为我的存在

它们在今天不死

它们在今天的湖泊里饮水食盐。

天空上的大鸟

从一棵樱桃

或马骷髅中

射下雪来。

于是马匹无比安静

这是我的马匹

它们只在今天的湖泊里饮水食盐。

　　时间如马，跨过了昨天、今天和明天，海子的身躯穿越在无尽的时间长流里，打通了过去、现在和未来。他是时间之子，他以梦为马，掠过古人、今人、未来人类的梦境，掠过每一种动物和每一种植物的梦境——他的诗歌不死，声名不朽。

日记

姐姐，今夜我在德令哈，夜色笼罩

姐姐，我今夜只有戈壁

草原尽头我两手空空

悲痛时握不住一颗泪滴

姐姐，今夜我在德令哈

这是雨水中一座荒凉的城

除了那些路过的和居住的
德令哈——今夜
这是唯一的，最后的，抒情。
这是唯一的，最后的，草原。
我把石头还给石头
让胜利的胜利
今夜青稞只属于她自己
一切都在生长
今夜我只有美丽的戈壁　空空
姐姐，今夜我不关心人类，我只想你

海子是父亲和母亲之子，也是姐妹和爱人之子，他以透明的童心所写下的关于亲情、友情、爱情的篇章，充满了刻骨的温柔，也充满了难以实现的怅惘。而这种怅惘，又不局限于一己之私，而是和对整个人类的悲悯融合在一起，从而有了一种博大的意味。

以他的情感天赋来说，他是博爱主义者；以他的智力天赋来说，他是天生的博物学家，如果能活得再久一点，将是一位百科全书式的人物。

如今，当你仰望白云或俯瞰麦穗的时候，或许会看到海子那熟悉的面容，温柔而忧郁，瘦弱而坚毅，饱含无限沧桑却永远年轻，经历无穷磨难却依然雄心万丈。

面朝大海，春暖花开

从明天起，做一个幸福的人

喂马，劈柴，周游世界

从明天起，关心粮食和蔬菜

我有一所房子，面朝大海，春暖花开

从明天起，和每一个亲人通信

告诉他们我的幸福

那幸福的闪电告诉我的

我将告诉每一个人

给每一条河每一座山取一个温暖的名字

陌生人，我也为你祝福

愿你有一个灿烂的前程

愿你有情人终成眷属

愿你在尘世获得幸福

我只愿面朝大海，春暖花开

这是海子最为人熟知的诗作，它如同诗国的圣谕传递到人间，有一种祈使的意味，而这以诗歌名义发出的命令，像大海和春花那么浩荡，又像粮食和蔬菜那么亲切，蕴含着无限温暖，让每个人都不由自主地在心里告诉自己：你一定要心向远方，你一定要幸福，你一定要行动。

亲爱的读者，行动起来，从今天起，做一个读诗的人吧！

2014 年 4 月

喜欢王小波的十大理由

——不成样子的『十年祭』

1. 聪明。俗话说"宁听聪明人吵架，不听糊涂人说话"，看过王小波的作品，就知道他是一个绝顶的聪明人。相比之下，当代一些作家、学者之类，学识是远远不够的，所以他们制造的作品非常平庸。

2. 深刻。王小波的深刻是直接承袭鲁迅的，而且他和鲁迅一样，都不屑于去当什么理论家，不屑于去构造什么深奥的理论体系。他们的深刻，都是感性的、文学的，充满着"无边的想象"。鲁迅用"阿Q"来为国人画像，王小波则用"沉默的大多数"来为国人素描。

3. 幽默。王小波的幽默是睿智的，也是温和的。幽默，带给他的读者无限的阅读快感，而他从不用幽默去损人、去骂战，顶多带着一点点善意的淡淡嘲讽。

4. 荒诞。王小波揭示了我们这个世界的荒诞，尽管他对此也无能为力。在他身后，这个世界依然是荒诞的，但至少多了一道智慧的风景，多了一种有趣的话语，上面打着标签："王小波制造"。

5. 对"性"的着迷。王小波的几乎所有小说，都表现出他个人对于"性"的独特理解和独特兴趣，反映出对性的迷惘以及对性自由的向往。他小说中的许多描写，今天看来仍然是大胆的、新鲜的，而且一派天真。

6. 对"国学"的批判。传统文化中有许多优秀内容，但其中的一些糟粕常以"国学"的面目出现，很能迷乱人眼。王小波对这样的"国学"并不感冒，对所谓"中国传统文化拯救世界"的说法更是颇为怀疑。王小波以"常识理性"和"批判理性"为基石，进行了个人风格鲜明的思想旅游和思想冒险。

7. 自由职业。如果王小波不从大学辞去教职，早就评上正教授，当上博导了。但他较早地从体制内脱离出来，成为一个自由撰稿人，靠自己的文字养活自己。自由的职业与自由的思想，在他身上是相统一的。

8. 没有发财。王小波写了许多文字，却没有发财，赚的可能还没有某些80后作家的零头多，因此大部分时间日子过得紧巴巴的。这让我们不平，也让我们感到亲切。

9. 不修边幅。王小波长得很有"古风"，而且从不讲究衣着，据说也很不讲究个人卫生。但就是这么一个邋里邋遢的人，却那么精细地对待自己的每一件作品,力求完美。

10. 死法。王小波是猝死在电脑前的,像战士战死在沙场,像中锋累死在球场。这是最有尊严的死法,也是最符合他身份和职业特点的死法。这个浪漫骑士以笔为剑,骑着我们从未见过的骏马,匆匆而来又匆匆而去。马蹄声远走,剑光也如彗星般离去,但他的作品依然在那里,足以让我们再咀嚼下一个十年、下下一个十年……

2007年4月

一生拒过主流生活

在上海文化人当中,陈丹青与韩寒显得比较"各色",前者被称为"老愤青",后者被称为"小愤青"。但如果说韩寒是一条容易见底的小溪,那么陈丹青这条河就显得比较深也比较浑,他是多向度的,"愤青"一词无法覆盖他的精神内涵。非要用一句话来概括,比较准确的说法或许是:一生拒过主流生活。

陈丹青的生命历程中有四个"凸显期",这也形成了他的几大思想源头。先是 20 世纪 50 年代的上海,陈丹青出生在一个有着国民党将领背景的书香门第家庭,父母是典型的经过洋化的旧知识分子,中式礼仪和西式礼仪一起讲究。"我父母从小教我不要多谈自己。我闺女出生后,我对人大谈小孩怎么好玩,我父母就警告我不要谈自己的孩子,没教养。"从丹青的回忆可以看出,父母对他的教育严格而周到，几乎有点苛刻。显然，这样一种家庭在解放初是相当触目的，因为当时社会的主流家庭是农工化、革命化和质朴化的，是排斥旧式知识分子的。很快，在丹青4岁时，父亲被打成右派，从此一家人开始了非正常生活。

接着是丹青10多岁时。他第一幅私下里涂抹的"油画"，是14岁那年用别人偷来送他的颜料临摹的列维坦的风景画片，画完后大为得意。16岁时丹青就成了知青，辗转赣南、苏北农村插队落户，其间自习绘画。后来陈丹青反复宣称，他画得最好的时候，不是西藏时期，也不是美国时期，而是这段刚学绘画的年少时期。这看似有些矫情，其实恰恰是他"非主流"思想的自然流露。所谓"十来岁时画得最好"，肯定不是从单纯的技艺上来说的，而是从中展现了"一个小小少年的独自坚守"。当时同学的主流是红卫兵和知青，是打砸抢，或是待在农村的"广阔天地"里混日子，而陈丹青却悄悄地避开了这一切，采取了一种宁静而自足的生活方式。他那时画画是不需要看任何人脸色的，与名声无关，也与生计无关，是一派天真无邪的自由状态——那是画得最开心的时候，为什么不能说是画得最好的时候呢？

然后是西藏时期。陈丹青1976年和1980年两度去西藏，用西欧油画的写实手法来表达对现代生活，特别是对边疆少数民族的真实感受。在那个年代，这是比前卫更前卫的行为。那时的前卫是模仿西方现代派绘画，其关注点是凡·高、毕加索的厚厚的画册；而那时的主流则是俄罗斯-苏联油画模式，关注的是"伤痕"和"春天"。陈丹青又避开了这一切，一头扎进了那蛮荒的精神圣地，有点儿"处女航"的意思。我想，在陈丹青心里，他已经自觉地与这块地方割断了联系。丹青自己也说过一个笑话，说四川美院有一位学生生长在拉萨，看到后来一拨拨画家跑去画西藏，他不由得脱口而出："打倒陈丹青！"这个真实的笑话是谐趣中带着沉痛的。

再然后是美国时期。1982年，陈丹青赴美留学。在国内绘画界的成就，让陈丹青很快摆脱了留学初期的体肤之苦，衣食无忧。但他和陈逸飞在性格和追求上都有着比较大的差异，他不太关注商业上的成功，而那位上海老乡到美国不久就名利双收，进入了主流社会乃至上流社会。可以说，陈丹青待的不是陈逸飞的纽约，他待的是阿城的纽约，是艾未未的纽约，甚至是"王起明"式北京落魄艺术家的纽约，时时浸润着一种落拓而狂放的京派气息。这对陈丹青产生了巨大的影响，让他变得大气、睿智、洒脱。

陈丹青回国了，以一个老愤青的姿态，而不是人们所想象的主流的精英的"海龟"艺术家。他开骂了，骂美术教育，骂教育体制，骂城市建筑，骂世间百态，让人猝不及防，让人忍不住在心里面想：这个愤怒的上海人，怎么和陈逸飞、余秋雨不一样啊？

可当"流氓鬼"在这个中年人心房里膨胀的时候，他又终究无法做到像正宗愤青韩寒、罗永浩、张怀旧那样坦然，另一个"绅士鬼"又按捺不住地要冒出来，这与许多近代大知识分子别无二致，与周作人别无二致，也与陈丹青平生最服膺的鲁迅别无二致。况且，童年的生活经历和家教在他身上注入了比别人更多的绅士基因，于是他所谓的"民国情结"开始复活，情不自禁地对那些古雅的"文人＋绅士"传统迷恋起来。他回忆小时候看到的资产阶级小孩："我在上海从小就看到资产阶级的孩子、买办的孩子，虽然财产没了，但他们还是有自己的姿态、自己的习惯。"他回忆插队时遭遇的乡间的文人："我插队时，乡县还有个别土文人偷偷来往，吃点花生，谈谈诗书，斯文极了。"他甚至经常引用胡兰成的观点和文字，而他最重要的举措，是向大众推荐"文人＋绅士"传统的代表、"民国情结"的人格化象征——木心先生……

所以严格地说，"流氓鬼"和"绅士鬼"在他心中是交错存在的。或者说，他是愤青外表、遗青内核——遗青者，其年龄介于遗老和遗少之间也。

可惜木心这样的"男张爱玲"已经不时髦了，不主流了，可陈丹青还是要力挺，甚至不惜招来误解，引发争议，打起笔仗，他的那种执着，真有点"留取丹青照木心"的决绝。但永远不要试图去质疑陈丹青的品位，因为"品位"一词，原本就是给主流话语系统预备的，对丹青并不适用。

到了这里，我们才彻底明白《退步集》书名的真正含义：他从来不屑于和主流人士一起进步，他要按着自己的心思"退步"，不断"退步"……

2006 年 9 月

好看的男人

鲁迅研究曾经是一块坚冰,许多无甚智慧和才情的研究者,冻住了鲁迅,也冻住了自己。陈丹青的出现,打破了这块坚冰。《鲁迅是谁》等一系列文章,仿佛一股无法遏止的暖流,洞穿出鲁迅研究的全新天地。

"鲁迅是好看的""鲁迅是好玩的",这是丹青先生的两个判断。第二个判断好理解,第一个似乎有点哗众取宠,但只要你认真读完文章,就会发现鲁迅的好看是超凡脱俗的,也是必然的。而丹青先生指出这一点,实在是意义重大,它甚至成为重新认识鲁迅的第一把钥匙。

我现在就准备沿着丹青先生开创的"好看学"理论继续走下去,走进历史的深处,拈出我心目中"好看的男人"。

林肯说过，人一过四十，就应当对自己的相貌负责了。事实上，与其说人应该对自己的相貌负责，不如说人应该对自己的言、德、业负责，所谓"由内而外""由表及里"，就是这个意思。我首先要说的一个"好看的男人"，他就是爱因斯坦，我以为他是20世纪乃至有史以来最好看的男人之一，而爱因斯坦，正是一个对自己的言、德、业极负责任的人。

爱因斯坦的事业，被称为"直接与上帝对话"的事业，这里不用再多说；爱因斯坦的言论文章，哲思与文采齐飞，足以使他获得另一项诺贝尔奖——诺贝尔文学奖，既然罗素、柏格森这些没写过一篇小说的人都得到了该奖，为什么爱因斯坦不能呢？至于"德"，爱因斯坦在"私德"上或许有瑕疵（比如在对待前妻米列娃的问题上），但他在"公德"上绝对是无可挑剔的，他对世界和平与进步事业的伟大贡献有目共睹。

我手边有一本新出的爱因斯坦传记，书写得不算有特色，难得的是选了不少爱因斯坦的照片，各个时期的都有，一张比一张好看，特别是过了50岁之后，爱因斯坦真是一天比一天漂亮了。我仔细地看着这几十张照片，发现只有两张是发自肺腑地笑着的，一张是在普林斯顿校园里骑自行车时，另一张是在与印第安人合影时，其余照片上的表情则基本是"负面"的，你可以说那是深沉，那是忧郁，那是愁苦，但说实话，我看到的更多的是——冷漠。

冷漠，是为了保持距离。在许多回忆文章中，人们都谈到了爱因斯坦身上那浓重的疏离感：与两任妻子及子女的疏离，与其他科学家及科研组织的疏离，因为他对幸福家庭生活的可能性从不抱任何幻想，也从不让自己从属于某个个人或组织。他惦记着人类的苦难，致力于人类的幸福，却对个体的幸福和人性抱有深刻的怀疑。他去世后，著名逻辑学家哥德尔感慨地说："无可否认，在私人问题上他有非常多的话憋在自己心里。"

如果说爱因斯坦在人际交往中有着极强的"距离意识"，那么他对待政府的态度——无论是曾经加害于他的纳粹政府，还是后来给了他许多恩惠的美国政府——则完全可以用"不信任"和"不合作"来形容。当年，麦卡锡主义在美国横行肆虐，爱因斯坦很早就站出来揭露其邪恶本质，并在《纽约时报》上发出呼吁："处于少数地位的知识分子应该采取什么办法来对付这种邪恶行为呢？坦白地说，我想只能是甘地的革命方式，即不合作。被召到委员会面前的每一个知识分子都应拒绝做证！也即准备去坐牢、倾家荡产，总之，为了他的国家的文化事业而牺牲个人幸福。……如果足够多的人愿意采取这种重大的步骤，他们就能成功。如果不愿意，这个国家的知识分子就只配给他们准备好的奴隶待遇了。"这一段话，表达了爱因斯坦鲜明的立场，也把他与另一位世纪巨人——圣雄甘地联系在一起。

那也是一个好看的男人，同样格局非凡，同样表达着坚定的"不合作"的态度。"不合作"绝不意味着"不作为"，而是混合了超越尘世的智慧和超越凡俗的道德感。既包含着嘲讽，又包含着怜悯；既包含着冷淡，又包含着慈悲；既包含着忧伤，又包含着热情；既包含着高傲，又包含着谦逊；既包含着绝望，又包含着坚强；既包含着苦难，又包含着救赎……正是这些无比丰富、无比深邃的内涵，才造就了如此好看、如此耐看的脸庞。相对而言，爱因斯坦更贴近"上帝的秘密"，所以表情比较玄妙冷峻；而甘地更靠近"苍生的苦难"，所以表情比较质朴温和。

可以想见，这两张好看的面孔彼此对望，这两个绝妙的灵魂相互共鸣，经由这种历史的缘分，形成了20世纪浩瀚时空中的璀璨景观。

当甘地去世时，爱因斯坦曾感叹道："很难想象这世上曾经走过这样一位血肉之躯。"而对于他们俩，我想说的则是，很难想象这世上曾经闪烁过这样漂亮的面孔。然而他们都只是短暂地属于人世间一小会儿，然后就回到了宇宙中他们所在的永恒位置。

2007年7月

学习罗伯特好榜样

我大概能算是一个懒散的自由职业者,但有时候也难免要参加一些正经的会议。参加了若干次之后,就痛心地发现:中国人不会开会。许多会议看上去研讨的是关于和谐社会的大问题,与会者也是各界俊才,却开得混乱、没有效率。常见的乱象是:不规定每个人的发言时间,于是就有人把会堂当作了自己的讲坛,不讲个半小时不罢休;想说话的没时间说话,因为已经到饭点了;不想说话的却又被剥夺了沉默权,非得"被说话"不可。发言总是会被打断,因为总有人热衷于插话,却又不设置正规的辩论环节……

人类是唯一会笑的动物,也是唯一会开会的动物。一部人类文明发展史,也是一部会议文化不断演变、不断整合的历史。

中国古代的会议观，到汉高祖刘邦这儿是一个分野。刘邦以前倒是比较能够采纳各种不同的意见，和刚愎自用的项羽差别挺大。后来，刘邦做了皇帝，一班臣子居功自傲，开起会来是没大没小，甚至酒后胡言乱语，很不成体统。于是，有个叫叔孙通的儒生花了一个多月时间，为刘邦制定了一套会议礼仪。正式实行那一天，气氛极其肃敬，诸侯将相分列大殿两旁，按官爵高低依次向刘邦朝贺。礼毕，皇帝赐酒宴，百官个个跪受，并以尊卑次序向刘邦敬酒。担任纠察的御史一看到不按规矩行事的人，立即将其带出。整个酒会中，没有人敢喧哗失礼，刘邦于是高兴地说："我今日才知道做皇帝的尊贵！"

恐怕正是从刘邦的御前会起，中国古代的最高层会议开始礼仪化了，其礼仪价值有时甚至超过了实用价值；同时也威权化了，会议的目的是为了体现统治者的权威，是为了统一思想，而不是为了各抒己见、平等交流。刘邦另一个不好的地方，是他善于搞阴谋，也难免利用会议搞阴谋，发展到赵匡胤们那里，就有了"杯酒释兵权"之类的东西。会议阴谋化，也是中国传统文化中阴暗的一面。

反观西方，则是另一番景象。英国亚瑟王与 30 名骑士围着大圆桌坐成一圈儿，此时大家一律平等，没有国王与骑士之分。大家可以畅所欲言，采用少数服从多数制处理国事。这种圆桌会议制度在黑暗愚昧的中世纪的欧洲，实在先进极了。

生活在今天的老外，在会议观上又有什么高招呢？以美国人为例：总的说来，美国人的会比较少，而且短。工作中的碰头会之类的，常常是站着说。可是如果说美国人开会十分随便，那就大错特错了。恐怕没有人比美国人规矩更多，他们有那么一本厚厚的开会规则——《罗伯特议事规则》，这在世界上是独一无二的。

故事要追溯到美国南北战争期间，有一个年轻的陆军中尉亨利·马丁·罗伯特。那一天，他奉命主持地方上教会的一次会议，却把这个会开得一塌糊涂。人们在会上争论得不亦乐乎，什么决议也休想达成。这事儿对罗伯特触动很大。他经过思考后发现，人是一种最难被说服的动物。当发生分歧的时候，一方是很难在短短几个钟头或几天里靠语言说服另一方的。这就需要有一定的交流机制，让不同意见的人充分地表达他们的歧见。1876年2月，罗伯特的《罗伯特议事规则》正式出版，立即行销全国，随后又多次出版修订版。《罗伯特议事规则》的内容非常详细，包罗万象。比如，有关动议、附议、反对和表决的一些规则是为了避免争执。如今在美国的国会、法院和大大小小的会议上，是不允许争执的。如果我对某动议有不同意见，怎么办呢？我首先必须想到的是，第一，按照规则是不是还有我的发言时间，是什么时候；第二，当我表达我的不同意见时，我是向会议主持者说话，而不是直接向对手"叫板"。自己发言的时候拖堂延时，或者强行要求发言，或者在别人发言的时候插嘴打断，都是规则所禁止的。

学习罗伯特好榜样，胡适先生率先垂范。据胡适晚年回忆，在他1946年主持国民大会的时候，有些人特意跑来观察他们开会的程序。一位考试院的元老对他说:"总以为我们是唯一懂得议程的一群人了。但是今天看到你做主席时的老练程度,实在惊叹不止!"胡适十分得意地告诉那位元老,这一招是在美国留学时主持各种学生会议学来的,"老师"就是罗伯特大人。

2010 年 10 月

质朴的愤怒

2006 年的奥斯卡入围电影《晚安，好运》有意被拍成黑白片，恐怕正是为了凸显半个世纪前那一场正与邪的较量。正义一方的代表，是片中主人公——CBS 著名主持人爱德华·默劳，而邪恶一方的代表，则是麦卡锡主义的始作俑者——参议员约瑟夫·麦卡锡。20 世纪 50 年代，麦卡锡主义在美国甚嚣尘上，各界人士大多噤若寒蝉。而爱德华·默劳却以自己在 CBS 主持的电视节目《晚安，好运》为阵地，向麦卡锡发起了强有力的挑战。《晚安，好运》是默劳一个人的节目，他总是点着一根烟，深沉而洒脱地出现在镜头前，对麦卡锡的恶劣言行一一予以批驳，他的言辞华丽、雄辩，充满文学色彩，甚至有点像莎剧的台词，总的说来，是相当文人化的。

也不能说默劳完全是孤军奋战，在他之前，美国联邦最高法院大法官威廉·道格拉斯就曾在《纽约时报》上发表文章指出：麦卡锡主义给"我们的思想套上了模式，缩小了自由的公共讨论的空间，把许多有思想的人逼到了无路可走的地步"。

但无论是默劳雄辩的言辞，还是道格拉斯睿智的论述，都不是最后击倒麦卡锡的声音——这个任务由并不出名的陆军部律师约瑟夫·韦尔奇有点出人意料地完成了。在一场电视辩论中，麦卡锡用信口雌黄的惯用伎俩，硬将韦尔奇手下的一名年轻人参加过宗教组织的事与"叛国"扯在一起，韦尔奇终于忍无可忍，站起来对麦卡锡说道："参议员先生，让我们不要再继续诋毁这个年轻人了吧！先生，你还有没有良知？难道你到最后连一点起码的良知也没有保留下来吗？"

正是韦尔奇这质朴而愤怒的一问，宣告了麦卡锡衰落的开始。韦尔奇所说的虽然是最平实的大实话，但他不兜圈子，表达了最简洁、最清晰，同时也是最有效的信息，而且直接诉诸"良知"这个极易为广大民众理解的字眼，从而与麦卡锡的冷酷、荒谬形成了强烈对比，让民众看到了真相。

同样是在50年代，美国还发生了另一件大事——风起云涌的黑人民权运动。民权运动肇始于一次"拒绝让座"事件。1955年12月1日黄昏，亚拉巴马州黑人女裁缝罗萨·帕克斯下班后上了一辆公共汽车，后来这辆车满员了，又上来一位中年白人时，司机开始向车厢里的黑人吼叫，除了罗萨，其余的黑人都站了起来，罗萨只是简单地说"不"。根据当时的种族隔离法，黑人必须给白人让座。司机随后叫来警察将其逮捕。这激发了美国黑人长达一年的艰苦斗争,最终获取了胜利,罗萨由此成为民权运动的象征。

后来有人问,罗萨·帕克斯既不是第一个,也不是唯一一个拒绝让座的人,以前也有过黑人因拒绝让座而被捕的例子,为什么单单她成为一个象征,成为从量变到质变的临界点呢?我想,道理和韦尔奇击倒麦卡锡一样,罗萨的言行所表达出来的信息最强烈、最有效,也最容易引起民众的共鸣。罗萨被捕后曾说:"人们总是说我不给白人让座是因为我太累了,太老了。我不累,我也不老,我才 42 岁。我唯一感到厌倦的是屈服。"

"厌倦了屈服",难道不是最充足的理由,值得无数黑人当作旗帜举过头顶吗?它胜过许多华丽而雄辩的言辞,胜过许多精确而周密的理论。

在人类历史的长河中,敢于向强权说"不"的声音划破夜空,推动了进步。尤其那些"质朴的愤怒",更加让人动容,这大概就是帕斯捷尔纳克所说的"真理手无寸铁的力量"吧。而与之对立的强权貌似强大,其实是极度虚弱的,之所以还在那里虚张声势,只是因为暂时还没有人敢于给它施加"最后一根稻草"而已。

2007 年 6 月

怀念尼克松

刘小枫写过一篇著名文章《记恋冬妮亚》,成为一代人一段情感的"立此存照"。而比他小十来岁的我,觉得美国前总统尼克松也是一个值得纪念的人物。当然,对于这样的男性政治人物,还是写作"怀念"为好。

1972年2月,当尼克松从遥远的大洋彼岸伸过手来时,我只有3岁。自然是过了几年后,才看懂拍摄于北京机场的那张著名照片。尼克松和周恩来都是侧影——周恩来是经典的东方美男子,其时虽然身已老,但仍然保持着清癯而优雅的风度;而尼克松则不能用好看来形容,尤其他那细长而带有向上弧度的鼻子,再加上鼓鼓的腮帮,是显得有几分滑稽。以西方政治人物漫像著称的法国漫画家,在给尼克松画像时,就是把他处理成一只梨的。这似乎也隐隐透露出西方主流社会和主流舆论对他的一种轻视。

"轻视"这个字眼一直伴随着尼克松。20世纪四五十年代之后，美国政治越来越好莱坞化了，选民像看一场好莱坞大戏似的，看着政坛的种种表演。从电影化了的审美观出来，他们欣赏两类男主角：一是像肯尼迪、里根、克林顿这样的，长相俊美，风度洒脱，坐在白宫里是帝王将相，走进好莱坞穿上戏服也是帝王将相，甚至能演才子佳人；另一类是像艾森豪威尔这样的硬汉，在战场上立过功，流过血，受过奖，长得丑陋些没关系，越丑反而显得越刚毅。而尼克松显然是两头都搭不上，像他那种形象的，在好莱坞电影里，似乎只能去演反派。

不幸的是，后来的"水门事件"坐实了这种反派预设，尼克松的形象也就被永远地定格了。我是快上初中时才得知这一事件的来龙去脉的，相当地讶异，甚至替他惋惜，为他鸣不平。因为尼克松是冷战时期极少数对中国友好的西方政治家之一，在年少的我的心目中，他一直是正面的，而且只能是正面的。更没有想到的是，类似的事情又在日本首相田中角荣身上重演了一回，他也是对中国友好，也是在访华不久后就黯然下台（与尼克松不同的是，田中角荣下台主要是因为经济问题）。如此大的天翻地覆，都让我难以理解。长大了后才慢慢明白，人性是复杂的，政治中的人性就更加复杂。

如果回过头来看当时的美国政治，拿林肯式的崇高标准来衡量尼克松，或者拿肯尼迪式的明星标准来衡量，他显然不够，但如果拿政客的标准来衡量，那你必须承认，尼克松是一位伟大的政客，而且他还为政客这个"行当"树立了后人难以企及的标尺。

有两件事，足以说明尼克松的伟大。第一件事不太为中国人所知，发生在 1960 年，这一年尼克松在与肯尼迪竞选总统时落败，但选票的差距只有 11 万多张，根据美国的选举法规定，这么小的差距尼克松可以申请重新验票。但他没有这么做，而是大大方方地宣布竞选失败。大概在尼克松看来，输了就是输了，如果"死皮赖脸"地要求启动重新验票的司法程序，说不定会使民众对于这个国家的民主和选举制度产生怀疑，甚至会引发动荡，损害美国的国家利益。到那时候就不是一个人的损失，而是一个国家和一个民族的损失了。

另一件事就是众所周知的"水门事件"。可以说，在窃听的问题上，尼克松是大错特错了，再怎么解释也是白搭。但接下来他的行动让人敬重，他的辞职是比较迅速比较决绝的，没有过多地拖泥带水，在弹劾程序启动之前就主动离开了——我错了，所以我必须走，虽然我的错误可能被夸大了，被误解了；我错了，所以我必须走，而且不劳民众或政治对手运用法律手段来赶我走，让我自己有尊严地走。

对于政治人物来说，难的不是"进"，而是"退"，尼克松的功过当然任由别人嚼舌头，但他以上这两"退"，向我们展示了一个高水准的政客的素养和水准。

而尼克松辞职之后的作为，也同样让人由衷地产生敬意。辞职时的尼克松已 61 岁，一般而言应该长期隐居，安度晚年，可尼克松不是这样，他要完成一项几乎不可能的任务——改变他在美国公众心目中的形象，挽回自己的声誉。在此后 20 年的时间里，尼克松不断反思自己，积极参与国际事务，为在任总统出谋划策，在国内外讲演数百场，写出了包括《尼克松回忆录》《六次危机》和《领导人》在内的 8 部畅销书。这期间，每年的 6 月 17 日——"水门事件"的纪念日，对尼克松来说都是一个痛苦的关口，因为许多媒体会举行各种活动来反思那段对他来说极不光彩的日子，不断有新的录音资料公布出来，记者会在不同的场合发出攻击性的提问责难尼克松。尼克松以极大的耐心和真诚的悔恨来求得公众的谅解，并用实际行动来等待时间的裁决。他的努力终于让美国人感动了，他重新赢得了人们的信任。

任何时代、任何社会都离不开政客，在伟大政治家越来越罕见的情况下，尤其需要合格的政客。其实，"政客"本来并不是一个贬义词，"客"一直是个好语词，像"贵客""宾客""侠客""刺客"之类，特别是"侠客""刺客"，都相当地具有传奇色彩和个性魅力。政客与侠客、刺客相比，当然没有后二者那样的个人光环，但也有职业道德和职业操守，他们的身上也并不带着"原罪"，因此无须将其矮化甚至妖魔化。有的时候，与其指望出现一两个改变乾坤的政治家，不如指望拥有一批有操守、有能力、有分寸、有羞耻感的职业政客来得稳妥——这也是一种"四有"。那些连丝毫的原则和职业道德也不讲的政界人物，大概不配称为"政客"，只能称作政治流氓。像尼克松这样"政客中的政客"，以自己的实际行动，维护了政客的尊严，也维护了西方政治文明中比较优秀的政客传统。所谓政客传统的内涵，当然十分丰富，但勇于负责、敢于承担是其重要的精神内核，说白了就是"该负责时就负责""该辞职时就辞职""该倒霉时就倒霉"，这种精神往远里说，似乎是从西方文化中的骑士传统和绅士传统承接下来的，与费厄泼赖的精神也息息相通。在西方政治文明史上，除了尼克松外，其他像张伯伦、戴高乐、田中角荣等人也体现了这种优良的政客精神。

2008 年 6 月

他不是一个人在演讲

历史上那些伟大的演说家，往往曾经自卑或是自闭症患者。古希腊最著名的演说家德摩斯梯尼自幼患有口吃，他硬是在嘴巴里面放上石子苦练，才练就了口若悬河的才能；丘吉尔也曾经是一个口吃患者，中学时上台发言常常因结结巴巴而被轰下台，但从政之后尤其是在第二次世界大战期间，他的演讲能够抵得上千军万马。

据大学时的同班同学李开复介绍，奥巴马读书那会儿十分腼腆和羞涩，而李开复本人也不爱说话，这同学俩就像是《北国之春》中唱的那样："一对沉默寡言人。"然而，终于有一天，他们开口说话了，而且是面对整个世界说话，整个世界也都为之停下脚步，侧耳倾听。

从演讲心理学的角度分析，童年或青春期的那些负面体验和惨痛记忆，就如同一把达摩克利斯之剑，又如同一双笨鸟先飞之翼，反而会在成人之后起到意想不到的鞭策作用，使他们在演讲时如临大敌，进入一个能够将全身细胞都激活起来的战斗状态，从而超水平地发挥，征服广大听众的心。

再继续说奥巴马，他无疑是当今演说界的头号种子。美国前总统卡特的首席撰稿人詹姆斯·法洛斯认为："就演说技巧而言，奥巴马堪比约翰·肯尼迪。我相信，比尔·克林顿作为一位观众，就只有叹服的份儿。也许罗纳德·里根才够格以他绝伦的口才与奥巴马一较长短。"其实，既然拉来这么多前辈与奥巴马相比较，倒不如说，奥巴马不是一个人在演讲，他继承了一个悠久的传统，每当他开口的那一刻，就仿佛有爱默生、林肯、罗斯福、肯尼迪、马丁·路德·金、里根的灵魂前来附体。

有人说过，要想使自己的演讲更加有力，最大的诀窍就是多用排比句。奥巴马当然深谙此道，2004年7月他正是靠"希望是……是……"的绝美排比句而一鸣惊人。在这篇《有希望则无所畏惧》的著名演说中，还有着这么一段："假如芝加哥南部的一个小朋友不识字，即使那不是我的孩子，我也会因此而感到惴惴不安；如果某地一个老婆婆因买不起她的处方药而不得不在医疗费和房租之间进行选择，即使她不是我的祖母，也会使我感到羞愧难当；如果一个来自阿拉伯国家的家庭未经律师辩护或诉讼程序就遭到驱逐，我就会感到我的公民自由也受到了威胁……"这段排比十分口语化又十分有力，特别能引起听众的共鸣，而其中透露的"丧钟为谁而鸣"的人类意识，又特别能让人联想起那段经典名言："当他们来抓社会党人时，我没有说话，因为我不是社会党人；当他们来抓犹太人时，我没有说话，因为我不是犹太人；当他们来抓天主教徒时，我没有说话，因为我不是天主教徒；后来，当他们来抓我的时候，已经没有人能站出来为我说话了！"

奥巴马的另一个诀窍是让"个人"始终活在字里行间。他不喜欢说太多抽象的大道理，而往往会这么说："我在一个来自樟泉的年轻女士的眼中看到了希望：她白天全天在大学上课，晚上加夜班，却仍然不能负担生病的妹妹的医疗费，但她仍相信这个国家会提供她实现梦想的机会。"在他2008年11月4日当晚发表的胜选演说中，有相当长的篇幅是以一个106岁女选民安·尼克松·库波尔的视角，来描述美国百年来的深刻变化，突出了"将改变进行到底"的主旨，既有浓烈的历史感和画面感，又体现了对于个体的高度尊重。

在现代西方社会中，政客和律师都被小丑化和妖魔化了，大众对他们的话语将信将疑，甚至不屑一顾。其实，真正的政客语言应该是有诗意的，真正的律师语言也应该是有诗意的，因为他们的信仰是有诗意的。我记得当年在审理辛普森杀妻案件的时候，控方有一位律师，恰好也是一位黑人，他在法庭上的陈述就激情四溢，而且特别讲究修辞，华丽得堪比莎士比亚戏剧中的台词，具有很强的感染力。10多年过去了，他陈述中的某些精彩句子我记忆犹新。

究竟什么是诗意呢？我想就是那种既华美又素朴、既纯真又常新、既原初又现代、既平民又精英的东西，而其最重要的特质就是超越性——超越一切套话、假话、僵化和陈词滥调，超越一切偏见、歧视、等级和利益纠结。若能做到这一点，那么他或她的话语将真正超越国界，说出许许多多世人的心声。

2009 年 6 月

说不尽的契诃夫

怀念契诃夫，阅读契诃夫，本是我私下里的日常工作。因为今年是俄罗斯文化年，这似乎给了我一点当众说说他的理由了。

有一部不算太出名的美国影片叫《成为约翰·马尔科维奇》，说的是一个小人物想成为像马尔科维奇这样的电影明星。后来，马尔科维奇自己主演了一部影片叫《成为库布里克》，片中的主人公则想成为像库布里克这样的著名导演。这两部影片揭示出存在于几乎所有人身上的"扮演欲"——我们都想成为别的什么人，好让自己从庸凡的日常生活中解脱出来。

在读契诃夫的小说时，我会极大地激活自己的"扮演欲"，一个字一个字地看下去，你会发现自己正一步一步地成为他笔下的人物。有时是主动地成为，你打心眼里认同这一人物，甚至崇拜他，觉得能够"扮演"他是一种荣幸。但老实说，在契诃夫的小说里，这样的机会并不多。大多数时候都是被动地成为，该人物的性格、身份、背景、遭遇与你完全不搭界，是完全陌生化的，但到最后，你进入他的血液，他进入你的骨髓，融为一体了，例如"套中人"别里科夫、"小公务员"切尔维亚科夫、"小可怜"凡卡。关于这种"被动地成为"，列宁形容得特别好，他在读完契诃夫的《第六病室》后，说"仿佛我自己也被关在'第六病室'里似的"。众所周知，"第六病室"里关着七个精神病人，既不正常又不正经，但契诃夫就有这种能力，让你看穿自己身上致命的"不正常"，看穿自己人性中顽固的"不正经"。

并不是所有人都欣赏契诃夫，有的是表面上欣赏而骨子里却轻视，比如托尔斯泰。原因是契诃夫缺乏明确的世界观，这使得托尔斯泰烦恼。他说出自己读契诃夫小说的感受："我一篇篇地看下去，满意得很。不过呢，那些小说完全是一种精工的细木器，其实并没有内在的、一条线的联系。"他接着又说，"艺术品里顶重要的东西，是它应该有一个焦点才成，就是说，应当有这样一个点：所有的光会齐聚在这一点上，或者从这一点上放射出去。"显然，他觉得在契诃夫的作品中找不到这样的"焦点"。

按照茨威格的说法，世界上有两种哲学家，一种是专注的康德型，同真理的关系完全是一夫一妻式的，他们对待认识就像对待一个已经嫁给自己的女子，为这女子盖了一栋坚实而温暖的房子，那就是他们庞大的哲学体系；另一种则是滥情的尼采型，从不将任何一个已经获得的认识系于身侧，信誓旦旦地与之结为夫妻，他们就像追逐美女的唐璜似的，找遍了一个又一个，从不停歇。

如果我们套用茨威格的分类，那么托尔斯泰就是小说界的康德，福克纳和马尔克斯也是，他们都忙着建立一个庞大的虚构的帝国，帝国里面有完整的情节、统一的思想和严谨的人物。而契诃夫不同，他是小说界的尼采，他永远被一种抑制不住的冲动所诱惑，要去征服、进驻和占有每一个人物。对契诃夫来说，人生的秘密在所有的人物身上，但又没有一个人物身上有秘密，因为他使他们一夜之间失去秘密。秘密只是暂时的，而没有一个秘密是永恒的。这大概也就是托尔斯泰说他没有明确的世界观的原因了。

契诃夫似乎是"泛爱"的，环顾他笔下那么多性格迥异、身份有别的人物，或高贵，或卑微，或惹人怜惜，或令人唾弃，但契诃夫都给予了他们等量的爱。反过来，这些人物也给了他同样的爱。更重要的是，读者因为被小说中与自己境遇相同的人物深深吸引，从而产生了强烈的共鸣，进而无比信赖和热爱创造了这些人物的契诃夫。有这么一个故事：有一次，在雅尔塔码头的一艘轮船上，有个人当着契诃夫的面打了一个搬运工人一耳光，挨打的搬运工人就指着契诃夫喊道："你以为你是在打我吗？你打的是他！"因为读过契诃夫作品的这位搬运工人深知，契诃夫十分同情下层被压迫人民的不幸，把别人的痛苦当作自己的痛苦。

这个故事曾给了我无限的感动，现在重温，再联系到托尔斯泰的话，我以为，或许契诃夫真的没有明确的世界观，但那条线是有的，这条链接他所有作品的线就是两个字：悲悯。他过于悲天悯人，也过于脆弱，来不及也没有足够的精力思考，似乎只是以"含着泪的微笑"去再现。但所有这些作品汇集起来，就合成了一种惊人的力量，并指向了一个伟大的目标。为祝贺俄罗斯文化年，《中华读书报》不久前专门组织了一个"阅读俄罗斯"专题，其中迟子建女士在自己的随感中写道："能够把小人物的命运写得那么光彩勃发、感人至深，大概只有契诃夫可为。我甚至想，如果上苍不让契诃夫在 44 岁离世，他再多活 10 年 20 年，其文学成就可能远远超过托尔斯泰和陀思妥耶夫斯基。"可以说，她正好说出了我想要说的话。

我本人写杂文、随笔一类的小文章已经有好几年了，经常有人对我说："你这样写是不行的，成不了大气候。"因为有人说过，写小说（尤指长篇小说）的人才有完整、稳定、自成体系的思想，而只写杂文和随笔的人完全是东一榔头西一棒槌，思想零星不说，还时常有前后不一致、相互矛盾的地方。这话正经严肃得像托翁，还真让人无法反驳。说实在的，我还真发现了我那一堆小文章中前后观点矛盾的地方，而且也没能找到契诃夫式的那条线。以后或许能找到，或许找不到，不管怎样，想成为×××的奢望是没有了，我只希望在未来的岁月中，在茫茫人海中能有几个人向我走来，对我说："你写的就是我！"

2006 年 11 月

找死

一部 19 世纪俄罗斯文学史，干脆就是一部决斗史。不仅冲动型的普希金、莱蒙托夫视决斗为家常便饭，就连看似沉稳的托尔斯泰和屠格涅夫，也差点卷入彼此间的决斗，只是因为极偶然的因素才没有真刀真枪地干起来。唯一和决斗绝缘的大概是契诃夫，因为他实在太温柔了，以至于在当时被人称为"小姐"。

俄罗斯文学界的决斗不仅最频繁，而且最为残酷。意大利、法国和西班牙多使用长剑决斗，奥匈帝国多使用军刀，俄罗斯则以手枪为主，抓阄决定由谁放第一枪。显然，开枪法杀伤力最强，来得也最快。但可能作家们就偏爱那瞬间的、快速的、难测的残酷之美吧。当普希金在法国贵族的枪声中倒下时，执迷不悟的他或许以为这是自己写下的最后的、最酷的一首诗。

至于决斗的缘由，或轻如鸿毛，或重于泰山，让人感慨的是，前者还占了大部分。普希金一生共卷入20多次决斗，几乎成为"职业决斗家"，其中大多数决斗的起因都十分微小，甚至完全"不靠谱"。例如，在一次舞会上，只因为对舞曲的选用产生分歧，他竟不惜同一个姓斯塔罗夫的上校大动干戈。幸亏暴风雪影响了能见度，双方开枪均未命中。

当然也有非决斗不可的理由。有的是因为自己的妻子被登徒子放肆地追求而感到莫大羞辱，比如赫尔岑；有的是带着无法承受的心理重压去"找死"，比如莱蒙托夫。在导致死亡的那场决斗前，莱蒙托夫已经对周围的一切感到深深的绝望和厌倦，他离开彼得堡前往高加索时"对朋友们说，他要想方设法，尽快求得一死。他履行了自己的诺言"。这叫人想起影片《危险的关系》中的场面：两名法国贵族在雪地里决斗，瓦尔蒙子爵中剑倒下，鲜血染红了雪地，其实剑伤还不足以致命，这时子爵用手将剑头更深地推进自己的身体，然后对决斗对象说："自从失去了杜维尔夫人，我已了无生意……"哀莫大于心死。

别以为决斗是作家的专利，科学家有时也涉足其中。一天，法国生理学家巴斯德正在实验室里研究天花病毒。忽然一个人闯进来，向他转交了一个自认为受到侮辱的显贵要与他决斗的挑战书。"既然是别人向我挑战，"科学家答复说，"那么按惯例，我就有权挑选武器。你看，这里有两只盛有水的烧瓶，一只里面有天花病毒，另一只里面全是净水。如果我的对手同意挑选一瓶把它喝光，那么我就把剩下的一瓶喝掉。"那位显贵可不敢"班门弄斧"，没有接受巴斯德的条件，于是决斗就告吹了。

决斗源于西方的骑士文化，骑士是一群"荣誉妄想狂"，把荣誉看得比生命更加重要。而当时的主流社会不仅睁一只眼闭一只眼，甚至还在有意无意地助长、纵容决斗之风。例如俄国1894年颁布的《军官间争端审理准则》规定：如果一个军官的名誉被人玷辱，"军官界公断会"又认为只有决斗才是他唯一适当的报复手段，他就必须提出挑战，以维护自己的尊严。要是他不肯决斗，又不在两周内呈请辞职，上级就有权将他罢免。或许，在文明社会里，勇气和野性长期处于受压抑的状态，而决斗恰好是一种宣泄的出口，老百姓也乐于成为看客，看一场艺术化、仪式化了的杀戮表演。

中国人虽有"士可杀不可辱"一说，但更多的时候还是推崇韩信式的"胯下之辱"。如此说来，西方的决斗文化和东方的忍辱负重文化相互打量着，都会觉得对方有点不可理喻，甚至会发出暧昧的笑声——

双方就这样一直笑着，看谁笑到最后，谁笑得最好。

2007年3月

真的汉子

十几名驴友在四姑娘山遇险,有关部门共花费了十来万元将其救出,此事在网络上引起广泛的热议。议论的焦点是"公家"该不该为这样的私人行为买单。其实我以为,从探险文化的角度说,问题的关键还不在这里,而是在追问这样的探险活动究竟有多大价值——后来救援的十来万元,不过是让原本就价值极其微小的探险活动更加贬值了。

十来万元完全不是什么大数目,搁在房地产商、IT精英这样的富人眼里,简直比鸿毛还轻。如今在雄性荷尔蒙旺盛的男性富人圈子里,征服"7+2"是一种流行,所谓"7+2",是将七大洲最高峰和南北两极华丽地捆绑在一起,组合成一个极其高端又极其烧钱的探险梦。但还是那句话,这样地大把烧钱,也不过是让原本价值就极其微小的探险活动更加贬值了。

我瞧不上信息时代几乎所有的探险行为。首先，这样的探险基本上都是重复劳动，山虽然还是充满诱惑地站在那里，但即便是珠穆朗玛峰，上面也已经有了太多前人的脚印，探险如果不以创新为内核，显然将大打折扣。其次，如今信息过于发达，探险活动往往有全程的实况转播，于是今天爬到哪儿，明天要吃什么，事无巨细，都有一个"碎嘴子"喋喋不休地告诉你，让你烦不胜烦。同样也是因为信息发达，一旦真遇到什么大的危险，救援人员总会在第一时间赶到。所以说，今天的探险家腰间绑着一根"保护绳"，已经堕落成连杂技演员都不如的作秀分子。每当报纸电视起劲地报道某某名人攀登珠峰的"壮举"时，我都感到实在是"媒体资源浪费"，不如去关注一个坐在炕头上剪纸的老大娘，或者一个热衷小发明的初中生，因为后者活计中的创新含量或许更高。

真正的汉子，应该决然地将那根"保护绳"剪断，不给自己留一点后路地向蛮荒险恶处挺进。而我们这些闲人，则该干吗干吗，只留一只耳朵听他最后的消息——成功了，我们为他叫一声好；失败了，我们为他叹一口气。

当然，我所佩服的都是 20 世纪或 19 世纪的事情了。19 世纪伟大的探险家利文斯顿一个人跑到非洲，整整三年杳无音信，《纽约先驱报》派记者斯坦利去找利文斯顿，斯坦利找了 11 个月，才在坦葛尼喀湖畔的小村庄里相遇。他对他寻找了如此久的人打招呼时只说了一句话："我想，您是利文斯顿博士吗？"我喜欢这样的问话，仿佛《世说新语》中洒脱的魏晋人，无限的风流尽在不言中，同时又给世人留下了巨大的想象空间。这才是真正的探险，如伟大的史诗那样神秘而又气势磅礴。

最惊心动魄的探险，还是阿蒙森和斯科特的南极之争。时间是 1911 至 1912 年，阿蒙森率领的队伍代表挪威，斯科特率领的队伍代表英国，比赛谁先能到达南极极点。老实说，双方实力相当，但可能是因为阿蒙森运气更好，选择了一条比较好走的路，所以比斯科特早 34 天到达了极点。

斯科特的五人小分队正沿着另外一条路线，在冰天雪地里冒死前进，如果那时像现在这样资讯发达，只要一个电话或短信，斯科特得知阿蒙森已经捷足先登，他或许就会另作打算，至少是会合理地分配时间、体力和物品。而当时，他们五个人完全是在被蒙在鼓里的情况下，排除万难，以已经透支到极限的体力与精神，到达了南极极点。此时他们才看到了阿蒙森插在极点上的挪威国旗！

斯科特他们怀着郁闷的心情返回，归途中的危险增加了十倍，温度计指在零下 40 摄氏度，燃料和食物越来越少。由于根本无法与外界联系，所以不可能有什么救援从天而降，一切只能靠自救。但就是铁打的汉子也顶不住了，五个人一个接一个地倒下。在生命的最后几天里，斯科特仍然躺在帐篷里坚持写日记和书信，在一封给妻子的信中，他这样写道："你是知道的，我不得不强迫自己不断求索——因为我总是喜欢懒惰。""懒惰"一词真让人唏嘘不已，恐怕这世上的伟业，都是那些对自己无比严苛的人做出来的吧。

最后一页日记是斯科特用冻伤了的手颤抖着写下的愿望："请把这本日记交给我的妻子！"但随后他又划去"我的妻子"这几个字，悲伤而坚定地改写为"我的遗孀"。斯科特的遗体和日记书信静静地埋在冰雪里，7个多月后才被人们发现。

"妻子"是过去时，"遗孀"是将来时，而斯科特是现在时，永远的现在时。每当看到他的事迹，我都想把它编成信息，一遍遍地向宇宙深处发送：这汉子，人类拿得出手……

2011 年 10 月

羔羊与狮子

从去年起,我所编辑的少儿杂志在封二开设了一个栏目叫《与大师赛跑》,即选一幅优秀的少儿绘画习作,再选一幅意、形与之相近的大师作品相配。我们发现,与儿童画最合衬的是那些俗称"现代派"的作品,比如毕加索、米罗、夏加尔。尤其是野兽派代表人物马蒂斯,他的画似乎既不讲透视,又不讲章法,完全和儿童画打成一片。

也正是因为这个原因,马蒂斯刚出道时,很是遭到了评论界的讥讽,指责他"连透视都不懂"。这也难怪,马蒂斯 21 岁时才对绘画产生兴趣,23 岁时才决定放弃法律专业,以毕生精力从事绘画。他的底子当然是比较薄弱的。但马蒂斯清楚自己的欠缺,他抓住一切时间"补课",报名参加了各种补习班,甚至愿意花上几个月来研究兔子的解剖。有一则趣事，说的是美术学院的老师弗纳德·柯尔芒，觉得自己班上的马蒂斯有点奇怪，他悄悄问班上的学生："那个人是不是很严肃？他多大了？"当他得知马蒂斯快30岁时，立即提出要马蒂斯退出这个班，以便把位置让给年轻人。

拼命的苦学，使得马蒂斯一天比一天成熟，也给他插上了创新的翅膀。而他对传统了解得越多，创新的胆识就越大。有人看到他那横空出世的作品，觉得用"野兽"已不足以形容，必须用"猛兽"才行。其实他们不知道，这头猛兽是从多么深厚的传统中走出来的啊！

连他的学生都产生了误解。马蒂斯成名后开办了一所美术学校。许多学生慕名而来，他们以为马蒂斯上课时，一定会让学生随心所欲地画东西，因为在他们眼里，马蒂斯自己就是随便画画的。开学的第一天早晨，他们用调色板上最强烈的色彩涂抹画布结彩装饰教室来欢迎马蒂斯。当马蒂斯走进教室看到这一切时，他喊道："这些垃圾是怎么回事？赶快把它们弄下来！"然后他让学生们接受了一系列学院练习。马蒂斯的要求是极其严苛的，他禁止学生随便用色，线条也不能杂乱，所有的东西都必须构筑成一个整体。有一些学生，看到马蒂斯改画时威严的神情有些害怕，马蒂斯注意到这个问题，就尽量恢复其自信，鼓励他们在掌握扎实的基本功后充分发挥个性。马蒂斯后来回忆说："每个星期六他们都变得像羊羔一样温顺，而这使我得花整个星期来劝说他们再做狮子。"

"羔羊"与"狮子"这个比喻，极好地概括了传统与创新之间的关系。每个后学，总要在传统的血水、苦水和碱水里泡上许多年，才能脱掉身上的羊皮，成为一头狮子。

　　在德国，有一座贝多芬的巨大头像，狂乱的鬃毛，远看就是一头狮子。可在幼年时，他和所有学音乐的琴童一样，是一头任传统宰割的"沉默的羔羊"，甚至更加沉默。

　　马蒂斯作为一头狮子，与另一头同时代的狮子——毕加索的关系，颇有意趣。他们之间，既不是瑜和亮那种"你死我活"的关系，也不是毕加索与张大千之间完全客套的关系，更不是杨振宁和李政道之间先甜蜜后苦涩的关系。

　　相识时，两人都不是太出名，但不久就相互发现对方是一头披着羊皮的狮子。于是，这两头狮子的个人关系变得谨慎起来，但他们在社交方面还继续往来。有一时期，当马蒂斯带毕加索一同骑马时，不知是有意还是无意，他总是远远地走在前面，把未骑马的毕加索抛在后面。他们互相交换画时，谁也不把最好的画给对方。但他俩都深知对方的分量。毕加索很少重视他人意见，却经常邀请马蒂斯去看他的作品。当马蒂斯有病不能离家时，毕加索就雇一辆卡车，把他的画送给马蒂斯看。

　　马蒂斯去世后不久，一位朋友对毕加索说："在你的一幅新作中，有马蒂斯的影响。"毕加索说："啊，是的，你知道我现在得为我们两个人作画。"这句叫人动容的话，恐怕是一头狮子对另一头狮子的最高评价了。

2008 年 3 月

错失《吹笛少年》

"秀才造反，三年不成"，这是特别自然的事儿。但我们几个还闹过一回"秀才看画，三月不成"。

那是在 2004 年初冬，上海举办百年难得一见的法国印象派画展。该画展是中法文化年的重头戏，展出的 51 幅印象派顶级油画作品，由世界上收藏印象派作品最多、质量最好的法国奥塞美术馆提供，包括莫奈的《卢昂大教堂》、德加的《舞蹈课》和塞尚的《三浴女》，而领军的则是马奈那幅著名的《吹笛少年》。这对我们几个惯于"附庸风雅"的秀才，显然有莫大的吸引力。于是张罗着要去，连续策划了几回，连线路都计算好了，但最后每回都是由于这样那样的原因，没有走成。结局正如你所猜到的那样，我们终于错失了"吹笛少年"。

秀才原本就是执行力大大弱于策划力的，但对于我来说，则有更深层次的原因。我似乎一直就没有下定决心去上海看画展。虽然我一直无比热爱印象派，但连我也不敢相信的是，我的确没有那种强烈要去的冲动，甚至巴不得"错失"最好。这种情形，或许就叫"叶公好龙"，或许叫"近乡情更怯"吧。

我曾经思索过中国人为什么如此钟爱印象派。大约是因为我们的传统绘画由于色调、透视、背景的关系，从来不直接表现阳光；大约是因为错综复杂的社会因素，我们的生活中曾经长期缺少阳光，于是，被誉为"光线的舞蹈"的印象派一下子闯了进来，仿佛在顷刻间照亮了所有被阳光遗忘的角落。

在学生阶段，我曾经拼命地找寻印有印象派画作的书籍和印刷品。众所周知，那时我们的美术出版还处于初级阶段之前的原始阶段，纸张粗劣，印刷粗糙，而且基本上都是黑白的，偶然有几幅彩图，色调也偏差得厉害——这简直具有讽刺意义，因为印象派恰恰是以丰富的色彩和多变的光线取胜的。可那时这些粗劣印刷品在年少的我眼里，简直就是周身散发着光芒。我曾从一位姓钱的老师家借到一本《印象派画史》，作品选得倒挺齐全，但全部是黑白的，而且对比度还很差，我却如获至宝，即使是在昏黄的灯下翻阅，也仿佛是看到了阳光。比利时超现实主义画家玛格利特有一幅诡异的作品叫《光的王国》，画面上部是晴朗光鲜的天空，但在蓝天白云之下，林木楼房竟然是一片黑暗，像是要把天空彻底忘掉似的；而我的视线恰好相反，在黑夜里看清了凡·高的《向日葵》，看清了莫奈的《干草垛》，看清了德加的

《舞女》,我的瞳孔里好像装着调色板和颜料盒,一眼一眼地给这些黑白印刷品添上色彩……

后来,美术书籍越出越精美了,先是山东美术出版社的十二卷本《世界美术史》,几乎将重要画家一网打尽;再是重庆出版社的《外国绘画大师画风系列》,是难得的全彩;然后是上海文艺出版社的《艺术与生活丛书》,是台湾引进版,充满了小资情调;再然后电脑普及了,连纸媒的局限也避免了,色彩越来越逼真了。

从豆腐块大小的黑白纸片,到彩色画册,再到电脑图片,我离印象派似乎越来越近了,似乎已经能够触摸到"吹笛少年"的衣襟了,同时,我的心态却离这些画越来越远了。就这样,在快要获得真真切切地站在"吹笛少年"面前的机会时,我抽身而退了,像几千年前的叶公那样抽身而退。

大约是那超大的尺度吓住了我,每一幅几乎都比我在最大的画册上看到的大上十几倍甚至几十倍,就像张牙舞爪的巨龙撑破了叶公的眼球。想想奇怪,我以前竟从来没有考虑过尺度问题,尽管在比较正规的美术书上,每张画都会标注清楚原作的尺寸大小,但我从不去管它们,我只盯着那一个小方块,因为那小方块就足够叫我激动了。陈丹青指出,面目全非地复制图像,长期塑造了中国油画家的"集体伪经验":"希腊雕刻与巴洛克绘画大抵再现真人尺寸,毕加索《格尔尼卡》近十米宽,克里斯多夫'包裹作品'与建筑等大……所有这些,在画册里一律缩成巴掌大小,以巴掌大小的图片,比方说,去认知云冈大佛、秦始皇兵马俑，其视觉感应失之何止千里?!"大师的话会刺痛像我这样满足于"伪经验"的观看者，但必须承认，他说得一针见血。

　　大约是与自己年长后的心态有关，当四周的景色都变得五彩缤纷起来时，我的世界却黯然失色，并以一种不以人的意志为转移的方式迅速定型，从而成为凝固而单调的黑白照片。"沉舟侧畔千帆过，病树前头万木春"，诗人说得也同样一针见血。

　　不知不觉，上海的那次印象派画展已经过去整整两年时间了。前不久，我从网络上下载了一幅《吹笛少年》（挑了一张我自认为色彩失真度最小的，天知道是不是小），再配上一幅孩子的同类型习作，归入《和艺术大师赛跑》，发在我所编辑的少儿杂志上。

2006年11月

冬季去看毕加索

2011年的最后几天，我终于办成了一件大事——抽出时间去上海，看了在世博园中国馆举办的毕加索画展。虽然展出的并不是毕加索顶级的东西，但它们已经足以使灰暗的冬天变得色彩缤纷。

之所以说大事，是因为7年前类似的事儿没有办成。那也是一个冬天——2004年冬，法国印象派画展在上海美术馆举办，展出的51幅作品中包括莫奈的《卢昂大教堂》、德加的《舞蹈课》，而领军的则是马奈那幅著名的《吹笛少年》。这对我们几个惯于"附庸风雅"的文人，显然有莫大的吸引力。于是张罗着要去，连续策划了几回，连线路都计算好了，但最后每回都是由于这样那样的原因，没有走成。就这样，我们荒唐地错失了"吹笛少年"。后来我自嘲为"秀才看画,三月不成"。

与毕加索相比,其实我更喜欢印象派。在学生阶段,我曾经拼命地找寻印有印象派画作的书籍和印刷品。不料,当印象派真迹真的近在咫尺时,我却错失了。此后的几年间,每去一个大城市,只要能挤出时间,我必定会去当地的博物馆和美术馆,仿佛要把失去的"美感损失"夺回来。如今,60多幅毕加索的画来到了眼前,不啻一次最好的补偿。

现在看起来,毕加索的确是近现代画坛元气最为饱满的人物。他一直自诩为公牛,这个自我定位再准确不过,也再恰当不过。他就是一头随时准备闯进斗牛场的公牛,而且准备将斗牛士顶个人仰马翻。相比之下,印象派的几位大师在爆破性上都要甘拜下风。莫奈也是牛,却是默默耕耘的老黄牛,因为对于光线的每一丝变化过于执拗而把自己弄得太累,画到最后把眼睛都画瞎了;马奈是一匹贵族化的马,永远跳着优雅的盛装舞步,却难以表达出最质朴的生命冲动;德加则是一只有点羞怯的鹿,把自己隐藏在芭蕾舞室的角落,攒出的只能是诗化的小品……

至于后印象派的凡·高,元气也极为酣畅淋漓,但其宣泄的管道却跑偏了,最后心中的戾气慢慢升腾。不像毕加索,绘画风格看似疯癫,情感生活也很疯狂,但在待人接物方面很有一套,确实是少有的善于自我经营和自我推销的艺术家。这才保证了他能够在长达半个多世纪的时间里一直占据着成功的巅峰,屹立不倒。

从中国馆看罢毕加索出来,我索性又去了人民广场的上海美术馆，里面的真迹也不少，从吴昌硕到陆俨少，从吴冠中到朱德群，从程十发到陈丹青……在一天之内，无数的真迹向我涌来，真是一场过于丰盛的视觉盛宴，我有点像个第一次吃高级大饭店自助餐的乡下人，一不小心就吃撑了。

　　走出美术馆的时候，天色已经暗了下来，霓虹灯开始闪烁，我的眼睛因为酸胀而视线模糊。于是整个城市成了一幅印象派的巨作，而来往的行人竟然有了一点立体派的风采，这也算是"艺术高于生活"吧。

　　回宾馆的路上，我想起了最近友人向我推荐的一篇文章，作家洁尘写的，写的是她突然开始画画的事情。这其实并不新鲜，有不少作家，写着写着就开始画起来，有的还得到了行家的高度评价。反正用的媒介都是笔，只不过一幅画是一个巨大的字，它以一种更直观和更自由的方式，完成了对于世界的一次更为个性化的命名。

　　一向自认为"心灵手拙"的我，何时也会拿起画笔呢？或许在某个意想不到的时刻，就像我平生写的第一首诗以意想不到的方式抓住我的笔，不由分说地写出它自己那样。我等着这样的时刻到来，好把我的个人美术史拼凑完整。

2012 年 1 月

时尚圣人

受 80 后和 90 后的影响,我也开始在淘宝买衣服了。不仅便宜,而且挑选余地大。基本上都是外贸货或名牌的仿单,设计上也确实有独到之处。买着买着,我就对一些国际大牌比较熟悉了,也大致了解了几个设计大国不同的男装风格。简单地说,英伦的男装设计意在塑造"绅士男",意大利的男装设计意在塑造"艺术男",北欧的男装设计意在塑造"休闲男",美国的男装设计意在塑造"运动男",而日韩的男装设计,则意在塑造看似长不大的"少年男"。

顺着品牌,我又摸到了设计师那儿,对这一行业有了全新的认识。以前,服装设计师总给人娘娘腔的感觉,俗话称之为"轻骨头"。其实，还真不是这么回事儿。即便是早已被判定为同性恋的范思哲，作品和个人气质都特别有深度和力度，更不用说乔治·阿玛尼和卡尔·拉格菲尔德了。他们是真正的时尚圣人，用自己绝美的灵感和创造力滋润着时尚界，养育着他们身边的一批高端服装设计师，后者就是前者的"下线"，而这些设计师又各自发展下线，最后造就出我们身边的一拨拨时尚达人。

使香奈尔首席设计师卡尔·拉格菲尔德声名远播的不仅是他的作品，还有他不可思议的减肥传奇。拉格菲尔德过去一直是个胖子，据说他与迪奥的设计总监海蒂·苏莱曼感情极好。海蒂的设计讲究完美的线条，让那些十分纤瘦的男人散发出迷人的气质。拉格菲尔德某天醒来，看着镜子里的自己，突然有想穿迪奥修身西服的冲动。于是，他前 6 个月以半杯葡萄汁和一片烤面包为早餐，后 6 个月以蔬菜汤或加了水果的香草汤作为晚餐。最终老头硬是减肥几十斤，让体重达到 118 斤，并根据减肥经历出了一本书《3D 减重大计划》。

如此钢铁般的意志力，我们在他的德国同胞卡拉扬身上也能看到。二战刚结束后的 1946 年，一位唱片商为了求卡拉扬签下录音合约，特地奉上威士忌、琴酒和雪利酒各一瓶。这在物质匮乏的当时算是大礼了。卡拉扬以其超人的意志，把每瓶酒分成 30 杯，将这份大礼享用了整整 90 天。除此之外，细究起来，两个人的共同点还真不少，比如脸型都很方正，个子都不高，都有超强的哲学思维——是的，指挥家卡拉扬看起来就像一位哲学家；设计家拉格菲尔德也是，而且他的艺术触角伸展得极远，出过 20

多本个人摄影作品集，并力图把时装、书籍和摄影三大爱好综合起来，创造自己独一无二的情与思的世界。

如果说拉格菲尔德"为伊消得人憔悴"，那么乔治·阿玛尼所考虑的对象就要广大得多。这位个人财富已达50亿美元的设计大师在生活上一贯节俭，对待他人却异常慷慨。阿玛尼大概深知：所谓名牌，就是暴利的同义词，所以要将自己的所得大捐特捐，从而取得社会分配上的一种均衡。多年来，他一直在为世界上的穷苦人群四处奔波。2002年，为了表彰阿玛尼在救助难民事业上的突出表现，联合国难民署邀请他出任亲善大使。担任大使期间，阿玛尼通过各种方式扩大该组织的公众影响力，呼吁国际社会对难民群体给予关注。面对阿富汗危机，阿玛尼专门举办圣诞慈善活动，带头捐赠大量善款。他还特别设计了一只马克杯，出售马克杯所得的部分收入用于全球20多万难民的救助工作。2006年9月，阿玛尼在伦敦为其新作——"红色产品"系列举办了盛大的时装发布会。鲜明热情的红色象征着人性的互助与关爱，简洁高雅的风格体现了真诚坦率的个性。发布会上阿玛尼表示，慈善将是他用一生而为之的事业。他会把此次新产品获得的利润捐献出来以支持艾滋病全球基金在非洲的工作，特别是帮助非洲妇女和儿童抗击艾滋病。他的这一姿态令在场所有人士为之动容。

爱心和时尚在身上完美地统一起来，我们不妨称为"内圣外酷"。

这样真正的酷，时尚界中有几人能拥有呢？

2009年1月

绅士之死

平心而论，英格兰队的球踢得不算好，关键时刻还老爱掉链子。但在中国，这支足球队所拥有的球迷数量却名列前茅。因为他们不仅有小贝，还有罗老——前英格兰队主帅博比·罗布森。

小贝的帅和罗老的帅当然不是一种帅，如果说前者征服的是那些酷爱偶像的感性派年轻球迷，那么后者征服的则是像我这样景仰绅士的理性派中年球迷。

然而就在数天前，罗布森因癌症离开了人世，终年76岁。

这个消息使我十分伤感。罗布森是我最尊敬的足球教练，也是我心目中最有风度的足球教练——以上通通没有"之一"。教练就应该是罗布森那个样子：一头银发，西装革履，风度翩翩而又有真性情，该狂喜时就狂喜，该发怒时就发怒，该流泪时就流泪，但宣泄完之后还得回归绅士正道。罗布森去世后，很多主帅都回忆起他如何在输掉关键比赛后立即到对手更衣室来表示祝贺。打个比方，罗布森就是足球界的卡拉扬。只有像他这样的高层次教练，才能把比赛点化成一场交响乐，升华每寸绿茵；而低层次教练只能让比赛沦落成一部肥皂剧，徒留一地鸡毛。

罗布森是公认的绅士，但正如王小波先生所指出的那样，英式绅士绝不像中式儒士那样一味温良恭俭让，而是有着敢作敢为的一面。罗布森最大胆的举动，是20世纪80年代中后期在英格兰队掀起了"技术流革命"，使粗糙的英格兰足球变得漂亮起来，甚至一度离世界杯冠军是那么近。当然，一开始英国媒体并不理解，批评声不断。罗布森却坚持改革不动摇，并且毫不客气地讥讽记者说："如果没有你们这一行，那么我的工作将会是轻松又快乐。"

罗布森对于马拉多纳"上帝之手"的斥责，同样显示了他不仅"敢说"，而且"善说"。"这绝不是什么'上帝之手'，而是'无赖之手'，上帝可什么都没做。后世在回忆那届世界杯时，把马拉多纳的'进球'描绘得无比诗意，但我绝不会这样想。就在那一天，马拉多纳永远在我面前变得渺小了。"对此我深有同感。马拉多纳的出现，的确极大地提升了足球的技术境界，但也加快了球员的流氓化进程。

许多足坛巨星都接受过罗布森的调教。当被问及他们中谁最优秀时，老帅总是毫不含糊地回答说罗纳尔多。须知，罗布森麾下还曾有过罗马里奥、菲戈等超一流球员。实际上，他完全可以

327

圆滑一点，说说"每一个人都很优秀"之类的套话，但他绝不搞"之一"主义。这与曾轶可在被淘汰时只说"黄英加油""潘辰加油"一样，都是一种可爱的率真。

但随着时间的推移，绅士罗布森却越来越不适应了。最大的问题恐怕在于他缺乏手腕。对待俱乐部老板，他似乎不太善于应付，于是，在巴塞罗那虽然连夺三个冠军，但之后只干了一个赛季就被炒了鱿鱼。对待手下的球员，他似乎又过于仁慈，总把自己定位成慈父，不懂得恩威并施的技巧，于是，在纽卡斯尔联队因为得罪了队员中的球霸，只好黯然下课。

生命的最后 18 年，罗布森是在与癌症的搏斗中度过的。他创立了旨在救助其他癌症患者的博比·罗布森基金，并运用自己的影响力四处奔波，很快就筹集到了大批善款。而最让他感动的一次，是一个素不相识的球迷在路边执意将 5 英镑的现金塞到他手里。

罗布森的离去，也带走了一种职业上的风度、一种思想上的锐度和一种人性上的柔度。英国《独立报》这样写道："美丽的足球运动并不会因为他的离去而变得不美丽，但这个世界确实因他的告别而变得更加灰色和冷酷。"

在我看来，足球的美丽其实也已经大打折扣了。在足球真正美丽的时代，教练就像个教练，球员就像个球员，球迷也就像个球迷，而如今这一切，都有些"转了时空，变了容颜"了。

2009 年 8 月

我们该怎样纪念乔布斯

有人说，世界是由三只苹果推动的。其一是亚当偷吃的那只苹果，其二是启发牛顿发现万有引力定律的那只苹果，其三是乔布斯咬了一口的那只苹果。亚当是神话传说中的人物，牛顿是 400 年前的古人，如今乔布斯也已经作古——10 月 5 日，他因患胰腺癌与世长辞，终年 56 岁。

全世界的苹果粉丝们得知乔布斯离世的消息后，仿佛自己的心脏被咬去了一小口，这个地球也被咬去了一小口，他们自发地举行了各种形式的悼念活动。即便不是苹果粉丝的那些人，也为乔布斯的离世而感到惋惜，为苹果公司乃至整个 IT 业的发展感到担忧。因为世间再无乔布斯，再没有像他那样将企业家、科学家、艺术家三种身份结合得那么好的人了。

乔布斯的一生是不断创新的一生，他一再勉励自己和别人："创新无极限！只要敢想，没有什么不可能，立即跳出思维的框框吧。"美国总统奥巴马则说，乔布斯是美国"最伟大的创新者之一"，"他取得了人类史上最罕见的成就之一——改变了我们每个人看世界的方式"。同时，乔布斯还是一个对于美有着超凡感知力的人，可以肯定地说，苹果电脑是最美的电脑，苹果手机是最美的手机——在这样一个后工业时代，美几乎要被机器和信息淹没了，乔布斯却让它复活了。这是他最为了不起的成就之一。

如果说这个人还有什么瑕疵的话，那就是他对于慈善不是太热心，和盖茨和巴菲特相比，乔布斯没有把更多的精力放在社会公益事业上。这一方面是人无完人，另一方面或许是上苍给他的时间太少了，他还来不及展示他的爱心，就像展示他的创新力和艺术品位那样。

中国网友对于乔布斯之死，普遍感到惋惜和悲伤。在我印象中，对一个外国人之死给予如此多的关注，对一个外国人给予如此高的赞美，这种情形在最近10来年时间里都是罕见的。但乔布斯配得上这种关注和赞美。因为他也刷新了中国网友的生活，无论是不是苹果的用户，乔布斯都给中国网友上了一课，告诉我们：什么是最美丽的产品，什么是最珍贵的创新，什么是最执着的坚持，什么是最极致的完美。

当然，也冒出了一些不和谐的声音，比如有人就说："乔布斯挂了，与我何干？"且不说"挂了"一词极不庄重，光是这句话流露出来的"游离于世界文明之外"的心态就很让人惊讶。英国诗人约翰·多恩早就说过:"谁都不是一座孤岛,自成一体;每个人都是那广袤大陆的一部分。如果海浪冲刷掉一个土块,欧洲就少了一点;如果一个海角,如果你朋友或你自己的庄园被冲掉,也是如此。任何人的死亡,都使我受到损失,因为我包孕在人类之中。"包括乔布斯在内的每个地球人的逝去,都带走了一些独一无二的东西,怎么能说"与我何干"呢?况且,对于举世公认的这样一个杰出人士,保持足够的敬意是一种教养,甚至可以说是一种责任。

实际上乔布斯本人也对生于他之前的大师始终保持着敬意,他曾经说:"我愿意用我所有的科技去换取和苏格拉底相处的一个下午。"是啊,我们难道能够想象一个有着一定文化程度和教养的人会说"孔子与我何干""爱因斯坦与我何干"吗?

归根结底,某些中国人被一种"GDP狂热症"蒙蔽了双眼,觉得随着经济的快速发展,中国人简直是无所不能了,完全不需要再向世界先进文明学习什么了。的确,我们的经济总量已经排在了世界第二位,但我们的创新能力,恐怕还远远排不到世界第二位。就拿IT技术来说,无论是软件还是硬件,我们的一些产品创新含量是很低的,或者是靠低廉的劳动力成本取胜,或者是靠模仿他人来分得一杯羹。在硬件方面,我们还比不上日韩;在软件方面,甚至比不上印度。更不用说和乔布斯的距离了。

所以,故步自封和夜郎自大的情绪是很要不得的。我们还是要像改革开放之初那样,诚恳地看到自己与别人的差距,虚心地向世界先进文明学习,并且引入良好的市场机制和竞争机制,努力为各种创新型人才脱颖而出提供良好的条件,从而催生出我们自己的乔布斯,催生出我们自己的比尔·盖茨。这恐怕才是我们对乔布斯的最好纪念。

2011 年 10 月

第四辑

书架上的自我

书香六味

总是在夏天流下最多的汗，也总是在夏天读下最多的书。

一提及读书，便有六幅很"国学"的画面在我眼前浮现，就像盛夏的太阳，在我狭小的书房里投射下盛大的光影。

第一幅画面是"凿壁取光"加"囊萤映雪"，是苦兮兮的调子，紧扣着儒家标举的"有为"。直至今天，这幅画面仍然笼罩着这个国家的无数最青葱的面庞。

"先苦后甜"一直是中国式人生哲学和成功学的核心，从"必先苦其心志，劳其筋骨"到"悬梁刺股"再到"咬得菜根则百事可做"，这种情结最后凝成一副极其富有诗意的对联：无情岁月增中减，有味诗书苦后甜。励志固然是励志，但功利性稍显突出了一点。这与犹太人对于读书的理解形成有趣的对照。众所周知,犹太人把蜂蜜涂抹在书本上,让婴孩从小就感知到知识是甜的,而且从头至尾一直是甜的,并非先是苦的而后才是甜的。当然,结合犹太人的民族苦难史来看,他们这种更为纯粹的文化指向背后,似乎也包含着一个带有种族意义的更为功利的目的,那就是:在那些任人欺凌、颠沛流离的岁月里,知识是最方便携带的财富,任何人都无法像抢去金银财宝那样把它们从脑海中抢走。

第二幅画面是陶渊明的"好读书,不求甚解;每有会意,便欣然忘食",与儒家的有为相比,偏于道家的无为,也更接近读书的真谛。

其实,比"不求甚解"更好玩的是"误解",比如"误读唐诗""误读宋词""误读三国""误读红楼",但这种从自我出发的误读,给了一代代读书人多少乐趣啊!拿我来说,就曾经误读过许多唐诗宋词,印象比较深的是白居易的"乱花渐欲迷人眼,浅草才能没马蹄",可怜我小时候不知道这里的"才能"是"刚刚能"的意思,而把它理解成"只有……才能"的因果关系了。但这并不影响这句诗的美感,反而使我对于大自然中的万物有了一种曼妙的想象,觉得在天地之间运行着一种奇特的因果逻辑,像"乱花"和"浅草",就可以相互对话、相互启发。由此可见,每个人有意无意的误读,实际上都丰富了经典的内容。甚至可以说,一部经典的历史,正是一部误读的历史。

第三幅画面是"奇文共欣赏,疑义相与析",话也是陶渊明说的,它使一种因为读书而产生的"雅集"柔化了历史的棱角。

从唐代诗人李白杜甫们,到宋代文官苏轼黄庭坚们,再到清代重臣刘墉纪晓岚们,雅集的接力赛在墨香的氤氲中永不散场。

某一种类的书读多了,人身上就会散发出一种特殊的气味,自然而然的,就有同好者循味找上门来,此谓"臭味相投"。先是书友,后成朋友,再成知己,最后就成为"一日不见如隔三秋"的生死之交,在现代人眼里,似乎就有"好基友"的味道了。刘墉和纪晓岚就是这样,两个人不仅同样爱读书、爱书画、爱古玩,在生活中还时不时地相互"调戏"。比如刘墉得着一方好砚,纪晓岚偏偏要强索去,"夺人所爱"之后,还召集三五好友题写诗文,铭刻在砚台上以作纪念。当然,纪晓岚有了好货,刘墉自然也不会轻易放过。相互逗趣、相互折腾乃至相互折磨,皆图一乐——书友做到这个份儿,夫复何求?

第四幅画面是"红袖添香夜读书",温馨极了,也香艳极了,只是有点性别上的不均衡。好在有《浮生六记》里的沈复和芸娘,还有《红楼梦》中的宝玉和黛玉,把独读变成了共读,使温馨的氛围变得更加完整。

的确,这些或实有或虚构的共读场景,构成了中国人读书史上难得的温情时刻。在异性的注视之下,在异性柔情的照拂之下,读书早已脱离了"苦海",而是在甜蜜的湖水里愉悦地泛舟。这是两种香味的混合和发酵,怎么不让人沉醉?其实,又何须读呢?单是一个"借书"和"还书"的过程,在过去的岁月里,就促成过多少好事。直到钱锺书的《围城》里,还对此进行过生动形象的描述。可惜,在当下的网络时代,纸质书全面落伍,暗自躲在书架深处孤独地发霉，它的媒人功能也就慢慢化作历史的尘埃了。

第五幅画面是黄宗羲的"年少鸡鸣方就枕，老年枕上待鸡鸣"，这黄老头年逾花甲，过的依然是"书剑快意"的生活，无比珍惜时间，书香和剑气都萦绕在手。书剑合一本是中国"士阶层"的必修课，正是在这一点上，中国的"士"与西方的骑士和绅士有了共通之处。

回溯历史，越是文弱的朝代，书生们越是渴望书剑合一的生活。比如在南宋，就有"我壮喜学剑，十年客峨岷"的陆游和"梦回边角连营"的辛弃疾；到了晚清，则有旷世才子龚自珍，感叹着"一箫一剑平生意，负尽狂名十五年"。但在"狂澜既倒"面前，他们通通无力回天。这不由得让人想起"秀才造反三年不成"之类的俗话来。然而奇怪的是，又有不少历史学家指出，在中国古代，最善于打仗的就是书生，远的诸葛亮、王阳明不说，近代的曾国藩和左宗棠既是大儒，也是杰出的军事家。只不过，从一个更大的历史尺度上来看，他们同样也是"无力回天"。

第六幅画面也是我最钟情的"雪夜闭门读禁书"，单凭一己之力，就营造出一个特别"性感"的独享空间。也不怪金圣叹当年会这么说，因为清朝禁书委实太多，随便摸一本就可能在被禁之列，所以只好在大雪的掩护下把自己的书斋变成一座孤岛，然后自由自在地飘向皇帝老儿也管不着的地方了。

再高雅的人士，也读过禁书。比如严复，在自己的书房里放了明代版本的《金瓶梅》，共有三函，不料给自己 16 岁的儿子严璇瞧见了,小严想老爸怎么还看这个,太不正经了,他竟然一声不响地把这三函书放进火炉里给烧了,经抢救才勉强抢回来两函。其次,再开明的年代,也会有禁书。无他,只因为"一小撮人"的思想,总是大大快过了时代;"一小撮人"的情趣,也总是大大炫过了道德。但正是由于禁书的存在,才给了读书人一种"偷尝禁果"般的大快乐——这种快乐难以名状,一旦品尝,便终生难忘,且留下消不去的"心痒"。

今年这个夏天是如此漫长,高温和酷暑迟迟不肯退去,但在许多地方,夏天一走,紧接着的就是冬天了。古人有一首咏冬夜的诗:"寻常一样窗前月,才有梅花便不同。"我愿意把它改动几个字,向古往今来一直求索着的著书人和一直澎湃着的书海致敬:

寻常一样人生夜,才有书香便不同。

2013 年 9 月

书之复调

"洛——丽——塔,洛——丽——塔",纳博科夫说这三个字有着千转百回的韵味。其实,只要你不停地念叨,任何一个再朴素的字眼,都会让人产生迷醉的感觉,既无比甜蜜,又无比困扰。

眼下我正在默念"书"这个生活中挥之不去的字眼,反复默念,以至于产生了幻觉。在幻觉中,我把"书"和它那许多个同音的"兄弟姐妹"混淆在一起。

书—树。从小到大,你的读书路线图,肯定是一幅树形图。枝枝丫丫,这一本牵出那一本,伸向远方,没有穷尽。世界上的书,几辈子也读不完,读一本是一本吧。

书—输。"孔夫子搬家——尽是书(输)。"孔老二学富五车,但他的人生在当时来看,却是失败的。此后,这种阴郁的失败感一直伴随着古代书生。秦始皇焚书坑儒,以为可保江山永固,其实是高看了书生的力量;秦王朝后来输给了项羽、刘邦,正所谓"刘项原来不读书"。

书—束。进去了而出不来,就被书本束缚住了,行动力就基本上丧失了,冬烘先生和书呆子就这样产生了。所以,"尽信书,则不如无书"。

书—疏。疏,与"束"正好相反,一种多么畅快的感觉。书读通了,所有的经脉都被疏通,眼前的世界变得明晰了,不再江河乱流,而是有序地通往一个明确的方向。

书—熟。读了描写早恋的书,让人早熟;读了荒唐低俗的书,让人烂熟;读了真正的好书,才让人真正成熟。多少个青涩的苹果,就是这样被催熟的,只是各有各的熟法。

书—舒。在教鞭下读应试书是痛苦的,坐在马桶上读闲书则是舒服的;读毫无新意的垃圾书是痛苦的,靠在枕头上读有趣的书则是舒服的;读你想写却已经被人写出的书,一开始是痛苦的,到最后又是舒服的。

书—漱。三日不读诗,言辞乏味;三日不读书,也就缺乏谈资。尤其那些时尚的畅销书,是人际交流中的"漱口水",相当于亲吻前必吃的"清嘴"。

书—淑。经常浸泡在书本里,就有了一种"静气"和"书卷气",这样的人害怕与鲁莽者打交道,"遇人不书"相当于"遇人不淑"。

书—赎。在你的前世，你一定是把灵魂押给了那些思想大师和文学大师，今生每读到一本他们的著作，就赎回了一点自己的灵魂。

书—姝。"姝"是美女的意思。"书中自有颜如玉""红袖添香夜读书"，书的意象就这样与美女的意象纠缠在一起，尽管在很大程度上是"精神胜利法"，却仍让无数人读书不息，意淫不止。

书—酥。抛开所有外在的、功利的因素不谈，让我们回到阅读本身。阅读，是到无限广阔的疆域作无限畅快的神游，仿佛成了"世界之王"，这时候的你完全酥了，终于找到了纳博科夫所说的那种欲仙欲死的感觉。所以，我们才这么喜爱阅读，宁愿喝下它藏好的毒。

……

还有许多其他字眼，如果你愿意，甚至可以编一本"书"的同音字典。反正世界上的书是如此之多，再多一本又如何？

2011 年 11 月

藏书成癖

我没有什么藏书，但正如梁启超先生在谈到自己学问时所说："启超没有什么学问，可是也有一点喽。"我也算是有一点书的。两千余册吧，排成一面书墙。这样的数量，显然与藏书家的标准相距甚远。长大后才知道许多事情干不了，藏书梦正是其中之一，它和年少时买来的书一样，早已静静地落满了灰尘。

真正的藏书家还有许多讲究，比如书签、藏书印、藏书票等等，一样也不能马虎。我在画报上看到过一些名家的这类"装备"，端的是精美。我上高中时自己刻过一方藏书印，上刻"莫君藏书"，委实有一点"天下好书，尽入吾彀中"的气魄，但现在也不知扔到哪里去了。至于书签，我倒发现可以用品牌服装的小吊牌取代，有的一件衣服吊着好几张纸牌，纸质很厚颜色也鲜艳，用来做书签最相宜。只是这样做似乎有点俗，会让老派的藏书家嗤笑的。

当然，我之所以不是藏书家，不在于数量，也不在于装备，而是我对于书的用法与真正的藏书精神完全不靠谱。30岁之前，我的书是用来读的；30岁之后，我的书基本上是用来查的。还有，我看书和查书，主要是为了写点小文章换点稿费，这就越发显得庸俗。打个比方，如果集邮的人用邮票来寄信，收藏打火机的人用藏品来点烟，那成何体统？

藏书家视"藏"为第一目的，甚至是排斥其他所有实用目的的唯一目的。比如，有个老外拥有150卷关于贝多芬的书，然而十分讨厌音乐；还有个老外收藏了《可兰经》的全部版本，对阿拉伯文却大字不识一个。藏而不读，最登峰造极的例子当数宁波天一阁的范氏子孙，把万千藏书当菩萨似的供着，隔得远远地拜着，好像生怕沾染了一点"人气"。其实我觉得，这样的人家已经算不得"书香之家"，而只能算"书箱之家"。因为真正的书香，是人在对书籍的细心摩挲、潜心阅读中散发出来的，是在人与书的亲密互动中散发出来的。

然而，不疯魔，不成活；不成癖，不谓藏。藏书费钱、费脑、费时、费地方，整个一耗费巨大的无底洞工程——凡能干成世人觉得不可思议之事者，性格中肯定有一种着魔的成分。精神病学家指出，藏书癖虽然还够不上精神病，但是与精神病的一些范畴有关。在强烈的藏书癖的驱使下，藏书者往往不仅要与金钱作斗争，还要和女人做斗争——有时候这两者倒也是一回事。在国外，许多女士在她们的丈夫死去之后，最迫切的事情就是把他们的藏书卖掉，尽量把"过去的损失"夺回来。甚至有的女士根本等不到那一天，要在第一时间"纠错"：在法国里昂，一名男子被妻子拖进书店，只听妻子冷冷地向书店老板宣布："我的丈夫来把他昨天用 20000 多法郎买的一本书还给您。"真是一点面子都不给。

关于藏书的一个最富传奇色彩的故事是这样的：19 世纪的一位英国阔佬拥有一本极为罕见的小书，他突然听说在巴黎好像也有一本类似的书，就把他的钱包塞得鼓鼓的，漂洋过海来到他的对手的家里。在支付了一笔可观的费用后，阔佬拿到那本小书，却迅即把它扔进了熊熊燃烧的壁炉里，让对手看了瞠目结舌——书本遇到这样的极端藏书家，是幸还是不幸？

2007 年 4 月

书架上的自我

文人至少有四个自我，一个是埋藏在潜意识中的自我，一个是暴露在日常生活中的自我，一个是显现在自己作品中的自我。还剩下一个自我，就是书架上的自我——是的，你的其中一个自我被摆放在书架上，隐藏在五彩斑斓的书脊之后。

有一本趣味盎然的书，名字就叫《书架的故事》。作者亨利·彼得洛斯基，是美国杜克大学土木及环境工程学系主任，也是一位写各类看似不起眼的物件的高手。"铅笔""利器""书架"等等，在他笔下全都活灵活现，因此被誉为"科技的桂冠诗人"。这本《书架的故事》，从卷轴、手抄书、印制书一路谈来，穿越藏书的书房、各大学图书馆，以及从古至今的书店，细述了书架的演变和来龙去脉，以及人类的阅读行为。既是一本"物件史",又是一部"心灵史"。

《书架的故事》告诉人们:书之所以成为现在这个样子,是经过了漫长的历史沿革。就以书脊为例,众所周知,它是书最重要的部件之一,一旦插到书架上,它可就成了这本书唯一的脸面——一张狭窄而个性飞扬的脸,与你那张期待、渴求、探询的脸对视。但恐怕很少有人知道,最初书脊都是朝里摆放的。那还是在中世纪的时候,书籍开始逐渐直行排列在隔架上,但为了保证书的安全,人们就像拴狗一样,用一根链条将书拴在书架上,读者只能在链条的长度范围之内取用阅读。链条通常是安装在书的前切口处,出于方便摆放的考虑,书脊就通通朝里了,而当时的书脊上也还未印上书名和作者名。后来链条被摒弃了,书脊终于得见天日。人们开始对书脊进行精心的装饰美化,这才诞生了那一张张引人注目的曼妙脸庞。

大凡藏书者,或多或少都是有一点怪癖的,有的非线装书不藏,有的非精装书不藏,有的非品相完美的书不藏,有的藏书概不外借——自家爹妈来借都不行……这些都属于大是大非的原则性问题。此外,还有许多琐碎的技术性问题需要仔细对待,它们往往更让人伤神,也更使人显得忸怩作态。《书架的故事》提到一位矫情的收藏家,这位收藏家是位投资分析家,"对于喜欢的书他至少买两本。这样只有一本书面临着书页被翻的压力"。平时的清规戒律更是多得吓人,比如,他总是"让他夫人直到日落才升起遮帘,以防书褪色"。我想,那些同样爱书成癖的读者看到这里,是会发出会心一笑的。

除了私人书架，《书架的故事》还用更多篇幅介绍了那些"公共书架"，它们大多数自然待在书店或图书馆里。书店和图书馆，自古以来就是人类精神生活的两大重镇。如今，每当在书店里看到席地而坐、捧书而读的孩童，我就会想起马克思在大英博物馆寒窗苦读的典故。其实，"苦读"有之，"寒窗"却是我们的想象。因为据《书架的故事》介绍，大英博物馆的采暖条件极佳：在寒冷的冬天，阅览室底下的热水管可使全室变暖，暖空气从底下注入，通过阅读者桌子的空心铸铁骨架，再从窗户上方和圆顶玻璃天窗的通风管排出。阅读者桌下的搁脚杠里面也注入热水，可以暖脚。马克思就在这其中一个座位上，用功研读了20年之久，孜孜不倦地进行着他那"温暖"的精神之旅。博尔赫斯曾说过这样的名言："我所想象的天堂，就应该是图书馆的样子。"他所说的，应该是这样以人为本的图书馆吧。

亨利·彼得洛斯基在书中还引用了一首伤感的打油诗："这儿立着我的书，一行又一行地，/它们触到了层顶，一列又一列地/述说我已渐忘的功课，和我以前曾知，/如今却不知的事物。"是啊，随着岁月流逝，无数的书如过眼烟云，年岁越大记忆越差的人读到此诗，是会感到一丝悲凉之意的。一本书的内容忘却了，就像是自我的一个部分悄然死去了。

2008 年 7 月

老三传

罗曼·罗兰所著《贝多芬传》《米开朗琪罗传》和《托尔斯泰传》,三位一体,自成规模。今仿"老三篇"之名号,谓之为"老三传"。

在我看来,"老三传"意义最为深远的地方,是它树立了一个关于"英雄"的标尺。罗曼·罗兰以贝多芬、米开朗琪罗和托尔斯泰为例,抬举出"以心而伟大的英雄",从而区别于"以事功而伟大的英雄"。对此,杂文家何满子曾有一段精辟之论:"唯有文化和文明的创造者,即罗曼·罗兰所说的'以心而伟大的英雄',才是推进文明延泽永世的。尤其因为,那些以事功享名的人物不是一个人的能耐,都必须有众人的参与,而且他们在建成事功后必十百倍地取得报偿;只有'以心而伟大的英雄'才是独立的创造，他们只有奉献，没有夺取……"据此，他认为政治家、军事家应该排在思想家、作家、艺术家、科学家、发明家之后。

众所周知，企业家是眼下最炙手可热的"财富英雄"。按照上述标准分析，企业家的"事功"同样需要众人参与，同样也非常在乎报偿，其历史地位自然也是不言而喻的。所以，每当年末央视进行声势浩大的"年度经济人物"评选时，衮衮诸公闪亮登场时，我总是冷眼观之，并报以两声冷笑。

"老三传"第二个意义深远的地方，是它也树立了一个关于"创造"的标尺。在罗曼·罗兰笔下，那是一个产生了巨人的时代，更是一个产生了巨制的时代。伟大的心造就了伟大的作品：贝多芬的堂皇交响乐、米开朗琪罗的堂皇造型艺术、托尔斯泰的堂皇长篇，无论是篇幅和体量上，还是思想和形式上，都堪称伟大。而我们现在，还有这样的巨制吗？

一位诗人的回答是：没有。这位诗人偶然看到工人在修补一段损坏的古老宫墙，不知是由于马虎还是指导思想有误，结果补好的东西显得太不协调，怎么看怎么像一道难看的疤痕，于是他感叹说，现在再也难以诞生像长城、金字塔那样体量超大、结构超精细的建筑艺术了，推而广之，也难以诞生其他门类的艺术巨制了。因为人们不再有耐心，不再谨严，也不再谦卑。

或许有人会说，金字塔、长城都是奴隶社会的产物，是建立在无数奴隶的艰辛劳作之上的。可最近一位国外学者却得出了相反的结论，他倾向于认为金字塔是一大群充满自由精神的艺术家创造出来的。我有些认同他的观点，因为没有一种自由而高扬的心态，就不可能产生伟大而崇高的巨制。即使是贝多芬受制于贫困，被耳疾苦苦折磨时，即使是米开朗琪罗受制于教廷，要忍受教皇对其作品的妄评和刁难时，他们那一颗创造的心，仍然是无比快乐的。

但不管怎么说，这两种人如今都不存在了。奴隶的消亡，自然是社会的进步；而巨人的消亡，则是巨大的遗憾。想一想我们眼下那些格局狭小的可怜兮兮的"创造"，就让人感慨万千。

"在客厅里女士们来回地走，/谈着画家米开朗琪罗。"这是艾略特的两句诗，在他的长诗《普鲁弗洛克的情歌》中反复出现。艾略特的原意是：虚弱、造作、精神世界苍白的中产阶级妇女，根本不配谈论自由而崇高的米开朗琪罗。这话未免尖刻了一点。人们总在谈论自己所缺少的东西，怎么办呢？现实生活中难觅的东西，且向"老三传"里寻，听那遥远的绝响。

2007 年 2 月

张爱默生

爱默生是 19 世纪美国伟大的思想家、文学家、演说家，他的著作已经有多个中译本，其中最"匪夷所思"的或许是张爱玲的译本了。

张爱玲为什么要去翻译爱默生的作品？后者从思维到文笔都那么正，而前者又那么"邪"。

可能是在诡异的凄凉、华丽的颓废中浸淫久了，想补一点气了。真的，想补一点浩然之气，没有比从爱默生那儿更恰当的了。用与爱默生同时代的美国作家约翰·布罗斯的一句话概括："在全部历史上我找不到别的人与爱默生具有同样健全的理智。"

第二次世界大战之中，一位被俘的德国士兵在俘虏营里偶然看到了爱默生的作品，他整个人一下子被震撼了，痛定思痛，觉得自己不应该追随法西斯，而应该坚持人类的良知和真理。

这就是高贵的价值，这就是道德的力量。19世纪的美国刚刚起步，一直处于蓬勃的上升期，所以才有这么方正的文风，这么积极的心态。爱默生的思想建立在人本主义基础上，崇尚自我，标举性灵，他相信人类的可完善性和无限发展的潜力，激励人们去过一种自信、自助、自立、自制的生活。正如张爱玲在译序中所言："他并不希望有信徒，因为他的目的并非领导人们走向他，而是领导人们走向他们自己，发现他们自己。每一个人都是伟大的，每一个人都应该有自己的思想。"

如果说美国文化盛产"心灵鸡汤"的话，那么爱默生差不多是最老的牌子了。而且，爱氏鸡汤最为醇厚，不虚夸，不造作，不媚俗，不掺一点水分。其后蜂拥而起的无数"心灵鸡汤"作品，恐怕有相当一部分都是用爱氏鸡汤"勾兑"而成的。

在美国人的思想道德大厦中，爱默生是最重要的基石之一，正是在这个意义上，林肯称他为"美国精神的先知""美国的孔子"。后一个称号肯定让我们感到亲切，比较一下这两位"先知"传播思想的方式，是很有趣的：孔子是家常式的，平时充满慈爱地说下只言片语，由弟子记录后，慢慢地传播到广袤的时间和空间里；而爱默生是殿堂式的，以演讲作为自己的职业，特别善于在庄严肃穆的场合发表激情四射的演说，直接撞击广大听众的心灵。在个人的风貌上，两个人都堂堂正正，具有罕见的人格感召力；在思想的深度上，两个人都堪称博大精深，达到了各自所能达到的顶峰；但在言说的气场上，爱默生无疑要比孔子更响亮、更恢宏。当然，这与东西方不同的文化背景有关。通常说来，一个注重"自由表达"和"个性张扬"的文化土壤里，更容易培育出深厚的演讲传统来。同时，爱默生也要感谢他那个时代的听众。那个时代的听众是真正有水平、有耐性的，他们不像今天的听众那样，必须在开讲两分钟后就听到一个笑料，或三分钟后就听到一个深宫秘事，四分钟后就听到一个创富之道，他们是来进行真正的精神漫游和思想探险的，他们是来补充浩然之气的。可以说，爱默生和他的听众，相互成全了对方。

我的阅读有时也是偏于邪一路的，而且在我看来，邪又分"女性之邪"和"男性之邪"两种。张爱玲当然属于第一种，这种女性之邪，往往由偏离主流的、怪异的成长经历和生活方式，或犀利的女性直觉、超凡的语感而来；而王小波属于第二种，这种男性之邪，则往往由深邃的哲学素养、强大的知识背景、纷飞的想象力而来。我喜欢并惊艳于第一种，崇拜并时刻想模仿第二种。

但邪得久了，总有点偏枯之感，甚至感到害怕，所以我也需要补气，也需要爱默生。

1837年，爱默生在哈佛大学发表题为《美国学者》的演讲，被称为一篇美国知识界的"独立宣言"。我印象最深的是《美国学者》的最后一段话："我们听着欧洲温雅的文艺女神说话，听得太久了。人们已经怀疑美国的自由人的精神是胆怯的、模仿性的、驯服的。大众与私人的贪欲，使我们呼吸的空气变得厚重而肥腻。学者是行为端正的、怠惰的、柔顺的。你已经可以看到那悲惨的结果。这国家的心灵，因为人家教它以低级的东西为目标，他自己吞噬自己。"

这话，似乎也是说给中国学者听的。

2007年8月

如果青春是一部小说

如果青春是一部小说，那么它的名字叫村上春树。所以，渡边淳一要说他"好像一直没有长大，写来写去都是青春的东西"。

这是村上的优势，但也是他的欠缺。正如青春让我们迷恋，让我们在失去后时时追忆，但没有多少人会说青春有深度、有厚度。

今年 10 月，当林少华预言村上春树会得诺贝尔奖之后，我的心就一直揪着。不是担心他获不了奖，而是担心他获。结果下来了，给了土耳其的帕慕克。看来，诺贝尔文学奖评委的品位虽然一向不怎么样，但还没有坏到辨不清文学名著与时尚品牌的程度。

是的，在青春中舞、舞、舞的村上春树就是一个巨大的时尚品牌，一个闪光而坚挺的 logo。拿时尚品牌的要件来一一比对，村上先生样样符合。

首先是最广泛的流行性。村上的影响绝不限于日本、中国这样的东亚国家，甚至不限于亚洲，而是波及世界各地。在大洋彼岸，美国人都为村上在他们那里的流行程度而感到吃惊。可以说，村上就是日本人向全球倾销的牌子货，与丰田轿车、索尼彩电、东芝笔记本、三宅一生时装别无两样。

其次是最媚丽的符号化。在时尚界，所谓最新的品牌并没有人们想象的那么新，而是巧妙地汲取了以往那些时尚品牌的亮点，再完成变异和跃迁。村上正是一个特别善于化用别国文化品牌的作家，他的作品有点像一只贴满了各国海关标签的旅游行李。爵士乐、甲壳虫、卡夫卡、酒吧、咖啡馆、行走、嬉皮士、性解放、露水爱情、忧郁、感伤、颓废……村上把这些时尚符号一一采撷来，妥帖地安置在他的作品里。

再次是最舒适的可模仿性。一个时尚品牌后面总是跟着无数个影子，村上当然也是各国小资作家群起模仿的对象，几乎形成了一股席卷而来的"村上流"，仿佛围棋界的"武宫流""加藤流"。尤其对正在经历文化殖民的第三世界国家来说，村上春树无疑扮演了先期殖民经验的输出者的角色：那一个个舶来的西洋文化元素，在日本固有的"物之哀"情调和"耽美"哲学的烛照下，越发显得摇曳生姿、哀婉动人。

如果有人嫌我的这些话过于武断，我倒可以提供两个参照系，那就是川端康成和大江健三郎。有这两个人存在，或许正是村上的"不幸"。这两个人真正地用自己高度原创性的语言和形式，真正地浸泡在本国文化的血液里，写出了日本的风格、风度、人性、历史、苦难和集体无意识。用一个形象的比喻，村上是一棵像早春般明媚、晚春般哀伤的树，生长在熙熙攘攘的时尚路上，每个路过的人都会忍不住看上一眼，甚至沉醉在那由青春酿造的迷人芬芳之中。但在文学史的坐标系里，村上的品级却要逊于川端康成和大江健三郎，可谓巨川遮挡了小村，大江淹没了春树。

  最后申明，村上仍然是我十分喜欢的作家，我阅读他作品的次数并不亚于川端和大江的作品，他的作品也曾带给我许多愉悦、许多伤感，甚至给我的写作提供了许多资源。更重要的是，经由他的作品，我看到了青春——自己的青春，别人的青春，以及"可能的青春"。

2006 年 12 月

麻辣涮与哈根达斯

从蔡志忠开始，台湾就不断地有出众的漫画家冒出来。朱德庸和几米的出现，使中国人终于拥有了自己的都市漫画，但两人带给读者的感觉却是完全不同的——朱德庸是智者，几米是诗人；朱德庸是偏激的，几米是温婉的；朱德庸是尖刻的，几米是体贴的；朱德庸是谐趣的，几米是童趣的……勉强打个比方，前者像麻辣涮，后者像哈根达斯。

朱德庸说自己"有一张乌鸦嘴"，此话一点不差。看他的画，要有足够的自嘲的勇气。情爱、婚姻这些在常人眼里相当神圣的东西，都成了朱德庸调侃和嘲弄的对象。的确，当恋爱作为一种模式、婚姻作为一种制度，你无法回避只能接受时，你无法摆脱只能就范时，恐怕调侃和嘲弄就成了唯一可做的事情了。以前对这种命中注定的婚恋制度，鲁迅、钱锺书用睿智调侃过，张爱玲、苏青则用冷眼旁观过，而睿智和冷眼在朱德庸的画笔之下，都化作了一幅幅妙趣横生的浮世绘。他的画笔像精准的解剖刀，一层一层地剥掉情爱和婚姻上包裹的华丽外衣，让我们看到了无趣、无聊、无奈的真相。就像麻辣烫那样，吃下去爽爽的、辣辣的，舌尖上有无限快感，可心里面有一点痛，整个灵魂仿佛被麻倒了，想要挣扎一番却又感到无力回天。你可以纵情大笑，但那笑声就像回力球似的，又返回来砸向你的身体。因为这浮世绘里说的都是我们已经经历或将要经历的故事，日子就是这么过的而且还将这么过下去。

　　如果说朱德庸继承的是文学艺术中的讽喻传统，那么几米继承的则是感伤传统。从白先勇、余光中一直到琼瑶、席慕蓉，台湾文学中一直充满了淡淡的"物之哀"。按照本雅明的说法，几米是"机械复制时代的抒情诗人"，也是"机械复制时代的色彩诗人"。世间的万物，在他的笔下，都变得甜甜的，酸酸的，变得饶有情致，变得都像是初恋。时间的不可驻留，美的不可驻留，童年的不可驻留，异化的不可避免，压抑的不可避免，孤独的不可避免，这是叫你我感到酸的地方，几米的画由此具有了悲天悯人的情怀。但并没有过分的悲观，而是让人感到尘世中还有那么美妙的情趣眷恋，还有那么多彩的希望等着放飞。甜"中和"了酸，并且压倒了酸，或许正是因为有了一点酸做底，你才会觉得这甜更甜，甜得像哈根达斯。

　　有意味的是，朱德庸在尚未进入围城的单身之际，就曲尽了婚恋关系的种种琐碎和荒诞；几米更以与死神和病魔搏斗之躯，勾勒出了人世间的美好和眷恋。这本身就是矛盾，就是奇迹。

从形式上来看，朱德庸的画面白描色彩更浓，线条感更强，人物造型和色彩都比较简单，有一种形式为内容服务的感觉，像速写，像木刻，还洋溢着中国文人画的俭省、洒脱和笔墨意趣，一看就知道是才思奔涌的直肠子画出来的；而几米的作品显然要更加注重形式，在造型上的国际化色彩更加浓郁，装饰感也要强得多，像比亚兹莱，像莫迪里阿尼，像伤感的明信片，一看就知道是仍然葆有童心的多情客所为。

朱德庸和几米是从都市文化的深处流出的浓浓汁液，在这个读图时代，填充着我们的胃口。太辣的东西吃多了，会让人对生活的味觉变得麻木起来，只剩下怨气和火气；而太甜的东西吃多了，会松软思想的齿牙，只剩下矫情和滥情。好在我们同时拥有朱德庸和几米。他俩从麻辣和酸甜这两个不同的方向，逼近了生活的真相，人生便在这两种味道中趋于完整了。

2004 年 10 月

都市里的虞美人

一向爱玩花样的《新周刊》，在去年评选出了"影响当代中国语言传播的十个人"，其中有香港词人林夕的名字，可能是过于偏重流行文化的缘故吧，否则这个位置应该属于林夕的老乡——董桥。董桥是当代文化人的一个偶像，更是当代汉语写作的一面旗帜，他的《中年是下午茶》《听那立体的乡愁》开辟了中华散文的新境界，无怪乎前些年流传这样一句话："你一定要看董桥！"

董桥自幼饱读诗书，年轻时去英伦留学并从事新闻工作，回国后定居香港，又担任了多年的报刊主编，写了多年的专栏，一辈子与雅事为伍，人也自然雅入骨髓。与某些虚张声势的大文化散文相比，董桥写的是"小文化散文"，篇幅不长，且从一事一景一人一书写起，慢慢地在文化的汤汁中荡漾开来，因为这汤汁里面的料实在太多，早熬成了高汤，所以味道极为醇厚。董桥的语言也独具风流，他从古典文言、外来的欧式语言和流行语汇中吸收了大量养分，形成了鲜明的个人风格。他经常说"文字是肉做的"，一定要用心去当宝贝，而他自己的文字就特别有"肉"的质感，耐人咀嚼。

董桥和林夕堪称港式文学语言（有人戏称为"鸟语"）的两大代表，在那样一个一切都商业化和快餐化了的城市，能潜心将"鸟语"打造得脱俗动人，实属不易。把两个人放在一起分析，可以发现许多共同之处。首先，深厚的古典文学修养使董桥和林夕成为当代写手中少见的"炼字者"，他们对字句的锤炼和雕琢，几乎到了"丧心病狂"的程度。看两个人的照片，都是清癯的脸型和清瘦的身型，可见"词之绚丽"是用"人之憔悴"换来的。

西方文化的影响，又使这两颗浸泡在古典文学里的心更加敏感，又往更深处下潜了一些，不再局限于以往的"感时花溅泪，恨别鸟惊心"，而是对生存状态有了更多的困惑、怀疑、反思和体谅，在反映人性的深度上推进了一步，连"乡愁"也变成立体的了，更容易引起当代受众的共鸣。

此外，奢华、喧闹、紧张、压抑的都市环境构成一种别样的"妖氛"，从而造就出了别样的气质。这种气质是纤细的、感伤的，甚至包含颓废的成分。董桥和林夕仿佛都市"妖氛"里盛开的虞美人，艳丽而又脆弱，摇曳多姿而又显得有一点矫揉造作。

开在香港的花和开在台湾的花就是不一样。余光中、林清玄们更像是一朵清纯的莲花，都市味和西洋味都淡了不少，保留了较浓的乡土色彩，而且爱从佛理和禅学中寻找思想资源。

　　尽管风格不同，但董桥和余光中都是好的，都完成了汉语言文字的精彩操练。但能不能说他们的文字就是最好的，就是汉语最完美的表达呢？恐怕还不能这么说。或许我有一点私心，我总是认为最好的文字应该由生活在大陆的人写出来，因为我们的思想经历了太多的震荡和更新，我们的语言经历了太多的磨砺和摔打，我们的根更深地扎在土壤之中。虽然现在还没有写出，但我相信在不久的将来，最好的文字将在北京的一间四合院里写出，或在万里长江的一艘渡船上写出，在某个大山深处的黄昏时分写出……

2004 年 11 月

聪明就该外露

阅读的过程也是与作者"较劲"的过程。有的作者青春期无比漫长,情字爱字从头到尾毫不疲倦地说个不休;还有的作者观察力无比锐利,或生活阅历无比丰富……这些都让人感到佩服,但还远远没到能叫我诚惶诚恐的地步。真正可怕的是这作者聪明非凡,你一读就知道人家智商明显比你高出一大截,轻易就把你的脑袋变成他的跑马场。可能有人会说,这么写不符合古训,为人作文最好难得糊涂一点,把锋芒通通藏起来。但我觉得,有了聪明就得外露,否则就有暴殄天物之嫌,既然自己够聪明了,为什么不分给别人一点呢?

京派文人居住在天子脚下,见识广,信息多,而且知深浅,懂分寸,想不聪明都不行。京派文人的聪明又分为两种:一种是有文化的聪明，如王小波和阿城；另一种是没文化的聪明，如王朔和石康。尽管人家的"没文化"可能是一种话语策略，但正如你所猜想的那样，我还是喜欢有文化的聪明多一些。

当然，有文化的王小波和阿城也有所区别，前者的聪明体现为深刻，后者的聪明则体现为广博。阿城曾经被不少评论家称为肚里货色最多的当代文人，可见他的学问几乎是无所不包。五六年前，阿城在《收获》上开了一个专栏叫《常识与通识》，专门兜售他肚子里乱七八糟的货色。每次谈一个话题，古今中外的各种理论、知识、典故、趣闻信手拈来，无不妥帖，还让人感到他拿出的不过是私房货中的一小部分，属于冰山之一角。

我尤其喜欢阿城谈鬼的那几篇文字，谈鬼原本就是古代文人的一个传统，也是检验知识内存的一个重要指标——连那些个荒诞不经的学问都掌握了，才真叫博。在《魂与魄与鬼及孔子》和《还是鬼与魂与魄，这回加上神》中，阿城马不停蹄，从《孔子家语》一路引到明清笔记，搜罗了大量有趣的鬼怪故事（还加上从作家莫言那儿听来的），再用现代西方的理论加以剖析，功力之精湛，也只能用"神出鬼没"来形容。

有意思的是，专栏的名字叫《常识与通识》，是颇有些深意的。京派文人一向爱把"常识"二字挂在嘴边。老京派周作人就开始谈"常识"了，那大约跟乃兄鲁迅一样，寄托着对于蒙昧的国民"哀其不幸，怒其不争"的感喟；王小波爱谈"常识"，受的是罗素的影响，也包含着对于国民性的严峻反思。这样的"常识"未免都谈得过于沉重，不符合阿城的风格。阿城的"常识"

不是把针刺向全体国民，而只是给其中的文化人提一个醒。的确，阿城在自己文章里所引用的知识，也不过都是各学科浅显的常识而已，他老兄是凭自己的聪明劲、凭自己的博闻强记，把各门学科彻底打通了，于是便成了通识。而我等文化人在当今社会越来越狭窄的专才教育下，所掌握的知识越来越狭隘，离一个通才的标准越来越遥远。这正是我们在通识面前、在阿城面前感到诚惶诚恐的原因。

众所周知，阿城以写小说起家，《棋王》《树王》《孩子王》"三王"系列天下皆知。所以他现在不写小说只写随笔，有许多人觉着可惜。我倒是以为，他与其还在过往的知青生活堆里打滚，不如在浩瀚的书海里撒欢，况且随笔小品原本就是最符合中国文人性灵和特长的体裁。还有一点，就是阿城后来去了美国等异地，远离了京城，有了倾诉欲找不到人侃，只好写出来，这就避免了一些大学问家如宗白华"述而不作"的悲哀，也便宜了我们广大读者。你想，如果整天窝在京城的小屋干对着几个文友，就像北京的出租车师傅与乘客侃完就散，我们该错过多少精彩的文字啊！

2005 年 2 月

波澜·朔风·峰巅

幽默，有人说它代表着一种智力上的优势。我倒是以为，在很多情况下，幽默首先表现为一种语言上的优势。你看，东北的小品演员、天津的相声演员、北京的作家写手，总是会让人感到格外逗乐，显然是占了一些语言上的便宜的。

在中国当代幽默家之中，有三位姓王的哥们儿，还都是北京人氏，合称"三王"。他们仨，在幽默艺术上展现出足够的深度、锐度和高度。

"波澜"当然是指王小波。他的思考深度无人能及，在幽默、荒诞的外表之下，思想的波澜和人性的洪流暗涌。王小波对"沉默的大多数"的论述，已经成为中国人人性研究的一个重大突破；他对东西方文明的分析比较，至今仍然发人深省。他也是我本人阅读最多的一位当代作家：他的小说，我每年都会重读一次；他的随笔，基本上一季度会重读一次——尤其当自己的思维陷于一潭死水时，还不得靠"波澜"来激起阵阵浪花？

"朔风"是指王朔。不可否认，他是极聪明的，也是极尖锐的，言辞之鲜活生猛，如朔风拂过人面。王朔成功地将"文革"语式、市井语汇、北京土话等引入自己的作品，全面地刷新了文学语言。他的语言适合调侃、适合调情、适合吵架、适合撒娇，是与余秋雨之"南方撒娇派"有别的"北方撒娇派"。老实说，我谈不上喜欢他，他的作品也读得很少。他总是将知识分子树为"假想敌"，在我看来，其实完全没有这个必要。从去年开始，他四面出击，口无遮拦，似乎已经进入一种"疯魔"状态，仿佛是由一种个人生活中的严重焦虑感所引起的，这反而使人生出一些同情。

"峰巅"是指王小峰。这位《三联生活周刊》主笔，虽然凭借个人博客《不许联想》扬名立万，但与前面两位相比，他的名气还是要稍逊一筹。所以，这里要重点说说。

我尝戏言："纯情小子每天会上老徐的博，愤怒小生每天会上韩寒的博，而中年知识分子多半每天会上王小峰的博。"这就把我自己给概括进去了。的确，王小峰的博客是我最近两年在阅读上的最大收获之一，也是我每天早晨不可或缺的"早餐"。可能在许多人眼里，他在写作上已经处于"疯癫"状态。但正是这种状态，使他的幽默达到了极高的境界。他善于运用各种信息和各种素材，熔相声、小品、情景喜剧、何典文体、荒诞派、黑色

369

幽默于一炉。他写得最好的是那些"虚拟故事"和"虚拟对话"——表面上看，故事似乎没有发生过，事实似乎不是这样子的，其实，事实正好应该是这样的。这，大概可以称为"幽默高于生活"吧。

王小峰不同于王朔，他虽然也自称流氓，但身上终究有一股抹不去的知识分子味。比如他对于语言有一种"务求解构和颠覆"的创新态度，比如他想把道理给某些弱智和傻×说明白的执着劲头，在这些时候，他就特别像一位语言学家或思想普及家，周身散发出"探究"或"启蒙"的可爱气质。王小峰又不同于王小波，他往往在机智、晓畅、灵动、谐趣处就自动把脚步停了下来，不愿再往深刻的地方走，或许他早已看出，那是一条艰辛而痛苦的孤绝小径？而在我看来，北京出一个王小波就够了，况且眼下这个时代已经不兴"深刻"了，王小峰写到这份儿上，思想含量似乎已经绰绰有余。

考虑到王小峰的忠实粉丝越来越多，是应该给包括我在内的这伙人取个名字了，不妨就唤作"蜂蜜"如何？但王小峰是不喜欢粉丝的，时不时地讥讽几句，甚至恶言相向。因为他知道，所谓粉丝，原本就是甘愿受虐的一群人。即使骂粉丝骂得再凶，第二天他们依旧会乖乖地摸到博客上来。而王小峰骂归骂，还是会回报粉丝以更快的更新速度和更强悍的幽默炸弹，实在是体贴非常、勤勉非常。照此看来，幽默简直是一种道德上的优势了。

2008 年 4 月

关于『那些事儿』

我在阅读方面是有点后知后觉的,尤其是对那些刮来刮去的阅读风尚相当麻木。《明朝那些事儿》早就开始流行了,听许多人说这套书可读性很强,但一直没有找来读。

与其说是对作者当年明月有什么抵触情绪,倒不如说是对那个朝代相当抵触、相当排斥。在我看来,明朝的300年历史完全可以用爱因斯坦的一句名言概括:"强迫的专制制度很快就会腐化堕落,因为暴力所招引来的总是一些品德低劣的人。而且我相信,天才的暴君总是由无赖来继承,这是一条千古不易的规律。"不用说,朱元璋和朱棣都是有才能的暴君,心肠狠又有手腕,很能参透"暴力美学"的玄机。但他们的子子孙孙,大多数是彻头彻尾的无赖,甚至是无能和变态。有的唯大太监马首是瞻,有的几十年都不上一次朝,有的一门心思只做木匠活……但就是这样的无赖、无能和变态一族,竟然将朱姓的统治延续了 300 年之久。所以,关于明朝的历史我一般是不看的,看了憋气。

前些天,终于将《明朝那些事儿》找来看了,看得飞快,总算是享受了迟到已久的"可读性"。最大的感觉是作者把历史当作电视剧来写,所以那些无赖、无能、变态的种种事迹就成了最好的噱头,成了可读性的最重要保证。同时,既然是电视剧的写作范儿,自然也就需要拼命往里面灌水,将十多集撑成几十集才肯罢休。

当然,当年明月也有着三个显著的意义。一是他完全属于体制外写作,将历史的阐释权从象牙塔里拽出来,从专家学者的手里拿过来。中国读者一贯是有着恋史癖的,读来读去还是觉得自己老祖宗的那些事儿最耐咀嚼,所以最近 10 多年来,历史阅读领域的狂欢可谓一场接着一场,从而将国学热的火焰煽得越来越旺。而在当年明月之前,无论是李泽厚、南怀瑾、吴思,还是余秋雨、易中天、于丹,虽然他们阐释历史的视角和方式不同,品味也有雅有俗,但无一例外都是学术体制中人。不是教授,就是研究员,总之都有着响亮的名头。相比之下,当年明月是彻头彻尾的"体制外",自有其十分突出的象征意义。如果你觉得以他为代表的这群"体制外"写历史写得挺好看,那么"好看"就在于历史是"人民"写的。

二是他所首创的新演义体。与《三国演义》《水浒传》等旧演义体一样,当年明月采用"七分史实,三分虚构"的基本写作套路，即人物、事件、结局等都是有据可查的，但其中的对话、心理活动、场景则大多是虚构的。同时，他还加入了大量类似说书人的"自我涉入"，例如写宫女行刺嘉靖皇帝这一节时，写到宫女想用绳子勒死嘉靖，却打了个死结，这时宕开一笔，说自己从小就系不好鞋带，这样的自我涉入是颇富意趣的，让诸位看客觉得十分亲切。更为讨巧的是，他广泛吸取了电视剧、网络等强势媒体的特点，从结构到悬念，从节奏到语言，都显得摇曳而时尚、轻松而滑溜。这样的"跨媒体融合"，也使得国学热与大众文化的联姻更加甜蜜。

三是他对知识分子的嘉许。在这套书中，当年明月将王守仁、于谦分别列在大明王朝正面人物排行榜的前两位，并且对唐伯虎、徐渭等怀才不遇的穷酸文人都寄予了相当的同情。虽有媚雅之嫌，但也满足了知识阶层读者那无边无际的意淫心理，多少透露出一点人文情怀。

顺便说一句，虽然明朝那么折腾、那么腐烂、那么堂而皇之地在朝廷上打官员们的屁股，但士大夫的传统好歹还是没有断。于是清朝统治者来了，又是几个天才的暴君加上一连串无赖、无能和变态，又把士大夫们利用了 300 年（或许是相互利用）。这下子那道统是真的要断了。

2009 年 7 月

人·痴·鬼

痴就一个字,曰"忘我",无论情痴还是物痴,都是如此。

情痴以忘我的精神去恋人,活活要给人伤害;物痴以忘我的精神去恋物,则活活要给物占有。所以,结局大多是很悲惨的。

奥地利作家茨威格的《一个陌生女人的来信》写了一个情痴,但我总觉得,这个人物形象不怎么丰满,情感发展没有什么过程,完全是单线条的,属于另一位大作家福斯特所说的"扁平人物"。前两年,我们这边的才女徐静蕾把这篇小说改编成同名电影,场景则从欧洲搬到了三四十年代的北平,但人物形象塑造得更加失败,完全是一条道走到黑的劲头,让人看了好生憋闷。

其实,茨威格还写了其他类型的痴人,比如《旧书商门德尔》中的书痴,《看不见的收藏》中的画痴,《象棋的故事》中的棋痴。在我看来,他写物痴比写情痴更好,其中尤以那个棋痴最为登峰造极,最为典型地诠释了"痴"字的含义。棋痴 B 博士是在监狱里钻研棋艺的,这似乎说明:想要掌握某些高端技艺,必须决绝地进入一种自闭状态才行。在监狱里找不到对手,棋痴只好自己和自己下,一人两角,相当于左右手互搏,直至拥有能与世界冠军相抗衡的功力,然而最后他精神分裂了。这是一篇让人读后感到特别"累"的作品,仿佛棋痴心上所有的负累都转移到读者心上。值得注意的是,《象棋的故事》是茨威格发表的最后一部小说,不久他就自杀身亡。或许也是由于太累了吧。

至于中国的茨威格,我以为要数蒲松龄了。因为他同样是一个写痴人的高手,而且所写的痴人类型更多,范围更广,挖掘更深——这样说来,该称茨威格为"欧洲的蒲松龄"才对。细数蒲松龄的笔下,除了有书痴、画痴、棋痴外,还有酒痴、琴痴、石痴、鸽痴、花痴(是真的花痴)等等,涉及中国古代器物文明的方方面面,几乎堪称一部附着于器物文明之上的别样的心灵史。纵然同样是以悲剧性结局居多,但这些物痴毕竟曾经拥有一份大大的乐趣,况且与人相比,物总要来得实在一些、可靠一些、体己一些。

每逢末世,痴人便多。茨威格生活和写作的时代,是老欧洲的末世;而蒲松龄生活和写作的时代,则是老中国的末世。外面的世界风声鹤唳,古老的文化大厦即将坍塌,痴人们却浑然不觉,仍然自得其乐地把自己封闭在大厦里的一个个小房间里。每个痴人实际上是古雅精致文化中某一个方面的人格化,他们赏玩、移情、痴迷、物我不分，最后成为该种文化的殉葬品。这在别人看来，是不可理喻，是无穷的悲；而在他们自己看来，却是含着泪的微笑，是无悔的殉。

情不知所起，一往而深，再由深而痴，最后也只剩下两条路：一是死亡；二还是死亡，但死亡之后变成了鬼。茨威格毕竟是无神论者，所以写到死亡这里就止步了，而蒲松龄则从死亡这里开始，打开了另一片世界。他笔下的狐妖基本上都是情痴，而且一逮着男书生就爱，也不管人家领不领情，因为这些狐妖全带着前世的记忆，认定自己也像"陌生女人"一样，是曾用泣血的生命给书生写过信的。

痴是人的变态，鬼是痴的升级——所谓鬼者，不就是执于一念吗？而且是无比执着地执于一念吗？我们现在俗话中所说的"酒鬼""烟鬼""赌鬼"之类，还有这一层意思在里面。但蒲松龄并没有弄得千鬼一面，而是各有各的个性和风姿。这恐怕正是他比茨威格更可爱的地方，也是《聊斋志异》难以超越的地方。

2009 年 5 月

致亲爱的妈妈

李碧华说她曾被一本名为《给母亲的短柬》的巴掌书所感动,我看后也觉得好。这本小书收入了51则日本普通人写给母亲的短信,随便引几则:"当我见到桔梗花砰然绽放,令我想起你在年轻的日子,大太阳下,持着一把伞""在我小时候,曾骂:'你去死吧!'我多想把那小孩杀掉""妈,我今天在巴士站见到一个女人很像你,我帮她提袋子了"……都是质朴到极点、感人到极致的文字,像六朝民歌,像俳句,语浅意远。一个作家就是再苦思冥想也写不出这样的句子来。

名人尺牍向来有可观之处,但似乎名人的情书结集得多,而名人写给母亲的信结集得少。大概正是为了填补这样的空白,德国人保罗·埃尔伯根编辑了《致亲爱的母亲》一书,收录了德国、奥地利和瑞士三国名人写给母亲的信。由于多是著名文化人所写，自然有雕琢字句的文人积习，再加上日耳曼民族天生严谨，长于思辨，这种风格甚至被带到了家书里，所以许多信读起来简直就像哲理小品。或许日耳曼妈妈本身的思辨功夫就不可小看，就爱读这种深奥的文字——有什么样的母亲就有什么样的民族。当然其中也有像《给母亲的短束》里那样纯真的句子，例如莫扎特就永远改不了孩子气，他在信中说要"吻妈妈10000次"，还抱歉自己"没有加更多的零"。然而妈妈在乎多还是少一个零吗？

音乐家舒曼从小就生活在阴影之中，16岁时父亲去世，姐姐又跳河自尽。他酷爱音乐，但他的母亲却认为：一个律师能带来安全而舒适的生活，而一个音乐家的生活却是流浪而没有把握的。她总是为这个最小和最钟爱的孩子发愁，总是在悲伤、惧怕、郁闷中度日。舒曼对他的母亲爱得是那么深，以致什么事情都遵照她的愿望去做，所以他进了莱比锡大学学法律。可悲的是，舒曼继承了他母亲的恐惧心理和幻想的毛病。当他收到母亲的一封信时，假如开头一段是忧郁的话，他就多少天也不再读下去了，怕它告诉他一些家庭的不幸或死了人的事。虽然他尽责地学习法律，但内心深处对这门学科却是十分厌恶的。舒曼给母亲写了许多信，诉说自己20年来一直在音乐和法律之间挣扎。而他的心无疑是在艺术那一边，因为艺术"是自由的，如天马行空，整个世界都是它的港口"，而法律"永远处在预备法官到部长的一级服从一级的隶属关系中，总是穿着硬袖口衬衣，戴着平顶三角帽"。不知这番话是否就此说服了母亲，但我想它肯定值得如今望子成龙的父母一读。

诗人荷尔德林一生困苦，后来疯了就去世了。他的家书，是其思想火花和心路历程的记载。有的思想在当时看十分超前，母亲多半看不懂，但出于她的善良本性还是一一做了回复。母亲大概是他闪光思想的第一个读者，而如今这些思想已经为天下人所熟知。人要"诗意地栖居"，写诗是"人所从事的活动中之最纯真者"——谁能想到这样的话是快疯的人忍着巨大痛苦说出来的呢？

母亲最盼望孩子能成功，孩子成功后的第一个喜讯也最想传达给母亲，自是千古不变的情愫。歌德汇报说自己已经拥有了"好朋友和好名声"；尼采更对母亲夸耀说："你的老小儿现在是大名人了……在圣彼得堡、巴黎、斯德哥尔摩、维也纳、纽约，到处都有我的崇拜者，他们都是百里挑一、有地位有影响的人物。"其实与这些外界的赞誉声相比，恐怕他们骨子里最在乎的还是母亲对自己的评价。

也有伸手向老妈要钱的例子，这方面和我们现在的大学生有得一比，例如尼采就在一封信中写道："请及时给我寄七月份的40塔勒。"而且同样是放在信的末尾作不经意状提起。大概天下向父母伸手的信都得这么写吧，不禁让人莞尔。

在电讯时代，写信的人越来越少了，年轻人发惯了 E-mail（电子邮件），写封信简直是受罪。年轻人不愿写信，而老爸老妈又用不来 E-mail，这就构成了新的矛盾。根据我的判断，后来多半是老爸老妈这一方妥协，而且老爸一般接受新事物的速度较慢，患老年痴呆症的比例也较高，因此往往是老妈先学会了收发 E-mail——日本作家大江健三郎童年时有一次得了重病，以为自己快要死了，妈妈在一边安慰他："你要是死了，我就再把你生出来！"都有决心把儿子再生出来，学电脑这等小事又何足挂齿！

2006 年 8 月

情到"精"处情转薄

老实说，我个人一直更偏爱英国文学，对法国文学总是不十分亲近。可能是英国人的节制、内敛、优雅更符合我的胃口，而法国人的过分浪漫则让我感到无福消受。浪漫，弄不好就成了滥情，情到滥时，也就显得有点肉麻了。

当然，滥情还是后来的事。一开始总是纯情，概莫能外。卢梭的《新爱洛绮丝》还是挺纯的，像"春天里的第一口冰淇淋"。（这是人们形容法国女星朱丽叶·比诺什的话）这家伙虽然在《忏悔录》里面把自己写得污浊不堪，但《新爱洛绮丝》中的"我"还是本分的，文风也比较本分，情感也不那么夸张。恰到好处，也就让人感到舒服。

到了雨果那里，一切就有点"狂飙突进"起来，这也是浪漫主义者的通病。但过于花哨的情感、过于张扬的风格，是我所不太能接受的。这就像冰淇淋到了夏天，有点甜得发腻了。（如果用影星作比，那就是咄咄逼人的苏菲·玛索了）到了夏多布里昂和缪塞那里，开始大肆渲染"世纪病"，冰淇淋干脆就发了酵，像烧酒般浓烈，而且还是"酒不醉人我先醉"，感觉是作者先在滥情中饮了个饱，而我作为读者，可是不愿同饮此杯的。

福楼拜是我无比喜爱的法国作家，原因在于他懂得"节制之美"。《包法利夫人》是爱情小说中一等一的极品，从滥情堆里解脱了出来。如果非得提一点意见的话，那么大概是福楼拜在创作中把主要精力放在技巧上，而不是放在情感上。结构和语言都是那么精巧和细致，甚至每个细节都要追求一种科学般的精确，像老工匠制皮鞋那样磨磨蹭蹭，最后出来一件玲珑剔透的手工艺品。可情感在这过分的精致下被压抑得有些萎缩了。纳兰性德说："情到深处情转薄。"我则要说："情到'精'处情转薄。"其实，这两者之间恐怕是相辅相成的。为避免滥情，只好在技巧和形式上猛下功夫。

情转薄之后，留给作家的便有三条路。一条路是将情感怪异化，写一点"颓废之爱""怪诞之爱""变态之爱"，莫泊桑、普鲁斯特就是这么做的，或许还应该把老爱待在法国的茨威格也算上；一条路是将情感荒诞化，将情感、人性等以往神圣无比的东西通通颠覆掉，这似乎特别符合法国人的胃口，因为他们已经深受"浪漫"和"崇高"之苦，正想来一个彻底解构，所以法国成为荒诞派文艺的中心，是一点不奇怪的。荒诞派不再承认有爱情，有的只是"恶心"；也不再有爱人，有的只是"犀牛"；第三条路就是彻底的形式主义。法国人在这方面也干得最好，他们沿着福楼拜的路坚定地走下去，于是便有了罗伯·格里耶他们的"新小说"，完全沉迷于技巧的创新之中。这也就是罗兰·巴特所谓的"零度写作"，情感要降到零度才行，用我们的话说，完全是老僧入定的水平。

然而，颓废、荒诞和零度似乎永远无法成为正餐，大部分读者还是想多尝一点"春天里的第一口冰淇淋"。好在杜拉斯的《情人》适时出现了，浑然天成，解了解大家伙儿的馋。可惜像《情人》这样的东西毕竟太少太少了，眼前不是《爱情故事》和《廊桥遗梦》，就是《烟雨蒙蒙》和《第一次亲密接触》。尤其对于高级知识分子来说，他们根本找不到什么正经的情感小说看，看滥情的想吐，看荒诞的心里添堵，看纯技巧的又不过瘾。大家在压抑着自己的同时，还是有点寄希望于法国文学界的，毕竟那是一个既不缺少情感也不缺少技巧的国度。

2007 年 2 月

永恒的创伤

虽然诗歌一天天地被边缘化,但我仍然以为,诗是人类最高等的智力活动之一。首先,诗歌是一整套独立于日常语言的自足的话语系统,这一点接近于数学;其次,诗歌是对于世界万物之间关系的重新发现和重新命名,这一点又接近于物理。正是因为特别看重诗歌的"数学血缘"和"物理血缘",我也形成了两个偏见:一是偏好以艾略特、奥登为代表的重理、重智的英美现代诗歌,正如在西方现代哲学中偏好以罗素、维特根斯坦为代表的分析哲学一样;二是狭隘地认为,诗歌这一人类最高等智力活动的最高等殿堂,是男性的天下,对于女性则是"高处不胜寒"的地方。

狄金森率先打破了我的偏见,她的诗同样是重智的英美一派，但其中的智慧在女性的敏感、纤细、绝望等包裹下，放射出别样的光彩。而彻底打破我偏见的，是俄罗斯诗人茨维塔耶娃（1892—1941），她让我无奈地感到，诗歌中的智是另外一种智，而且可能是一种更接近于女性的"智"。

初读茨维塔耶娃是在一个寒冷的冬夜，在一本介绍流行音乐的小册子上，极偶然地读到一首她的《像这样细细地听》："像这样细细地听，如河口／凝神倾听自己的源头。／像这样深深地嗅，嗅一朵／小花，直到知觉化为乌有。／／像这样，在蔚蓝的空气里／溶进了无底的渴望。／像这样，在床单的蔚蓝里／孩子遥望记忆的远方。／／像这样，莲花般的少年／默默体验血的温泉。／……就像这样，与爱情相恋／就像这样，落入深渊。"周围很寒冷，但当你在诗歌中发现一种更彻骨的寒冷时，周遭的寒冷就反而显得不真实了。那时我就预感到，我将一步步掉进茨维塔耶娃这个"深渊"。

茨维塔耶娃其实代表了三个深渊，除了她的诗外，她的苦难是个深渊，她的爱恋也是个深渊。但是，此刻即使我们谈论得再多，也无法使她的苦难减轻一分，同样也无法使她的爱恋增加一分。所以，我们现在只谈论她的诗，也只配谈论她的诗。

茨维塔耶娃自己说"诗歌以星子和玫瑰的方式生长"，她就像一位女巫，与万物起舞，她掌握了诗歌领域最高的"智"，星子的规则，她明瞭，花朵的公式，她也知晓。这与其说是一般意义上的女性直觉，不如说是她找到了一种在比俄罗斯魔方更复杂的时空结构中行走的秘诀。艾略特和奥登要在书本、历史中行走很长时间才能到达的地方，茨维塔耶娃轻易地就能杀到，而这样的地方，在她似乎也只是不经意间路过。甚至可以说，没人知道她的诗从哪里来，将要到达哪里，她好像也不是对着一个或几个特定的读者说话，更不是自言自语，而是对一个超越了生死的更永恒的"存在"说话，并且以其诡异的智慧一语道破天机："当我停止呼吸一个世纪以后/你将来到人间/已往死去的我，将从黄泉深处/用自己的手为你写下诗篇：/隔着滔滔的忘川/我伸出我的双臂……"

因为有一位朋友是某诗歌刊物的主编，所以大家聚会时偶尔也会谈谈诗，我就说我曾经写过诗，以后有机会也打算再写一点。在读过茨维塔耶娃的诗歌之后，我有点后悔说那个话了——我写的那哪叫诗啊。如果我再读点书，再多点人生历练，说不定也能写出一些有点智慧有点趣味的诗句，有一点点像艾略特，也有一点点像奥登；但我恐怕一辈子也无法像茨维塔耶娃。因为她是奇迹，就像金字塔或复活节岛石像那样，不知道是如何产生的事物我们才称为奇迹。奇迹的价值，正在于不可复制。

在鸡年即将结束的一个下午，我一个人在一间空屋子里继续读茨维塔耶娃的诗歌，这大概是我在自己的本命年里中的最后一次埋伏。"你的灵魂与我的灵魂是那样亲近，/仿佛一人身上的左手和右手。//我们亲密地依偎，陶醉和温存，/仿佛是鸟儿的左翼与右翅。//可一旦刮起风暴——无底深渊/便横亘在左右两翼之间。"美国诗人弗罗斯特这样讲过："读者在一首好诗撞击他心灵的一瞬间，便可断定他已受到了永恒的创伤——他永远都没法治愈那种创伤。这就是说,诗之永恒犹如爱之永恒,可以在顷刻间被感知,无需等待时间的检验。真正的好诗……是我们一看就知道我们永远都不可能把它忘掉的诗。"这段话,就是为茨维塔耶娃这样的诗人预备的,她留下的创伤,永远没法治愈。

屡读屡伤,屡伤屡读,只能忍受,无法复仇。

2006 年 2 月

不"腼腆"的真相

他们的年龄、学历、经历、成就相差极远,却都拥有一个相同的特征,那就是"腼腆"——一种快被遗忘的人类品行,一种快要消失的人类表情。

前者因为无知而腼腆,后者则因为知道得太多而腼腆。

就是这有天壤之别的两群人,通过一本薄薄的小书联系在了一起。

当贝蒂娜·施蒂克尔开始策划这本《诺贝尔奖获得者与儿童对话》时,她惊讶地发现:"我们的诺贝尔奖获得者们几乎全都谦虚谨慎,并且害怕见传媒。他们不太喜欢在公众场合抛头露面。"他们由于知道太多而有点不好意思了。

首先是无知的孩子抛下了腼腆,开始勇敢地发问。比如"为什么我不能吃油炸土豆条?""天空为什么是蓝的?""为什么树叶是绿的?""不久就有两个我吗?""地球还会转动多久?"……

我得承认,这些涉及自然科学的问题是相当有趣的,我却更关心那些涉及社会人生的问题。因为这些问题关系成人世界与孩童世界之间的一个重大秘密,即何时向孩子说出真相,以及怎样说出真相。

所谓真相,无非是这个世界并不完美、这个社会并不和谐,以及人生并不是你所想象的那样有意义。关于这一点,老法子就是"瞒"和"骗"。在中国的情况,鲁迅先生等先哲已经解剖得非常彻底;而在西方,别的例子我不想再举,只是想提英国著名乐队弗洛伊德的一首歌,一首唱出真相的摇滚歌曲。

在专辑《墙》的《妈妈》一曲中,先是孩子悲哀地发问:"妈妈你说他们会不会扔炸弹/妈妈你说他们会不会喜欢这首歌/妈妈你说他们会不会把我的球打烂/妈妈我是不是必须建一堵墙/妈妈我是不是必须投票选总统/妈妈我是不是必须信任政府/妈妈他们会不会把我关起来/妈妈我是不是正在真的死去"。接着是母亲在温柔地抚慰:"安静孩子安静别哭/妈妈会让你的噩梦都变成真的/妈妈会把她的所有恐惧植入你心里/妈妈会让你只待在这儿/在她的翅翼下/妈妈不让你飞但是让你歌唱/妈妈会让她的孩子一直开心而温暖/哦孩子孩子"。

但孩子依然忍不住要问:"但是妈妈,事情真的需要这么正确吗?"正是孩子的这一声发问,几乎捅破了这一层"瞒"和"骗"的窗户纸。

诺贝尔奖得主显然有更可贵的话语勇气，他们打算把窗户纸彻底捅破。2000年诺贝尔经济学奖得主丹尼尔·麦克法登的题目就叫"为什么有贫穷和富裕"，他指出"一个人是贫穷还是富裕，这首先是一件碰运气的事情""我们的世界就是不公正的，就是这么回事。我知道，这个事实难以让人接受。但是在这个问题上，我们不能自欺欺人：在好几千年里，人类一直没有发明可以平均分配财富、不让产生穷人的经济制度"。1986年诺贝尔和平奖得主埃利·韦瑟尔谈到了宗教和爱国主义，在孩子们眼里，它们都是无比神圣的字眼。但埃利·韦瑟尔却向孩子们指出："可遗憾的是，我不得不让你感到。宗教同样具有煽动人们产生相互敌对的情绪的能力，使人们变成嗜杀成性、冷酷无情的怪物。"至于爱国主义，也与宗教信仰一样，"这方面的危险也在于无节制，在于狂热。狂热会扭曲最高尚的动机，它甚至使纯洁和美丽的东西变得丑陋。狂热永远为恶魔服务。它为死神服务"。

还有1990年和平奖得主、苏联总统戈尔巴乔夫，他坦然地谈到社会制度，一种自己曾为之奋斗的社会制度："是的，直到今天我都相信这一点：一个现代国家无论如何都必须设法使它本国人民的利益与世界共同体的利益相一致。但是，在长时期内，在我们的国家里一直不是这样的。只是现在我们不再感到受威胁，因为我们已经停止威胁别人，我们才能够接受这样的思想：生活比最好、最完善的计划丰富得多、复杂得多。极权主义曾以一种暴力的形式，把人硬往计划经济的这个框框里套了70年之久。当这种形式宣告结束时，有人在斯德哥尔摩拿起听筒，给我打来了电话……"

我喜欢这本小书,喜欢那些睿智的中老年人模仿孩子口气的扭扭捏捏的可爱样子,喜欢他们对待世间万物的温柔和悲悯,更喜欢他们道破人生真相时的伟大的真勇。我想,孩子们也喜欢着呢。

因为,真相从来就不腼腆。

2008年5月

人与鸟的悲喜剧

我住在闹市区,以前清晨醒来,听到的是汽车的喧嚣声,这段时间居然能听到一些鸟叫了,半梦半醒之间,总有几只小鸟在窗前叽叽喳喳,一副忙不够也"能"不够的样子,在对环保工作几乎已经失望的我听来,该是怎样的一种惊喜和欢愉啊!

不由得想到,古人没有汽车声听,听到的只有鸟鸣,他们那时又是什么样的心态呢?真要感谢贾祖璋先生,写作了《鸟与文学》这样的书。贾祖璋的名字大家并不陌生,中学语文课本选有他的文章。日本作家小泉八云著有《虫的文学》,"把日本的虫的故事与诗歌,和西洋的关于虫的文献比较研究过"。贾祖璋先生的用意与此相仿,他探求的是中国古代文学、民间文化与鸟的关系。也正是因为有贾祖璋和小泉八云这样的饱学之士,以自己丰富的学养和专业知识，为读者提供了独特的视角，才使文学变得不再那么狭隘，而是更加"立体"起来。

如果让我来概括，那么古代文学和民间文化与鸟的关系，无非一个"悲"字而已。且不说那些缠绵悱恻的诗词歌赋，单从古人对于鸟声的拟音就可以看得出来。杜鹃的叫声被拟为"不如归去"，已含有些许的哀怨；鹧鸪的叫声被拟为"行不得也哥哥"，饱含"毕竟东流去"的悲哀；秧鸡的叫声被拟为"苦苦"，无限悲意尽显。还有一种黑色小水鸟干脆就被叫作苦呀鸟，因为它的鸣叫就像"苦呀！苦呀"。惨急绵续，昼夜不绝。其实，鸟声本身并没有多少情感上的意义，大都是古人"移情"的产物。须知那时候天空纯净、草木繁茂、食物充足，鸟活得快活着呢！

从前我在古籍中看到"惊鸿飞起""哀鸿遍野"这样的字眼，总是忍不住为古人揪心——没有人之"惊"、人之"哀"，何来鸟之"惊"、鸟之"哀"？托尔斯泰在听完"老柴"《如歌的行板》后，泪流满面地说："我听到了我们那忍耐着的、受苦受难的人民的灵魂了。"同样，我在看尽"惊鸿""哀鸿"后，也可以说："我触摸到古人那压抑、破碎的灵魂了，触摸到他们那悲惨、非人的生存状态了。"所以，二胡拉出的总是悲音，鸟儿"发"出的总是哀鸣。

总之，那时鸟是喜剧，人是悲剧。

如今似乎来了一个"乾坤大挪移"，鸟是悲剧，人是喜剧。由于环境遭到破坏，鸟声听得是相当少了，而这罕见的鸟声却千篇一律地"悦耳"起来，我指的是养在笼中的宠物鸟受过训练后发出的声音。就像一个在家长强迫下练琴的孩童，虽然也能拉出些悦耳欢快的曲子，把家长唬得眉开眼笑，但琴声总会像划玻璃似的划在我的耳膜上。每当我看到老年人喜滋滋地在小树林里遛鸟时，总是有一种异样的感觉。我理解那些老人的孤独和寂寞，他们需要找乐，但我还是觉得养鸟不仅残忍，而且滑稽，因为人怎么能养比自己更高傲的动物呢？

鸟是恐龙的后代，虽然在遭受"命运的逆转"后，体型急剧变小，但高傲的气质没有变，它们永远高高地飞在天上，不愿与人这样的"浊物"接近。而人"想飞，却总是飞不起来"，只能借助诗歌等艺术在假想中飞起来——再美的诗歌也永远是人声，再拙的鸟声也永远是天籁。

2007 年 4 月

盐是一首歌

盐是一首歌，一首人类唱给大海的思乡曲。

当人类的远祖离开大海时，肯定带着强烈的不舍，而同样不舍的大海，决定在他们身上打上永远也抹不去的烙印。这烙印深入人的感官中，深入人的血液里。他们必须每天摄取足够的盐，来唤起对于充满咸味的大海的记忆。盐从来是生命的必需品，最原始最朴素的必需品。不像糖，后者是人类进化到享受阶段的产物，是标准的奢侈品。

盐进而成为一种权力，则是因为，所有的威权社会都会对重要的必需品进行垄断。法国人皮埃尔·拉斯洛在其专著《盐：生命的食粮》中，就专门辟出一章，来探讨"盐与政治"的关系。其中，有许多不为人熟知而又引人深思的史料。

例如，就像希腊神话中爱与美的女神阿芙洛狄特诞生于海浪中一样，威尼斯是一个建立在盐沼上的城市。威尼斯人完全是因为偶然事件而因祸得福的，这个事件就是他们逃到一个对健康十分不利的沼泽地避难。当沼泽地成为产盐中心后，威尼斯人就拥有了统治权，很快发展为强大的垄断帝国。

例如，就像18世纪的面包战争一样，法国历史上也多次爆发反抗盐务税的农民起义。17世纪法国的盐务税高得惊人，导致盐的价格曾经达到生产成本的140倍，实在是"苛税猛于虎"。统治者的贪婪总是超过人们的想象——不仅贪婪，而且无知（其实是无赖），据说，当时的法国王后听说市民吃不上面包后说："没有面包，让他们吃蛋糕！"不久大革命爆发，这位王后被押上了断头台，为自己的骄横付出了代价。

例如，就像波士顿倾茶事件象征着美国人反抗英国统治一样，甘地领导的反抗盐税的长途跋涉同样代表着印度人民的心声。长期以来，印度人不论贫富都必须向英国殖民者缴纳盐税，甘地认为，这是荒谬的，也是一种侮辱。为了表达不合作态度，甘地亲自去海边采盐，在他的感召下，许多印度人都自己去搜集盐，供给同胞们用，把斗争锋芒直指英国垄断。虽然有六万多印度人因此而被捕，但他们的行动极大地动摇了殖民统治，印度终于在15年之后赢得了独立。

中国封建社会的时间最长，盐被威权化的时间也越长。按照皮埃尔·拉斯洛的解读，中国古代的"鹽"是由三个部分构成的象形文字。下面的部分象征着器具，左上方是"臣"，意为君主时代的官吏，右上方为"盐水"。"鹽"字的写法显示盐的生产是由国家控制的。他指出：中国实行了中央集权之后，封建统治者就对盐实行了皇家垄断，这种垄断始于公元前119年。

我进而想到了眼下被广为颂扬的徽商。可以说，许多徽商都是盐商，他们的发迹得益于威权社会对于盐的垄断，因此其社会价值和创新价值是有限的，犯不着过于夸大。如果他们的第一桶金来自其他具有较大技术含量和道德含量的商业形态，将赢得我更多的尊重。

我也想到了季羡林的《糖史》。季先生是名教授，而拉斯洛则是欧洲备受赞誉的化学家和教育大师。我特别佩服这样的学者，他们并不把自己局限在象牙塔里，而是先在浩瀚的文史海洋里长期潜水，然后昂扬地浮出水面，将史料无比翔实、思路无比清晰的作品捧送给社会。

相比较而言，拉斯洛的书要更通俗易懂一些，更照顾到大众的阅读口味。他列举了许多与盐有关的典故、寓言、诗文，更加清楚地说明了一点：无论从科技还是从文化上看，盐都是人类智慧重要的结晶之一，是从历史深处流淌出的苦乐参半的歌谣。我们不妨以诺贝尔奖得主巴勃罗·聂鲁达的诗句作结：

盐瓶中，盐滩里/我看到粒粒的盐/也许你并不相信/但我知道它在歌唱/盐在歌唱……

2007年10月

恰似语词的温柔

人们仍然在不厌其烦地谈论着《小王子》,而忘记了法国当代童话宝库中还有同样骄人的宝藏。法兰西学士院院士艾里克·欧森那的童话体小说《语法像一首温情的歌》就是很好的例子。我觉得,这本书把《小王子》飞一般的想象力和《恋人絮语》刀刻般的睿智,结合在了一起。

领唱这首语法温情歌的,是一个叫让娜的10岁小姑娘。同这个年纪的许多男孩女孩一样,让娜讨厌语法,学校里枯燥的语法教学更使她兴趣全无。幸好暑假到了,让娜可以暂时离开那些"像骨头一样干枯的词"。在一次航海旅行中,她遭遇了沉船事故,阴差阳错地来到了一座充满生趣和诗意的语词的城市里。

这座城市使让娜一下子改变了对语法和词语的印象。在这个曼妙的地方，所有的语词都是有生命有情感的，在它们身上，优点和缺点一样可爱。你瞧——

  我要告诉你一个秘密：形容词是情真意切的，它们认为它们的婚姻会持续很久……它们没看清那些名词的花心。名词是地地道道的花花公子，它们换形容词跟换袜子一样随便。刚刚才配合好了，名词就抛弃了它所选的形容词，又回到商店里去找另一个，一点儿都不害臊，然后又回到市政厅准备新的婚礼。
  这些是动词。你仔细看看，这是些工作狂，他们不停地工作着。
  看见了吧，代词不仅高傲，而且还可能显得很凶狠。它们时常急不可待地想替换别的词。
  生活是很磨人的，让娜，你以后会明白的。所以应该想尽办法让生活变得柔和一些，没有比韵律更柔美的东西了。不过，韵律总是藏着的，不容易找到它们。但是，只要在每句话的末尾用上它们后，它们就互相应答了。好像它们在摇着它们的可爱的小手，跟你打招呼，抚摸你……

这才是真正的童话思维。这么可爱的词语，你真的不能不去爱它们。你真的想了解它们每一个的个性和喜好，再给它们安置一个最贴切最舒适的住所，然后看着它们，心生怜惜、感激和敬畏。

但事情并不这么简单。既然是生命，就会有生老病死，就会受到来自人类的伤害。词语是怎么生病的？大众的滥用就会让它们生病。比如"我爱你"，此刻就躺在病床上，而且好像会永远躺在病床上。"三个瘦瘦的没有血色的词，字母在雪白的床单下隐约可见。这三个词每一个都连着一根塑料管，通向一个装液体的大口瓶。"只见"我爱你"苦笑了一下，对让娜说："我有点儿累，我工作太多了，我真需要休息。"

词语的另一个敌人，是那些自以为是的专家。这个地球上的专家似乎有一个共同的特征，那就是把简单的变复杂，再把复杂的变伤残。让娜回想起她在宣科太太的课堂上的可怕经历："上午，我们要把法语切成小块；下午，人们教我们把上午切好的小块风干，挤出所有的血和汁，分离出刺和肉；晚上，在那儿就只剩下些变硬的肉块，一些烤焦的鱼片。这样的东西连鸟儿都不愿意要，因为它们是那样又干又硬，而且颜色已变黑了。"让娜管这叫作"干燥工场"，但宣科太太却特别满意，按照她的计划，"……明天，我们将解剖拉辛；后天，解剖莫里哀……"其实她所做的，完全是在"糟蹋"拉辛、"糟蹋"莫里哀……

《语法像一首温情的歌》正是通过以上这些趣味盎然而又回味无穷的描写，告诉我们：词语和语法都是温情的，需要人们用同样的温情去对待。

当然想到了我们自己。在伤害词语方面，我们这个民族好像比其他民族干得还要起劲。流行歌曲、言情小说、琼瑶阿姨式台词……这些大众文化的滥用，使我们的"爱"遍体鳞伤，而且都不好意思躺在病床上，早已不知躲在哪个角落"等死"。呆板枯燥的中小学语文教学模式、过分科学化和客观化的语文练习题、缺乏灵气的中考高考语文考试卷……这些教育专家的手术，就像令人生畏的榨汁机，已经榨干了我们原本丰润多汁的汉语的最后一滴汁液。我担心，等到绝大多数词语都躺到病床上时，我们真的再也写不出优美的文章了。

至于我本人，自然也有值得检讨和反省的地方。在整个夏天和秋天，我近乎无情地驱使着词语，炮制出无穷多的句子。可是到了冬天，乃至在整个来年的春天里，这些词语变得仿佛一点也不认识我，不愿意帮哪怕是一点小忙。我知道，它们将要歇息，而我将陷入恍惚，直到下一个夏天来临。

2007 年 10 月

对"三贴近"游戏时代的回忆

为了写这篇小文,我特地翻出了酆大申先生的《中国民俗精粹》,里面记载了古代儿童热衷的具有民族特色的经典游戏;又翻出了丰子恺先生的《儿童杂事诗图笺释》,里面描绘的是民国时期儿童的游戏项目;然后,我回忆了20世纪七八十年代流行的儿童游戏,那是属于我的"儿童时代"。这样一路下来,我有了一个小小的发现,那就是:从中国古代到近代,甚至一直到七八十年代,儿童游戏几乎没有什么本质的变化,基本上是"铁板一块"。真正的变化,发生在90年代之后,发生在我们真正开始城市化进程、真正有了所谓的流行文化之后——正如你所见,这一变,就是天翻地覆。

于是,就有了儿童游戏的两个不同的时段,即变化前的"古典时段"和变化后的"现代时段",也可称为"前城市化阶段"和"城市化阶段"。70年代末80年代初,儿童游戏与"声光电子"的关系还不大,仍然保持着古典时段的"三贴近"特征:一是与大自然贴近,二是与人的身体贴近,三是与人的智力贴近。当然,还有一个不是特征的特征:所有的游戏成本都很低,绝大多数不需要花一分钱——越是不花钱的游戏,才越玩得过瘾吧。

现在就各举一例,来看看是怎么个贴近法。

斗草是在植物世界里面的漫游。孩童都是有好斗之心的,非得拈出一个"斗"字,才能让他们心甘情愿地陷入游戏的规定情景里。斗草又分"文斗"和"武斗"两种。"文斗"就是大家采到花草后聚到一起,一人报出自己的草名,其他人也各以自己手中的草来对答,比如"狗耳草"对"鸡冠花"、"观音柳"对"罗汉松"、"君子竹"对"美人蕉"。这不仅要求采得多,更要求"多识草木之名"。《红楼梦》对此有过生动的描绘。至于"武斗",就简单多了,捡来一大把叶子,选择其中茎柄粗壮者比试韧性,谁的叶柄被拉断,谁就算输了。我小时候玩的当然都是"武斗",当年使用的究竟是什么树叶的茎,早已记不得了,只有那草根香,时常还在回忆中萦绕。

斗鸡是那时最刺激的游戏之一了。女孩子绝不会去玩斗鸡,正如男孩子绝不会去玩跳房子,虽然都是需要一条腿独立的游戏。斗鸡时,大家一个个像是骄傲的小公鸡,抓住鞋帮子,把一条腿提起来放在腰间,用膝盖部位自然形成的"尖角"去攻击对方。战斗起来那叫一个惨烈,"尸横遍野"之后,最后一只独立的"小公鸡"便是真正的强者。前一阵子，听说有的地方要举行斗鸡大奖赛了，而且还戴上了"文化"的高帽，但我觉得，什么游戏一旦弄成文化，也就不好玩了。

猜谜会让你在开发智力的同时爱上母语。每逢国庆、元旦之际，我就会到县城的工人文化宫去参加猜谜活动。那时的工人文化宫是一个地方最重要的文化交流中心，如今好像全改成歌舞厅了。我印象比较深的有两个谜语，一是"妇女节前夕出发"（打一俗语），谜底是"三七开"；一是"来日传捷报"（打一外国城市），谜底是"明斯克"，取"明时攻克"之意。慢慢地，我自己也学会了制作谜语。当时班上有一个同学叫"张劲松"，我就制了"待到雪化时"的谜面来扣其名，用的是陈毅名诗"要知松高洁，待到雪化时"的典故，自以为妥帖极了。

张劲松同学，你现在在哪里呢？这是那个时代特别常见的名字，重名率极高，可能许多同龄人小时候都有过一个叫"张劲松"的同学吧。找人，也是一种游戏。

2007 年 7 月

甜蜜的老课本

我是 1976 年开始读小学的，从小到大，接受的都是应试教育，说实在的，也没觉得有什么不好。回忆自己过去的老课本，有的人或许会弄成"忆苦思甜"，这就中了时下所谓"课本改革派"的计策。对于我来说，是只有甜没有苦的——记得当初年纪小，书中满是甜蜜香。

先说鲁迅的文章，这似乎是现在争论的最大焦点了。课本年年都在变，好像鲁迅的文章是一年比一年少了。据说，在有的地方，金庸小说已经取代了《阿 Q 正传》。我倒是觉得，在我们的中学课本中，鲁迅的文章不是选得太多，而是选得太少了。不可否认，鲁迅的某些文章，的确存在着含义比较晦涩、语言比较拗口或内容不太合时宜的地方；但我们也应该看到，在他的《野草》《故事新编》和中后期杂文中,还有着大量或极其优美或极其深刻的作品,完全可以进入中学生的视野。至于金庸,毕竟是一个时文作家。时文写得好的人,就太多了。究竟选谁不选谁呢?选了金庸,是否接下来就要选琼瑶、韩寒、郭敬明了呢?所以,选入课本的,应该是那些已经有定评的经典作品,而不是那些煊赫一时的时文——老实说,后者也不需要选入课本,因为它们每天都在你眼前乱晃,已经晃得你眼晕了。

再说杨朔的散文,《荔枝蜜》《茶花赋》什么的,现在给批判得一塌糊涂,就差定性成"大毒草"了。其实,杨朔的散文还是不差的,语言很清秀,思路很轻巧,在那么短的篇幅里辗转腾挪,最后还能让你有所回味——这就是"心灵鸡汤"啊,几乎跟美国人同步了。有这些给中小学生看就不错了,他们还想看什么?难道想看尼采和米兰·昆德拉?可惜看了也看不懂,就别瞎起哄了。如今的青少年读了几句韩寒、李承鹏、王朔的作品,就以为自己有思想了,真是"嘴上没毛,图书乱翻"。依我看,这杨朔和王朔相比,恐怕前一个"朔"更能称得上"范文"吧。

此外,老课本中还有许多好东西,我曾在一篇怀旧的文字中写道:"小学时还学过一篇课文,说是保卫小岛的解放军战士,在岛上千辛万苦地种西瓜,正待收获的节骨眼上台风袭来,最后只收获了一只。结果每人只分到了一小片西瓜,但战士心里像吃了蜜一样甜。这篇洋溢着革命乐观主义精神的课文,进一步强化了西瓜在孩子们心中至高无上的地位。顺便说一句,在那个万恶的应试教育时代,我们也还是选了一些有趣的好课文的。比如,上《梁生宝买稻种》，记不住'喜'，但一定会记住那一碗热气腾腾的汤面；上《我的叔叔于勒》，记不住'悲'，但一定会记住那些鲜美的牡蛎……"现在，我仍然持这种意见。不妨再举一例：周立波的《分马》。这个人也早就给边缘化了，完全给打入另册了。但《分马》实在是一篇好文字，写的同样是质朴而又有些狡黠的庄户人，但那个人物对话、那个心理刻画，真的丝丝入扣，若拍成影视剧，比赵本山之流的破电视剧强多了。还有，文中对各种马匹的细致描绘，真的使人长学问啊。读完之后，你会真心爱上马这种伟大的动物。

  总之，提起老课本来，我满是甜蜜的回忆。

2007 年 10 月

舌尖体的前世今生

不知道从何时起,写吃的、拍吃的,成了文化人最时髦、最安全、最摇曳多姿的一桩事体。所有的杂志和报纸副刊上,写吃的栏目往往最受欢迎。这到底是文化人的幸运还是悲哀也不好说,涉及很大的社会话题,就不展开研究了。此处只是从时间和流派这两个维度,对"舌尖体"作一番简单的分析。

从时间上看大概有三个阶段。第一个阶段是前网络时代的舌尖体,即名士派的写吃,有两个代表,其一是写《闲情偶寄》的李渔,其二就是现代的汪曾祺。这两个人执着于生活的美学化,写吃是美学的一个载体,是他们全面艺术化生活的一个章节。此外,他们绝不是甩手掌柜,而是"知行合一",既写吃也能做,理论和实践相统一,从而构成曼妙的双重体验,一是对美食的体验,二是对劳作的体验。他们写的东西既有一种历久弥新的温润,又有一种非常悠远的意境。今天我们想复制这种田园情调,复制这种名士做派已经大为不易,毕竟时过境迁,所以他们就成为高悬在某个地方的一个标尺。

从前网络时代过渡到网络时代,出现了一个代表人物叫沈宏非,就是曾长期在《南方周末》上开《写食主义》专栏的那位。在网络时代你不需要读很多书,只要善于利用谷歌和百度就可以写作,比如要写一篇鸭子,一搜,千千万万关于鸭子的素材就出现在你面前,只需要有调度和裁剪的功夫就"文思泉涌"了。当然这个功夫也不简单,你要能快速地把那些干货搜集到你这里来,再把它以一种比较别致的方式呈现出来。沈宏非是一位真正有影响力的作者,很多写吃的人都不知不觉在模仿他那种旁征博引的路子。写吃,还有知识含量、文化含量,这种笔法是很吸引人的,而且真正做起来,想达到他那个境界,也不是特别难。汪曾祺和李渔是浑然天成的,复制起来很难,但复制沈宏非相对而言比较容易。

从网络时代再到现在的全球化时代,中国人又迎来了生活上的巨大改变:以前在网络上能走遍天涯海角,如今是真的有钱,自己迈开脚就能走到世界各地去品尝美食。这时候又出了一个写食的代表,就是殳俏,她是在日本留过学的,又到其他国家游走了一番,把这些个国家的经典美食,跟文化习俗、文化典故、文化传统结合起来,一篇活色生香的文章很容易就写成了,但是稍微有一点"炫经历"的嫌疑。同时殳俏还搞了个《主妇日记》,

颇有小女人的生活情趣,读她的文章要比读沈宏非的轻松一点,比较家常,还有一些生活的小感悟和小确幸。可以说,她就是全球化时代时尚写作在吃这个领域的样本。

从写作风格来看又是两大流派,我仿照日本推理小说的标准,将其分为本格派和社会派。本格派又有三个小的支脉:一脉就是印象主义,包括很多都市报刊和电视台的写吃栏目,今天到哪里吃得不错之类,完全是浮光掠影的"游吃部队";一脉就是感觉主义,香港作家李碧华堪称个中翘楚。她有一种女人的敏锐直觉,加上她写那种神鬼题材、魔幻题材、穿越题材的影视剧所积累的想象力,使她的七八百字的舌尖小文感觉非常好,联想丰富,东成西就。她的《红袍蝎子糖》我很认真看过,还曾模仿她的《午餐肉》写了一篇《鱼罐头》——这就是所谓经典的范式,大家都是写文章的人,但是某种视角是她拎出来的,并且你模仿的时候也很好用,真正的功力正体现于此;接下来的一脉就是肌理主义,这也是我正在摸索的一种笔法。食物的肌理实际上是呼应了人的渴望,呼应了人的生命节奏。猪肝吃起来沙沙的,好像在沙滩上漫步;猪肚子很绵软,好像给了你一个午睡的枕头;猪腰非常细腻绵滑,像安全系数高的艳遇;而猪大肠则煞费苦心,像原始森林里的冒险⋯⋯同是猪下水,但质感不一样,肌理主义正是要通过人文、科学等角度来分析,穿过食物的表层抵达食物和食客的内心。

社会派也分两个路子。一个是人生历练派,像安徽作家许若齐,代表作有《刀板香》等,他写得非常老到,是那种20世纪五六十年代人的从容,不紧不慢,不是快餐,而是像剥徽州的山笋那么细致。他在吃中融入了人生的体会,但并不是只有同龄人才能领会,只要有正常生活经验的人都能发出会心一笑;另一个就是目前泛滥的心灵鸡汤派,以"舌尖"一、"舌尖"二的解说词为代表,它追求文字的即视感和叙述的戏剧感,刚出现时是尝试和探索,但是搞多了也让人生厌。

开展"四风建设"之后,体制内的大吃少了,体制外的小吃则多了起来。小而雅,或许能使吃向个性化、性灵化的方向发展,那么对舌尖体来说似乎是一个福音了。

2014 年 11 月

四个书名和一个世界杯

只知道米兰·昆德拉是一个古典音乐和摇滚爱好者,不知道他是不是一个球迷,但他的许多书名,正好可以拿来做世界杯的注脚。

《好笑的爱》:在非球迷看来,球迷对于足球和世界杯的爱是一种好笑的爱。亿万个自己需要运动的人痴坐在看台或电视机前,而20多个极度需要休息的人却必须一刻不停地在场上奔跑,这种情景或许真的有一点滑稽。当你最终发现,你为之摇旗呐喊、为之熬夜、为之疯狂的,不过是一只滚动的小小皮球时,又会作何感想?但爱从来就不是一个经济学的问题,"好笑的爱"要远胜过"实用的爱",只要你甘愿用生命去承受,就别问它是重还是轻。

《生活在别处》：既然当下并不尽善尽美，此处并不繁花似锦，甚至不如意事常十之八九，那么何不抽身离开，短暂地生活在别处？世界杯的最大好处，是它能把迷恋它的人从庸俗的日常生活拉出来，放进一个美妙的"异度空间"。一个月的昼夜颠倒，一个月的神情亢奋，一个月的与世隔绝，仿佛一只寄居蟹终于找到了适合它的那一枚贝壳，连大海都可以暂时丢到一边，还有什么不可以舍弃的呢？

《为了告别的聚会》：世界杯总是试图用一幕短促的闪亮聚会，来抵消漫长的无聊等待。但一个月的时间，与整整四年相比，实在不成比例。所以世界杯是一场为了告别的聚会，其主题是"告别"而不是"聚会"，从开始演出的那一天起，它就在谢幕，就在告别，一直不停地告别。在告别圆舞曲中，所有球员和球迷都变成了一个舞者，舞步华丽而又凄凉，坚定而又伤感。"重逢比离别少，只少一次"，按照北岛的说法，总有一次告别是永久的，总有一场聚会你等不来，你将在等待中死去。

《不朽》：我时常在思考足球场上的不朽，这种不朽与著作的不朽、绘画的不朽、雕塑的不朽、建筑的不朽不同，它是另外一种形式的不朽，主要保存在人们的记忆当中。现在再回过头来看20年、30年、40年前的世界杯录像，那曾经激动人心的一个个镜头多少有点灰暗了，至少是不太容易让今天的年轻人欢呼雀跃了，它却是记忆长河的源头和上游，无边无际的记忆之河就是靠这一个又一个瞬间连缀而成的。我是从1982年开始看世界杯的，从那时起，我开始向这条记忆的长河分泌着我的个人记忆，到现在为止，已经分泌了 20 多年了。时间就这样一届一届地流逝了，那些个人记忆似乎一到河水里就消失得无影无踪，但我知道，总会有一些小小的微粒沉淀在河床上，连激流也冲刷不走。

就这样，把自己短暂的肉身和某种形式的不朽联系到一起。迷恋上足球，实际上是迷恋上一种不朽的方式。

2006 年 5 月

丙戌年读图记

读来读往，又是一年。每当你从书架上取下一本书时，书上的灰尘便飘洒下来，落在你的头发上——一年之中这样的"尘土"也有不少吧。对我来说，一个人在书房里静静地吃着"书灰"，是一件惬意的事情。

要问丙戌年究竟读了哪些书，一幅幅鲜活的书中插图首先浮现在眼前。既然现在是读图时代，不妨说说我印象最深的几本画册。

《儿童杂事诗图笺释》

钟叔河笺释　中华书局2000年7月版

这是两位文化巨人联手的产物，周作人的诗和书法、丰子恺的画，反映的是清末民初儿童生活的场景，栩栩如生。周作人的诗都是质朴的大白话，朗朗上口，而且他还亲自用清秀工整的小楷把这些诗抄写下来，以手写体的形式呈现在读者面前，本身就是难得的艺术品。更值得一提的是丰子恺的配画，全用毛笔勾勒，风格与《护生画集》相似，堪称姊妹篇。字和画加在一起，充分展示出"墨色中国"的魅力，极古拙又极现代派。丰子恺曾将"天上的星辰"与"地上的孩子"相并列，以为是宇宙间最本真最纯朴的东西。也正是基于这样的理念，两位文化巨人才倾其心力为孩子创作。而他们在创作时，肯定一次次"童心大发"，成书后，又逗引得许多成人读者童心大发。这些诗这些画，一再地唤起了我"青灯有味似儿时"的感觉。图中的许多生活场景已经离我们远去了，它们在怀旧的氛围中渐渐地变得优雅起来——一百年前的民俗，就这样成为当代文人心中的雅事。

《博物馆之旅书系》

鲁仲连主编　广西师范大学出版社 2003 年 11 月版

一位西方学者说道："我生活中最喜欢的两件东西是图书馆和自行车。它们都能助人前行而不浪费什么。完美的一天是这样度过的：骑上一辆自行车去图书馆。"很显然，博物馆也有这样的功用。正因为我们身边的博物馆太少又太逼仄，所以才要向书中寻找。《博物馆之旅书系》一套 8 册，分别介绍了美国、英国、法国、德国、意大利、俄罗斯、西班牙、奥地利、瑞士、日本等十几个国家的博物馆，装帧和印刷十分精美。博物馆是收藏艺术品的地方，而其自身的建筑、展出形式乃至灯光布置也同样是一种艺术。在《博物馆之旅书系》中，既有大量的艺术品照片，对博物馆本身也作了细致的介绍，两方面都让人赏心悦目，可谓是双重享受。看了以后就知道人家是怎么对待好东西的。我们的好东西已经流出去不少了，剩下的总要善待才好，得花点心思给它们置一个温暖、坚实、有意趣的家。

《国际家居》

这是一本期刊，是法国 CASA 杂志的中文版。读家居刊物是我的一大爱好。这方面比较出名的有《时尚家居》《瑞丽家居》和《缤纷》，我以前看得很多，但现在主要读《国际家居》。我觉得，两者之间的最大区别是前三种多介绍如何装修新家，而《国际家居》则告诉你如何使老旧的房子"复活"。人年纪一大，就喜欢旧货了，总觉得装修齐整的新宅子散发着一种新的"贼光"。这便是我喜欢《国际家居》的缘由。在这本期刊里，有许多破破烂烂的旧房子，简直不堪入住，但设计师寻一些跳蚤市场的旧家具来，再加上别出心裁的创意和想象，整个房子就成了寄托着设计师巧思的艺术品。相比之下，那些大把花钱的当代豪华装修离艺术精神差得很远。真正的艺术应该像毕加索那样，在路边看到一架旧板车，于是弯下腰将旧板车拆开，就组合成了一件极具观赏价值的工艺牛头。

《意大利设计 50 年》

严格地说，这不是一本正规出版物，而是在中国举办的同名展览上的宣传册，大开本全彩印刷，我花了 25 元从旧书摊上购得。一看大长见识，知道了许多经典中的经典是意大利设计师或意大利设计公司弄出来的，像钓鱼灯、外星人榨汁器、蛋形空中悬椅、仙人掌衣架、9090咖啡机等等。每看到一件，都肃然起敬。北欧设计也很出名，但跟意大利设计相比，还是差了一截。关于北欧设计，我们通常看到的有宜家和曲美，走的还是一贯的"简约"路线。意大利设计则相当多元化，既有简约这一路，也有雍容华贵、比较繁复的风格，类似巴洛克和洛可可，更有色彩缤纷、天马行空的超现实主义风格。而且意大利的许多设计给了北欧人很大启发，甚至成为全世界设计师的共同母题。或许可以说，意大利设计简化后就成了北欧设计，正如中国汉唐艺术风格简化后就成了日本艺术风格。但老大就是老大，还是不应该忘记的。

《鸟类画谱》

齐兆璠编绘　天津人民美术出版社2004年7月版

随着环境的好转，城市里面的鸟儿一天比一天多了，但除了麻雀、乌鸦和喜鹊，其余的大多数我根本不认识。事情就是这样：我们能记得住几十种车型的名称，叫得出几百个球星的名号，却将"多识草木鸟兽之名"的古训忘得干干净净。树木的问题还好一些，可以在上面挂个小牌子；但飞在天上的鸟，怎么去挂牌子呢？所以，我买了这本《鸟类画谱》，不时翻一翻，以备"按图索骥"之用。

书上的每一种鸟都用细笔精心勾勒，栩栩如生，纤毫毕现，这使我想起中国工笔画的种种好处来了。以前总觉得工笔画太板滞，写意画才灵动着呢。现在的好恶完全反过来了，就喜欢看那些精雕细琢的工笔画，从宋徽宗到无名民间艺人的作品，都看得满心欢喜,因为一看就知道人家是下了大功夫。中国艺术传统中向来有一种"取巧"乃至"偷懒"的倾向,过分讲究笔墨意趣,最后弄得画面上实实在在的内容日益稀少,还美其名曰"空灵"。须知,在通往"空灵"的路上,也走着许多庸才、懒汉和骗子。

2007年2月

有闲岁月乱翻书

在阅读上，我是坚定的"杂食主义者"，常把正经书、假正经书和不正经书搅和在一起，杂乱无章地吞食下去——只要不是"直肠国"的公民，就总会有点收获吧。所以下面这份书单，一看就不是什么豪华饭店的精美菜谱，而是路边小店或大排档胡乱拼凑出来的，聊博诸位看官一笑而已。

《三诗人书简》

[奥]里尔克等/著 刘文飞译 中央编译出版社2007年4月版

里尔克、帕斯捷尔纳克和茨维塔耶娃，恰好都是我所钟爱的诗人。20世纪20年代，他们仨之间产生了一段微妙的交集。先是帕斯捷尔纳克给自己仰慕已久的里尔克写信，然后又把"最好的，也许是唯一的朋友"茨维塔耶娃介绍给了里尔克。不料，她和他的关系却慢慢暧昧起来。帕斯捷尔纳克很受伤，从此再也没有给里尔克写过信。在我看来，茨维塔耶娃和里尔克在气质上倒是更为般配，都有着浓烈的"现代性"，作品也都弥漫着"奇诡的深刻"，而帕斯捷尔纳克其人其作，则有一种"古典的深刻"。

私人信件里通常有许多过头话，帕斯捷尔纳克这样对里尔克说："我性格的基本特征和精神生活的全部积累都归功于您。"茨维塔耶娃更是直露地向里尔克表白："莱纳，我想去见你……我要和你睡觉——入睡，睡着。"透过这些荒唐兮兮的过头话，我们看到的是对于孤独的恐惧。即便那些伟大到了似乎可以独来独往的灵魂，仍然渴望交流，哪怕是有些媚俗甚或肉麻的交流。"凭着自己的独立思考就把一切全都想透彻了"的狄金森，毕竟只是特例。

《笑场》

沈宏非/著　作家出版社 2006 年 4 月版

可以用一句话形容沈宏非这一类专栏作家：他们披着钱锺书的外衣，里面跳动着一颗八卦的心。毫无疑问，沈宏非们是博学的，至少是在文字中显得比较博学。而在网络时代，要想显得博学也并不是件难事，不太需要钱锺书那样的记忆力，也不太需要下钱锺书那样的苦功夫了，你只要敲上关键词，再使用百度或谷歌，便有千百条相关知识向你拥来。当然，你还是得有点聪明劲，才能把它们妥帖地安插在自己的文章里。

所谓"八卦的心"，是指以解构神圣事物为乐趣，追求生活的段子化，凡事爱往情色的路子上引。经常写着写着，自己就得意地先笑了，是谓"笑场"。而读者看到最后，只记住了一些精致的段子和笑料，他们或许会像问"牛肉在哪里"那样，问上一句："思想在哪里呢？"然而，在这样一个最在意快感的时代，谁还真的在乎有没有思想呢？

《五年顺流而下》

李皖/著　南京大学出版社2007年9月版

余秋雨写的是"文化苦旅"，李皖写的则是"音乐苦旅"，从《听者有心》《李皖的耳朵》到这本《五年顺流而下》，李皖"国内乐评第一人"的地位一直不可动摇。和余秋雨相仿，李皖也在写着一种"性感的文字"，富有汁液，满眼"明媚的忧伤"，让读者屡受撩拨，但也难免有矫情和滥情之处，这大约也是为了"性感"而必须付出的代价。

李皖从流行音乐入手，为60后和70后在精神上造像。而他自己，属于"60年代中后期"这一拨。这拨人赶上了80年代的人文浪潮，接受了相当系统的哲学、美学、文艺学训练，当失去了整体把握和宏大叙事的对象后，他们把目光转向流行乐、美食、旅游、足球等大众文化领域的事体。应该说，阐释起这些事体来，理论素养不错的他们游刃有余，而且能写得摇曳多姿，但也存在着"阐释过度"的通病，过分深沉的解读和过分华美的文字，反而掩盖了简明、鲜活的实体，最终陷入无病呻吟的境地。

《植物化石——陆生植被的历史》

［英］克里什托夫·科利尔、巴瑞·托马斯/著　王祺、高天

刚/译　广西师范大学出版社 2003 年 1 月版

我有两本科普书，一本是《远古时代的动物》，一本就是《植物化石》，加在一起，就为我勾勒出一幅幅远古自然界生机勃勃的画面，比人潮涌动的今天更生机勃勃。

作者的高明之处，在于通过大量精美的图片和富于想象力的文字，使化石一点点地从纸上活起来，先看到了植物美妙的形体构造，接着看到了植物坚忍的生命历程，最后看到了植物睿智的思想。是的，植物是有思想的。以被子植物为例，似乎就有着"随遇而安"的智慧，有着"化敌为友"的宽容，懂得"欲要获得，必先给予"的道理，请看它们是怎样与动物协作的："一些被子植物的种子能够在动物掠食者的消化道里安然无恙，动物的活动和排泄大大帮助了它们的散布。肉质多汁的种皮和膨大的子房，使它们成为动物可口的食物，促进了被子植物潜在的散布。"

说句"文艺腔"的话：在地球上所有的生命体中，植物是最接近于佛性的。

《冰河世纪》

[德] 雷纳·克鲁门勒/文　伊丽莎白·费雷诺/图　王勋华/译　湖北教育出版社 2009 年 5 月版

有时，人会无端地喜欢一个和他毫不相干的时代。在那么多地质年代中，我喜欢的是冰河世纪。冰河世纪的主角猛犸象灭绝了，作为配角的人类倒是发展壮大起来，而人类的猎杀正是压垮猛犸象的最后一根稻草——通常是几十号人剿杀一头猛犸象，就像小人国居民对付格列佛一样。在进化史上，小的是美好的，狡猾是实用的，像人类这样小而狡猾的，那是相当无敌的。

值得一提的是《冰河世纪》的插图，栩栩如生，"复活"了那个遥远的世纪。自然联想到我们的科普，之所以还不成气候，除了缺少优秀的写手，另一个重要原因是缺少好的插图作者。我本人正好在编一份少儿刊物，却苦于找不到合适的科普插图作者，因为现在没有多少人愿意老老实实、细致入微地去画一艘军舰、一架飞机、一棵树、一只蝴蝶。年轻一代似乎只会画卡通画了，风格要么是日式的耽美，要么是韩式的 Q 版，要么是美式的迪士尼，夸张、变形、可爱、唯美，用来配文学作品相当好，但用来配科普作品就不靠谱了。对此，我称之为年轻一代美术人的偷懒，与上几代美术人的偷懒（水墨写意画便是偷懒最主要的表现形式）如出一辙。我曾买过一本描绘百合科花卉的外国小书，美妙的花朵在一页一页之间开放。这不单是技巧的问题，也不单是敬业的问题，而是关于爱的问题——每贴近那些植物或动物一分，每细腻地描绘它们一分，心中的爱意就增加一分。卡帕说："你拍得不够好，是因为你离得不够近。"同样，你画得不够真，是因为爱得不够深。

《黑白之道：围棋名家访谈录》

胡廷楣/编　上海文化出版社 2006 年 1 月版

本书荟萃了中日韩棋坛的代表人物，多为吴清源、聂卫平、段晓流等老一辈棋手，让我们重温了他们的气魄，重温了他们的性情。

如今围棋九段多如过江之鲫，可爱者却越来越少了。新晋的年轻棋手，要么像李昌镐那样呆头呆脑，整个一"苍老的青春"；要么弄得油头粉面，像精于算计的小开。很少有人能有一点像样的风度，连老聂那样混杂着豪气和痞气的风度都没有，更不用说像武宫正树那样洒脱的"魏晋风度"了。

武宫大概是古往今来棋手中最可爱的人了。《黑白之道》写到此人时，用了"风筝飞"的比喻，真是贴切。武宫下起棋来，的确给人一种飞翔的感觉。他的宇宙流作战，散发出一种直接与星空对话的飘逸，散发出一种敢于把自己往输里下的霸气，再加上他落拓不羁的性情，成就了棋坛不可复制的传奇。当然，这位武宫先生已经老了；而国际象棋领域最有性情的家伙——菲舍尔，今年初已经死了。棋坛已无大名士，全是小里小气者的天下了。

《影像中的正义》

［美］保罗·伯格曼、迈克尔·艾斯默/著　朱靖江/译　海南出版社2003年8月版

我是爱看法庭戏的，包括刘德华那稚嫩的《法外情》、金·凯瑞那搞笑的《大话王》，都看得津津有味。在法庭辩论这么一个短暂狭小的时空，至少进行着四场交锋：律师对质证人，律师和另一方的律师相互对质，律师对付法官，律师还要对付自己的当事人。语言的交火、智慧的碰撞和人性的较量，足以让观众大呼过瘾。

本书汇集了75部法律题材电影，从电影故事、法理分析、案情简述等多个角度，对程序感十足的美国法律文化进行了剖

析。看得出，作者想把文章写得俏皮一些，就连一贯"伟光正"（伟大、光荣、正确）的林肯，都被作者调侃了两句。而隐藏在这种戏谑态度后面的，是对于在法庭上能否真正实现正义的怀疑。"在代表正义的司法殿堂里，唯一的正义却待在过道里"，正是怀疑主义者的经典话语。或许在某种意义上，实质上的正义永远是人类无法完全达到的目标，我们只能求其次，尽量达成程序上的正义，它未必能通向绝对正确，但至少能让我们感到心安。

《人体使用手册》

吴清忠/著　花城出版社 2006 年 1 月版

为了应对外界持续不断的批判，中医在悄悄地变脸。就如同当年的新儒学一样，目前也出现了一种"新中医学"，其代表作品就是《人体使用手册》和《求医不如求己》。

新中医学有两个动向颇值得注意：一是心理治疗化。《人体使用手册》就反复强调"人体必定比他自己设计出来的个人电脑更完美，只要依照操作说明书，正确地使用就行了"，意在通过重塑病患的自信心来激活其自助意识，而"自助者，天必助也"；二是道德说教化。即提倡一种儒教伦理和清教主义相结合的生活方式，早睡早起、不生气、节制饮食等等。问题在于，这样一种稳定却缺少变化、宁静却缺少激情的生活，究竟有多少人愿意去过呢？

但《人体使用手册》写得还是明白晓畅的，操作起来也惊人地简便，而且书中隐约透露出一种宗教情怀：生命和身体都是上苍寄放在你这里的礼物，需要你去善待，更需要你去敬畏。在我们的社会中，敬畏意识真的不是太多，而是太少了。

《穿越玛雅》

李志伟/著　中国轻工业出版社2009年1月版

李志伟其实早该大红了，他比郑渊洁博学，比杨红樱睿智，可惜目前知名度远远不及这两人。或许是运气不佳，抑或是写作范围太广，至今没有确立主攻方向？

眼下"穿越"成风，慢慢地几乎成了一种蹦极表演，看谁蹦得最高最险。李志伟的这套冒险小说一共四本，除《穿越玛雅》外，还有《楼兰，楼兰》《成吉思汗宝藏》和《虚幻巴比伦》。它们再次显示了李志伟"八爪鱼"般的功力，他总是能将自己的触角伸向常人难以到达的地方，以丰富的知识含量和合乎情理的想象，使得读者在看似无边无际的穿越之中获得了坚实的在场感。

李志伟的语言堪称"滑滑梯"式的语言，能让人在快感中不断滑行。许多国内外时事、流行语汇和段子被他十分妥帖地包裹进来，还夹杂着对应试教育、师长尊严等各种假模假式事物的反讽，最后以青少年易于接受的面貌出现。这是一种"没心没肺"的语言，让人想起"没心没肺"的童年。

《开瓶》

林裕森/著　重庆出版社2009年2月版

台湾文化人中出现了不少奇才，比如庄裕安，原先是学医的，后来写起了音乐美文，而这位林裕森，原先是学哲学的，后来写起了饮食美文。两个人都展示了一种对于品位生活的细腻感知,即周作人所谓"精练的颓废"。

林裕森自称为"逐美酒佳肴而居"的游牧型写手,在地球上迁徙流荡,看够了酒瓶里的风景,推出了包括《开瓶》在内的许多红酒专著。作为一个东方人,能够参透异域的活色生香,做到几乎完全"不隔",是相当难得的。

红酒在国内的餐桌上已经十分普遍了,但一般人多作牛饮,还没有形成那个特定的文化场。尤其是欠发达地区的社交场合,仍然是白酒的天下。喝红酒是一种把玩,而喝白酒是一种战斗;喝红酒喝下了一肚子氛围,而喝白酒喝下了一肚子火焰;喝红酒愉悦了自己,成全了格调,而喝白酒伤害了自己,成全了友情。

《吃的大冒险》

[美] 罗布·沃尔什/著　三联书店2009年4月版

美味险中求。螃蟹和西红柿就是这样求来的。再以生蚝为例,它很容易被细菌污染,吃下去也许会致命。但在美食家罗布·沃尔什看来,吃生蚝是人间最完美的体验,自己只要还有一口气在,就不会放弃吃生蚝。这不由得让人想起纪晓岚《阅微草堂笔记》记载的逸事:有一位好吃河豚的人,终于中毒而死,死后托梦给妻子,说:"祭祀我时为什么不用河豚呢?"

沃尔什比林裕森走得更远,口味更酷。得克萨斯州监狱里的黑人餐、祭拜逝者的"亡灵面包"、臭不可闻的榴梿、世界上最辣的辣椒以及虫子、羊脑和寄生于船底的藤壶,他都甘之如饴。然而,他走了那么多地方,吃了那么多美食,最难以忘怀的却是祖母的泡菜。这又不由得让人想起"母亲的味道":心理学家发现许多人在做重大事情、危险工作之前或遭受到打击之后，一般都会回到家吃一顿妈妈做的饭。这比找心理咨询师、比其他的任何方法都更有效。看来，有了随时可以退回的温暖港湾，才能更放心大胆地冒险。

《中华民居——传统住宅建筑分析》
刘森林/著　同济大学出版社2009年4月版

我在祖国大地上旅游，总希望能看到独具特色的民居，特别怕看到那种外墙贴着竖长条白瓷砖的大路货建筑，但往往是前者见得少、后者见得多。有的建筑，一开始很不入眼，然而经过岁月的漂染和打磨，几十年后会产生从大俗到大雅的质变，变得美不胜收。但这种白瓷砖建筑，我估计再过几百年也不会好看。

中华民居本是极其丰富多彩的。如果把这种民居多样性比拟为生物多样性的话，那么它也有一个自由生长、自然进化、自我完善的过程，但由于各种各样的原因，民居的多样性和自由生长性受到了较为严重的影响。其结果就是我们的城市和乡村景观变得越来越千篇一律，旅游的其中一项要义——探索他人的生活状态——变得越来越微不足道了。即便是身在别处，你仍然无法"生活在别处"。

还是别再自寻烦恼，看看这本大书吧。《中华民居》不仅有着考究的学理性，还有着许多精美的照片，正应了网友们常说的"无图无真相"。所以，我们要像感谢拍下天津老街的冯骥才、拍下北京胡同的"老北京拍记队"那样，感谢拍下这些民居的摄影师们。或许，这些照片就是最后的真相。

《NO LOGO——颠覆品牌全球统治》

[加] 娜奥米·克莱恩/著　徐诗思译　广西师范大学出版社2009年5月版

在号称最强调个性、最包容个性发展的21世纪，为什么青少年却越来越失去个性？罪人至少有三个，一是网络，二是流行文艺，三是品牌文化。《NO LOGO——颠覆品牌全球统治》正是一篇讨伐品牌霸权的檄文，观点新锐，文笔犀利。据说这本书催生了一个新族群——"NONO"族，即远离和唾弃名牌，提倡简约，崇尚自然，回归纯真的"新节俭主义"生活。

其实我记得，早在20多年前，英国就出现了"谢克"一族，衣服自己做，家具自己打。但很显然，这样的生活似乎更费事，甚至也并不省钱。老实说，在内心深处，我们这些成年人比青少年更在意品牌。因为人是趋利避害的，也是趋易避难的，品牌使得我们的生活变得省事了，并且具有了简单的可比性。这种可比性在某种程度上甚至成了人生的唯一目标：我们努力想坐稳某一个品牌的奴隶，并且渴望成为下一个更大的品牌的奴隶。

但不管怎么说，有人去反思总是好的，那些走得最远的反思者，最后成了另一种意义上的品牌。

《墓碑天堂》

高莽/著　人民日报出版社2009年1月版

每个国家都有各自的墓园文化，它也在默默丈量着这个国家的人文厚度。俄罗斯的墓园文化是独树一帜的，让世人产生"高山安可仰，徒此揖清芬"的无穷敬意。作家、翻译家兼画家高莽对此作了精深的研究，写成《灵魂的归宿》一书。《墓碑天堂》是其姊妹篇，副题为"向俄罗斯84位文学、艺术大师谒拜絮语"。

  为什么我会有那么强的俄罗斯情结？照说这是属于我的父辈的事，至少是属于50年代生人的事。以前我把这看成一种早熟，现在看来，应该是一种迟钝，迟钝到仍然觉得契诃夫的小说和茨维塔耶娃的诗是天下最好的。但难道不是吗？他们及其群落写得特异，活得特异，爱得特异，也死得特异。套用爱因斯坦评价甘地的话，很难想象这世上曾经走过这样一群血肉之躯。虽然他们生活的那些特定时代早已远去，但只要有形或无形的苦难还在，他们就不会过时。一位英国作家说得好："契诃夫写的都是2007年的事情。"

2009年6月

总有妙书慰人眼

《海子诗全集》

西川/编　作家出版社 2009 年 3 月版

这本厚厚的砖头，掷地有声地说明：海子是中国当代最伟大的诗人（没有之一）。以前，海子被人们有意无意地"缩小"了，被缩小在自杀的悲情肥皂剧里，缩小在"面朝大海，春暖花开"的广告体诗句里。海子之所以比同时代的北岛、顾城更厚重，不仅是因为他的史诗感，还因为他的乡土感。他的确是大地的儿子，是麦田的孩子，是河流的孩子，是高原的孩子，也是草原的孩子，是乡土混合着血液培育出来的最自然的花朵。他热诚地歌颂着乡土，像凡·高那么热诚，像凡·高那么决绝。

本书为海子挚友西川所编。这让人想起闻一多死后，朱自清殚精竭虑为他编印文集的往事。这种古典的友情，洋溢着永恒的诗意。

《暮光之城：背色》

马克·夏皮罗/著　马睿/译　重庆出版社2010年版

夏皮罗曾写过J. K. 罗琳的传记，现在又率先为《暮光之城》作者斯蒂芬妮·梅尔立传。王安忆形容阿加莎大妈就像一位打毛线衣的老太太，能把生活编织出一万种可能。我则倾向于认为，阿加莎、罗琳还有梅尔，乃是某一种神秘文化的"转世灵童"。因为，她们身上的耐力好解释，而想象力却让人不可思议。就好像她们被赐予了一只魔盒，打开之后，源源不断地跳出来的是杀人犯，是魔法师，是吸血鬼……从三毛所谓"奇情"的角度而言，梅尔与阿加莎更相近：她们说的是杀人犯或吸血鬼，其实写的是爱情。

家庭主妇梅尔倒是紧跟在罗琳后面，给所有的此类妇女提了个醒：别光是打实体的毛线，有兴趣也来打一打想象中的毛线吧。

《历史是个什么玩意儿3》

袁腾飞/著　宁夏人民出版社2010年4月版

据说电视做到初中生喜欢的程度就足够了，现在连图书也是这个标准了。所以，这是于丹、纪连海、袁腾飞走红的时代。我想，还会有张腾飞、马腾飞、刘腾飞出现的，因为读者一旦听惯了"新编历史评书"，就会由着惯性听他个十年八载的。

我们当年看的什么？看的是汤因比、亨廷顿、费正清、黄仁宇、秦晖和吴思啊！袁腾飞们走红的背后，则是历史学者们近些年来的"不作为"——他们中的大多数人，既构筑不出饶有新意的理论体系，也缺乏能不停制造亮点的叙事技巧，更缺乏突破清规戒律的言说勇气，就连文字也干瘪无趣，当然只好将话语权拱手相让了。大多数观众在看完《历史是个什么玩意儿》，说不定会嘟哝出一句"学者是个什么玩意儿"，这可就相当令人悲哀了。

《专家带你看建筑——欧洲著名建筑》

王其钧/编著　机械工业出版社 2007 年 7 月版

上海世博会上有许多新奇的建筑，但基本上是"好看"，还算不上"耐看"，况且耐看的东西一开始还不一定好看呢。当然，世博会上大多是临时性建筑，而临时性又是和经典性相冲突的，所以基本上是现代派和未来派建筑的范儿，追求的是"闪亮一下子"，而不是"流韵一辈子"。

这本书可以和世博会互补着看，里面都是耐看的老东西，有的建筑大师一辈子就做了这么一件东西，也就青史留名了。更可喜的是书中用的不光是照片，更多的是淡彩或黑白的手绘图，在这个 3D 时代，仿佛从辽远时空寄回来的明信片。

《生命八卦》

袁越/著　三联书店 2010 年 1 月版

有一类书籍可称为"白领科普"，专给有点钱也有点闲的都市白领看，主要功用是弥补这些人童年梦未能实现的缺憾，乃是一种"代偿"。童年时代，大家都是想成为爱因斯坦二世的，都是想征服太空的，都是想探险非洲的，都是想攻克癌症的，不料长大后却成了白领,有体面的工作、雪白的衣领和苍白的生活。

"白领科普"的代表人物是《三联生活周刊》的袁越,他比一般的都市白领有科学功底(分子生物学洋博士),有语言优势(懂好几国英语),有脚力(喜欢骑自行车到处行走,外号"土摩托"),同时熟知各类段子。这本《生命八卦》里面,就回答了"男人为什么长乳头""碳都到哪里去了""血为什么总是热的""人为什么怕生"等许多历久弥新的问题,文风既洋派又京派。

《中国景色》

单之蔷/著 九州出版社2008年12月版

单之蔷先生现任《中国国家地理》杂志执行总编。与土摩托相比,他走得更远。当别人在去录制《百家讲坛》的路上时,他在中国西部的某处沙漠;当别人在时尚派对上把酒言欢时,他在中国西部的某处冰川……这是一个作风相当欧化的媒体人,又有着成为当代徐霞客的潜质。

《中国景色》汇集了单之蔷10年来为《中国国家地理》撰写的卷首语精华,每篇篇幅不长,却视野开阔,文风雄浑。我也写过多年的期刊卷首语,知道要在其中写出思想、写出性情,相当不易。因为卷首语多属命题作文,命题作文写得好才是真的好。

《纯真博物馆》

奥尔罕·帕慕克/著 陈冰竹/译 上海人民出版社2010年1月版

这又是一个"痴情到底"的故事,有点像马尔克斯的《霍乱时期的爱情》。可是当《中华读书报》记者采访帕慕克,说报社某同事读了"先生大作",由此开始相信爱情的时候,帕慕克却泼了一盆冷水,指出生活中的真爱很难实现。也是,作家本来就是不问现实的,只要写出自己理想中的真实就可以了。当然,几乎所有情感都是一厢情愿的事儿,有读者那么一厢情愿地去理解,也没错。

更多的读者看了此书后,准备动身去伊斯坦布尔寻找那座"纯真博物馆",帕慕克不仅在书中写,还真的把博物馆给建起来了。从这个意义上说,帕慕克升华了一座城市,也升华了我们所有人心中"遗失的美好"。

《迷人的谎言》

崔卫平/著 中国华侨出版社 2012 年 5 月版

当代女作家中,有几个明白人,如李银河、刘瑜、崔卫平,当然还有宝岛的龙应台。若论风格和龙应台最为相近的,还要数崔卫平。那种哲思化的诗意,那种深厚的悲悯情怀,和女性作家特有的敏感纤细交织在一起,相当摇曳动人。

《孤独的大多数》

朱大可/著 中国书籍出版社 2012 年 4 月版

像朱大可这样犀利的人文学者已经不多了,而且他之犀利,不是靠滥骂和耸人听闻,而是靠扎实的学养和国际化的视野。更让人佩服的是,他还是一个"新词制造机",能够源源不断地制造出朱式新词来,这些词散布在字里行间,鲜活而又一针见血。

《从地球到月球》

[法] 凡尔纳/著 肖遥/译 电子工业出版社 2012 年 3 月版

看来看去，还是他最牛。以一己之力，全方位地拓展了人类想象的疆域。没去过月球、没去过海底、没去过地心，却能写得出神入化。可以说，他一个人宅在家里，就能发射"宇宙飞船"，先是"凡一"，然后一直到"凡九""凡十"……

《写给无神论者——宗教对世俗生活的意义》

［英］阿兰·德波顿/著　梅俊杰/译　上海译文出版社 2012 年 6 月

我一直喜欢有些哲学调调儿的写作者，罗兰·巴特、米兰·昆德拉和阿兰·德波顿皆如是。应该说，他们继承了老欧洲从帕斯卡、蒙田、培根到叔本华、卡夫卡、罗素的一个伟大传统。阿兰·德波顿算是其中的后起之秀，从爱情到建筑，到机场到宗教，没有他不能下笔写的，而且都在一定的水准之上。但如果他能学一点蒙田、帕斯卡的惜墨如金，或许成就反而会更大一点。

2012 年 11 月

推理的夏天

　　除了推理小说，其他类型的小说我一般是不看的。并不是因为与爱因斯坦、维特根斯坦同爱好而觉得高贵，而是以我的耐性，只能看得下去推理小说，哈哈，没办法的事。

《宿命》

东野圭吾／著　　张智渊／译　　南海出版公司2009年4月版

　　把泥鳅放在盐水里，它会吐出体内的泥沙，而把人放在侦探推理小说的汁液里，他会吐出体内的某些浊物。所以，我觉得一个人每年得看一回侦探推理小说，宣泄宣泄，然后轻松地继续上路。

　　日本推理小说最大的好处，不在于它逻辑推理的锐度和揭示人性的深度，而在于它叙述的调儿。纤细的视角，短小的句子，体己的分析，深藏不露的动机，出人意料的巧思，总体上偏于女性化和生活化，营造出一种深水静流的感觉。当然，越静谧就越惊悚，越平和就越悲哀。

东野圭吾是最近几年爆红的推理小说家，也是写"绝望"写得最好的一位。《白夜行》《嫌疑犯 X 的献身》还有这本《宿命》，都是如此。他就像一只乌鸦，不时飞到你身边，发出"支离破碎的绝望悲鸣"。但在日本人眼里，乌鸦乃是一种神鸟。

《一朵桔梗花》

连城三纪彦/著　钟肇政、赵新生/译　新星出版社 2010 年 10 月版

推理小说家也可以是文体家，像福楼拜、汪曾祺那样的文体家，连城三纪彦就做到了这一点。连城三纪彦一直没有能够像昔之松本清张、今之东野圭吾那样大红，但他的存在，提升了日本推理小说的文学品位。

连城小说的主题就是情欲以及情欲引起的犯罪。他作品的时代背景，是在日本明治时代末期、大正时代和昭和时代初期，相当于我们的民国时期，无论对于中国还是日本来说，这都是封建重压解脱之后情欲大爆发的年代，所以在我国才会有那么多极品的民国名人及其情事，在日本才会有沉浸在"感官世界"中的阿部定们。

难为他把那么纠结的欲望写得那么唯美，像一场场如约而来又如期而去的花事。白藤花、桐花、桔梗花、白莲花、菖蒲、菊花……一朵花烛照着一个犯罪故事，那种美的巨大毁灭感，让人

倍觉凄婉。

《解体诸因》

西泽保彦/著　苏友友/译　新星出版社 2010 年 4 月版

如果比照电影分级来说，《解体诸因》就是推理小说中的 B 级片，每篇故事里的犯罪分子均使出了分尸、割头等非常手段，极端变态，极端冷酷，极端嗜血。好在作者还比较有幽默感，深谙黑色幽默的章法，所以读起来总算不像《电锯杀人案》那样心惊肉跳。

看得出来，西泽保彦是有点小聪明的新生代推理作家，但他似乎只能写好一种犯罪母题，并且在某一个故事中臻于完美，其后的故事都是自我模仿和自我重复，虽然看起来有许多罪案，但这些罪案的动机、脉络乃至悬念设置、侦破手法几乎都是一样的。连城三纪彦也有这样的毛病。

所以，他们还不是大师，而柯南道尔和阿加莎等少数几个人才是。

《无人生还》

阿加莎·克里斯蒂/著　祁阿红/译　人民文学出版社 2008 年 2 月版

阿加莎·克里斯蒂足足比 J. K. 罗琳早了好几个时代，但这两个英伦女子有着许多相似之处。一是都经历了一次失败的婚姻；二是都拥有着无边无际的想象力，阿加莎生活在她的犯罪世界里，而罗琳则生活在她的魔法世界里；三是都拥有无穷无尽的创作热情，一本接一本地轮番轰炸，直到把读者炸晕为止。

《无人生还》被誉为阿加莎最独具匠心之作。故事叙述十个互不相识的陌生人被引诱到一座小岛别墅里，每个人都面临着被谋杀的危险。阿加莎曾在自传中讲述了创作的艰难："我之所以写这本书，是因为它很难写，要十个人相继死去，而又不能写得太荒唐，对我来说的确是个挑战。"但说实在的，这类写"特异空间犯罪"的小说因为过于机巧，难免会露出荒唐的尾巴。相比之下，我更喜欢她的《清洁妇命案》《杀人不难》《罗杰疑案》等以平凡小镇为背景的小说，正如阿加莎自己所言："平静的生活中隐藏着许多罪恶。"凶手都是身边最熟悉甚至最亲密的人，而《罗杰疑案》的凶手竟然就是"我"自己，更显示了最触目惊心的人格分裂——真正的惊悚莫过如此吧。

《蒙面女人》

阿加莎·克里斯蒂/著　许爱军、朱新/译　贵州人民出版社1998年10月版

这本短篇合集，我看成是阿加莎大妈携老波洛的谢幕之作，两个人都老了，手法却炉火纯青，对于人性的洞察和理解也达到顶点。正因为已经参透并且说穿了人性的秘密，所以接下来也无须再多说什么了。

如果你仔细读了《蒙面女人》中的《潜艇图纸》《蜂窝谜案》和《贝辛市场奇案》，就会发现大妈作品的"人性揭示度"真的一点也不比契诃夫和卡夫卡逊色，甚至高出一筹，因为她还动用了前者所没有的女性直觉。

英伦小说家当中，在人性揭示度上能与阿加莎匹敌的，大概

只有毛姆了。刘瑜女士盛赞毛姆的《月亮和六便士》，我以为《人性的枷锁》和《面纱》也都极为深邃，而且不故弄玄虚。可惜，他和阿加莎一样，终其一生都被当作通俗小说家，这真是文学界的"傲慢与偏见"。

细究起来，诺贝尔文学奖错过了多少人啊，从契诃夫到卡夫卡，从毛姆到阿加莎，难道就因为他们反映的人性不那么正面吗？

《鸟看见我了》

阿乙/著　文化艺术出版社2010年10月版

很偶然地读到阿乙的两本小说《灰故事》和《鸟看见我了》，一下子被震惊了，掩卷思索的时候，就看到罗永浩先生写在《鸟看见我了》封底的推荐语："和许多不幸的天才一样，阿乙被他所处的傻逼×时代严重低估了。衷心希望他能继续写下去，再给这个瞎了狗眼的时代那么一次两次的机会。"

阿乙出身于公安，写的多是犯罪题材，但只是借用了推理小说的外壳，其实他是一个有着中国特色的荒诞小说家。国外的荒诞派，写的多是知识阶层和白领的绝望，而阿乙把镜头对准社会的最底层，写尽了他们的爱、恨、怕，也写尽了他们对于尊严的坚守以及尊严的最终丧失。《情人节爆炸案》写一对同性恋人的慨然赴死，《先知》以一个"民间科学家"的自杀而告终，《巴赫》的主角则是一个主动失踪的体育老师巴礼柯……深灰色调的故事和冷峻至酷的叙事，让每一个还愿意去思考问题的读者都无法平静，因为每一个读者都会从那些乖张的边缘人物中，看到自己的一些影子，从而思索自己作为个体生命的荒谬存在。

在我看来，阿乙就是中国的卡夫卡加上东野圭吾。

《闲荡杀手》

［英］约翰·霍尔/著　孙开建、高泠/译　群众出版社2004年2月版

福尔摩斯探案集是那么经典，那么像个启示录，所以狗尾续貂者一直层出不穷。但一向比较刻薄的英国人在这个问题上比较宽容，对其也没有通通棒杀。而在我们这儿，有的时候宽容度似乎有待提升。比如，高鹗续《红楼梦》就一直没有得到公正评价，其实，我以为他在文采和人物刻画上或许比不了曹雪芹，但在思想境界上恐怕还要高出曹一点点，正因为有了后四十回，红楼梦的深度和感染性才被拓展了；至于刘心武之属，现在更是被骂得很惨，好像干了什么伤天害理的事儿。其实，完全用不着这样"痛击狗尾"吧，换个角度看，每一本续作，难道不正是对于原作的最大关注和最好推广吗？

《2011年中国侦探推理小说精选》

长江文艺出版社　2012年1月版

我一直只看阿加莎的和日本推理小说，纯粹是好奇心驱使，才买了这本国产精选集。老实说，水平比我预想的高，故事说得像模像样，只是过于生活化，有的甚至属于"知音体"或"故事会体"，那种对于人性的洞穿，还暂时看不到。我明白了，我们正处于一个能说好故事但还参透不了人性的阶段，一个能拍好电视剧但还拍不好大片的阶段。真想把这些年轻的推理作家集中起

来，开个哲学补习班，从弗洛伊德讲到福柯，从克尔凯郭尔讲到海德格尔……

我以为，在大批福尔摩斯续作中，这本《闲荡杀手》还算是不错的，模仿得还像那么回事。虽然写得比不了柯南道尔，但它仍然能够把我拉到那个特定的英伦氛围中去。推理小说（其实是所有小说）的最大功用，在于营造和我们当下的庸凡生活相区别的氛围，比如爱伦坡哥特式的魔幻氛围，柯南道尔潮湿阴暗的都市氛围，阿加莎闲适舒缓的乡村氛围，而连城三纪彦所营造的是俳句般的凄丽氛围，清丽中浸透了物之哀的感伤。

所以，我此刻才那么爱看推理小说，希望借由阅读，坠入那一个个别样的氛围之中，从而度过眼下这个热干面似的夏天。

2011 年 5 月

带画儿的书

《草间偷活》

北京画院/编　广西美术出版社 2011 年 1 月版

北京实际上是一个大乡村，即使到了今天，依然是。在 100 年前，北京的乡村面貌就更为突出了，于是乎各种草虫视其为乐土，吃吃喝喝，叫叫跳跳，好一派热闹景象，而这一切，被白石老人看在了眼里。

白石画虫，古今中外无出其右者。老人是真喜欢，真爱，而且是"博爱"。一般画家画个蝴蝶、蟋蟀就觉得可以了，前者美，后者帅，还是蛮符合道德美学和视觉美学的。只有老人什么都画，无论是美虫还是丑虫，是益虫还是害虫，在老人眼里，都是同等可爱的小精灵。老人居然还画苍蝇，还画得那么摇曳生姿。

实在是人间第一"画精"。

《此时众生》

蒋勋/著　上海文艺出版社 2013 年 1 月版

打开宝岛电视，每每有一股林志玲般的娃娃音扑面而来，真的是"音浪太强"；翻开宝岛文人的书，每每有一股浓郁的文艺腔扑面而来，真的是"情到深处情转薄"。蒋勋，大约可以称为男版龙应台，有学养，通中西，能讲学，能煽情，而且他还多了一项技艺——画画。

本书是蒋勋的散文集，还收入了他的 29 幅画作。画得自然一般，但有文人味，有花香，有佛缘——凡是能够打动小资读者的元素，画面上都具备。媚俗媚得紧。

《韩美林：瘦骨犹自带铜声》

傅光明/著　大象出版社 2003 年 9 月版

韩美林的地位，与他的实际水平不相称，他被严重低估了。

在我看来，他是中国的毕加索，有自己的一整套高度变形的绘画语言，这套语言不仅富于民族特色，还那么可爱和童心四溢。

只不过，美林先生似乎太关注小动物们了，缺乏对人类命运和苦难的重量级体认与表现。翻开这本传记，就知道他一辈子吃过许多苦，只是，这种苦没有上升为一种对于人类共同命运的终极关怀，所以，他画不出《格尔尼卡》。

《我负丹青：吴冠中自传》

吴冠中/著　人民文学出版社 2004 年 6 月版

为什么吴冠中那么喜欢鲁迅？照理说，他的绘画路子是比较恬淡和婉约的，风格清丽而轻灵，像漂洒在江浙大地上的杏花雨，他应该喜欢林语堂才对啊。

读罢这本散文集，你的眼前会出现一幅冠中先生的自画像：极端勤奋而又极端有天赋，是个倔老头，有点各色，甚至时而有点刻薄，不亚于鲁迅的刻薄。

这似乎使我明白了一个真理：刻薄的人，往往也是较真的人，只有这样的人，才能把一门技艺操持得好。

《20世纪建筑》

[意]巴伯尔斯凯/著　魏怡/译　山东美术出版社2003年12月版

建筑师是一种特殊的艺术家，他要善于忽悠，要善于冒险。各国的大地，在过去和现在，都是"冒险家"的乐园。今日的中国，这种情况尤其明显。

当然，终会有好东西沉淀下来。出现在这本书里面，都是久经考验的作品，每一栋都是匠心独运，每一栋也都是"母亲"，有着强大的复制能力，于是又降生了许多相似的"孩子"在世界各地。

《我的100件时尚单品》

[美]尼娜·加西亚/著　梁卿/译　中信出版社　2012年12月版

作者尼娜·加西亚是美国《EIIE》主编，按理说，也是一个"时尚女魔头"之类的狠角色。此书却写得很体己，插图也很清新可人。字里行间透露出一个真相，那就是：时尚不是一阵风，而是经年的积淀；时尚不是显眼的LOGO，而是无数的细节。但"细节是魔鬼"，无数的细节纠缠着你，最终让你在追逐时尚的路上追悔。

《宁夏羊皮书》

宁夏少年儿童出版社　2011年5月版

2012年5月底去了一趟宁夏，参加全国书展，主办方体恤，给大家发了一本《宁夏羊皮书》。这本书编得是特别好，一则图片选得好，二则没走大而无当的文化散文路线，而是以特别亲切的语气，将宁夏全景娓娓道来。看了这本书，你会真心爱上宁夏——宁夏，不仅是塞上江南，更是塞上云南。

就是名字俗了点，如果我来取，该叫《宁夏致远》。

2013年12月

一周书橱

IN

1.《给樱桃以性别》

［英］珍妮特·温特森/著

温特森心中一定住着两个灵魂，一个是卡尔维诺，另一个是米兰·昆德拉，而这两位，都是我十分推崇的作家。其实这还不够，她心中还住着英伦这个岛国历史上的许许多多的精灵，所以她的文笔才那么跳跃、那么妖娆。看完这本书，你便会知道英国不只有多丽丝·莱辛，更不只有 J．K．罗琳。

2.《螺丝人》

［日］岛田庄司/著

岛田庄司之所以被誉为大神，因为他首先是大百科全书，其知识量之丰富，简直让人联想起吾国的方舟子来。此外，他格局宏大，气象万千，与之相比，东野圭吾顶多算个爱煲心灵鸡汤的"暖男"。

3.《龙朱》

沈从文/著

民国时期的文学成就的确是被夸大了，但至少鲁迅、林语堂和沈从文是货真价实的。沈从文是个老实人、厚道人，但在文学和文字当中，他又是多面的，写小说一流，写散文一流，写论文也是一流。而在神话写作中，沈从文则显示了别样的深沉和瑰丽的想象力，让人惊艳。

4.《万物静默如谜》

[波兰] 辛波丝卡/著

有人说波兰诺奖诗人辛波丝卡是诗歌界的莫扎特，我觉得，也可以说她是诗歌界的帕斯卡，因为，她常常三言两语就道破了人生的真相，是永远坚挺着的"思想的芦苇"。更让人佩服的是，她关注当下生活，任何一件无趣的日常琐事，都可能在她的诗句中闪光。她是冷峻的智者，也是热情的观察家。

5.《科舟求健》

方舟子/著

我常对朋友说，多看方舟子的微博，可以在保健的路上少走弯路、少花冤枉钱。现在舟子先生出了一本健康学的专著，对于这么一个科学知识储备和逻辑思辨能力强大无双的人，难道你真的不想知道他要在书中说些什么吗？

OUT

1.《爱因斯坦传》

［美］沃尔特·艾萨克森/著

本书作者因《乔布斯传》而出名。但三个乔布斯加起来也抵不过一个爱因斯坦，所以写起来肯定吃力，有堆砌资料之嫌，缺乏闪光的思想，也缺乏对传主独到的剖析。在我看来，并不比国内作者写的爱因斯坦传强到哪里去。

2.《木头里的东方》

石映照/著

专门写中国的木文化，从筷子写到大宅。应该说这是一个好的角度，书中信息量也不小，但作者过于中规中矩了，所发的议论大多数显得比较平庸。这样一个美妙的题材，应该将"科学之眼"和"诗歌之心"结合起来，才能真正写好。

3.《法国新童话：奇妙故事集》

［法］布洛士/著

据说是法国新童话运动的代表作，但集中的大多数童话，从母题、结构到人物、语言上，都比较老套，似曾相识。倒是文中的插图十分精美，聊可安慰读者有些失望的心。

4.《一地传票：美国人的官司生活》

刘扬/编

整本书都是案件的罗列，干巴巴的，缺乏精彩的细节，更缺乏正方与反方之间的智慧交锋。这样的题材，必须写出好莱坞法庭戏的那种智斗，才会让人看了过瘾，看了真正长学问。

5. 《疾风回旋曲》

［日］东野圭吾/著

看来，东野圭吾要在"暖男"路线上走到底了，从《新参者》到《解忧杂货店》再到这本《疾风回旋曲》，心灵鸡汤是上了一碗接一碗。其实，他应该把自己最奇诡的想象力重新"祭"出来，多写写像《悖论13》这样的作品。

2014 年 9 月

七龙书

六一将至,《安徽商报》的钱红丽老师嘱我为孩子们推荐六本书,为家长推荐一本书,取"六一"之意。下面便是我的书单:

为孩子推荐的六本书:

《大象为什么不长毛》

方舟子/著　海豚出版社 2010 年版

方舟子代表了一种老派的科普观念和著作观念,这也使他成为一个似乎不太通"人情世故"的"异类"。但所谓老派,往往意味着知识精准,语言有洁癖,各项基本功都极为扎实。考虑到给孩子推荐科普书也不是闹着玩的,所以能够比较放心地推荐这本。

《借东西的小人》

［英］玛丽·诺顿/著　熊裕/译　译林出版社2009年版

永远长不大的小飞侠，生活在地板上的小人，活了100万次的猫……这些才是彻底的童话思维，也才是彻底的"穿越"……更重要的是它能教给孩子一种全新的世界观，告诉他们要用不同于日常学习和生活的姿态，来重新打量这个世界。比如当你撬开地板，甚至撬开电脑、撬开钟表，你就会发现一个神奇的世界。

《千雯之舞》

张之路/著　中国少年儿童出版社2011年版

这本书是用拟人化的手法，讲述汉字的故事，由此向我们伟大的母语致敬。在饶有趣味的故事情境上，一个个汉字扮演着不同的角色。它既可以看作是那本著名的法国童话《语法是一首温情的歌》的中国版，也可以看作是"国学热"中另辟蹊径的小清新。

《爱因斯坦最爱读的探险小说》（4册）

［德］卡尔·麦　浙江少年儿童出版社2010年版

长大之后尽可以成为宅男宅女，但在童年时，一定要有一份探险的心。这套书包括《印第安酋长》《艾斯塔的绿洲》《荒原追踪》《老铁手传奇》，是爱因斯坦小时候的心爱之物。

《任溶溶儿童诗选》

湖北教育出版社2011年版

任溶溶是被严重低估的儿童诗大家，他的《绒毛小熊》《我是一个可大可小的人》等诗是具有世界级水平的名篇，把长大的复杂感受表露无遗,读一次让人在怅惘中甜蜜一次。老实说,像他诗、著、译三项全能这样的国宝级老人,现在还到哪里去找!

《神秘的流星》

[比利时] 埃尔热/编绘　中国少年儿童出版社 2009 年版

系列漫画《丁丁历险记》是经典中的喷气式战斗机,且垂直起降,无人能够复制。相比之下,绝大多数日韩漫画大约只是滑翔机而已,而《喜羊羊与灰太狼》只能归入拖拉机一类了。作为《丁丁历险记》中的一集,这本《神秘的流星》画得格外好,尤其是封面,估计许多人在网上一点出封面,就忍不住要买了。

为亲子共读推荐的书:

《护生画集》

丰子恺/著　上海人民出版社 2005 年版

丰子恺的《护生画集》,其画其诗皆绝。可让孩子充分感受中国画的笔墨意趣,同时感受对于大自然众生的悲悯之心。而大人呢,等于又接受了一回"爱的教育",遇到孩子不明白的诗句,也可以解释给他们听。

2012 年 5 月